漫時光

尤四姐 著

# 慈悲殿

中卷

高寶書版集團

# 目錄

# 第十一章　當年陳傷

月徊算是很皮實的孩子，受了折騰，救回來的時候吐得臉都綠了，他兜在懷裡，她兩頭都垂著，儼然死了一半。結果安置在床上，睡了大半天，到晚間差不多活了，能撐起來喝兩口粥，倚著床架子不至於倒下，也再沒有要吐的意思了。

梁遇陪著喝粳米粥，一小碟鬼子薑，兄妹兩個夥著吃。月徊捧著粥碗，喝出了窮苦那會兒的憂傷，「進宮好的沒吃上，就吃這個……心裡難受。」

梁遇聽她嘟囔，還是淡淡的模樣，「今兒吃得清淡些，過於葷腥的怕妳腸胃受不住，到底先頭吐成那樣。等明兒吧，明兒年三十了，什麼好吃的都有。」

月徊想了想，只得退一步。

鬼子薑嚼得嘎嘣響，她說：「太后就這麼給禁足了嗎？我怕她往後還得鬧。受過委屈的和沒受過委屈的可不一樣，受過委屈的知道世道艱難，君子也得為五斗米折腰。沒受過委屈的氣性兒大，將來想盡法子也會報這一箭之仇，您得小心點。」

梁遇「嗯」了聲，低頭喝粥，他自小受了那麼好的教養，進東西半點聲音也沒有。月徊看著他，常有豔羨之感，只可惜梁家敗落得太早，要是她也經爹娘手裡調理一回，不流落到碼頭上討生活，興許她也會是個文靜優雅的姑娘，看見落花流水，能信口吟出詩來。

梁遇吃完了，擱下碗筷後才道：「其實這回這麼辦，替妳出氣是一樁，更要緊的，還是為給太后提個醒，讓她知道輕重。她這輩子過得太順遂，常常由著性子辦事，當初先帝縱著她，到了新皇手裡，她還這麼著可不成。立后這事雖說連蒙帶騙地糊弄過去了，後頭還有親政，到了那天她要是在朝堂上胡言亂語，皇上臉上也掛不住。所以別讓她出聲兒才是萬全之策，只要她安分守己，皇上孝敬她，咱們也敬重她。可就怕她瘋瘋癲癲，不知人前人後。後宮裡頭她要混鬧也罷了，前朝政務到底還是君臣天下，容不得她胡來。」

月徊點了點頭，「她這樣的，外頭其實挺多。有些老太太就是閒的，和親兒子紅臉，和兒媳婦鬧騰，要死要活的。」

「可太后不該是市井老太太，她是當過國母的人。」梁遇見她吃完了，揚聲喚外頭人來收拾，一面道：「妳別管那些了，我在官場上混跡了這些年，什麼都知道。」

月徊拍著腦袋說也是，「我還是操心明兒吃什麼吧！」頓了頓又悵然，「咱們在宮裡過大年，小四可怎麼辦。往年我們都在一塊兒的，年三十喝紅薯稀粥就蔥餅，吃完了再出去看焰火……今年就他一個，他又沒家沒業的，連個作伴的人也沒有，多冷清啊。」

她總在惦記小四，彷彿他是個不會自理的孩子。梁遇道：「妳怕他沒家沒業，那置辦一個就是了。我替他安排個宅邸，明年再說門親事，妳顧不上的地方讓他媳婦兒顧著，也免得妳牽腸掛肚。」

月徊一聽說好，「就這麼定了，明天您替我安排個食盒，以我的名頭送去給小四，苟富貴勿相忘嘛。」

梁遇頷首，起身道：「時候不早了，過會兒叫人送熱水來，妳洗洗就歇下吧。」

月徊倒老大的不好意思，「我這回又霸占您的屋子了，要不……我還是回他坦去吧。」

梁遇說不必，「宮門都下鑰了，天兒也不好，妳老實睡下，別出么蛾子就成了。」

月徊心裡其實挺愛住他的屋子，因為這屋子有哥哥的味道。也就是至親才這樣吧，別人怕他，她一點兒不怕他，搓著手喃喃：「這兒挺好，朝陽還有熱炕，天天讓我住這兒我也願意……」

梁遇聽了只一笑，打簾出門，往隔壁圍房去了。

司禮監辦差的人很多，但到了宮門鎖閉後，基本只留三四個小太監值夜。其餘人各有各的住處，品階低的留宮，品階高的出宮回府，因此到了入夜後便格外清淨，和白天門庭若市大不一樣。

今天是臘月二十九，不談宮裡預備，只說這份心情，也逐漸浸泡進了過年的氣氛裡。往年他是怕過年的，因為家裡沒了人，因還不曾扳倒汪軫，連爹娘的牌位都藏著掖著不能供起來。今年卻好了，月徊回來了，不拘怎麼他不再孤身一人，倒也不說有多喜不自勝，至少不再沒著沒落了。

不知誰家，這麼沉不住氣的先放了兩個二踢腳。「砰」一聲迎著飛雪縱上雲霄，在空中炸出一蓬火光和一聲巨響。他腳下略緩，仰頭張望，沒有等到第二聲。光散了，滿世界迸出一股子硫磺味兒，他掩了掩鼻子，打簾進了隔壁屋子。

今天的政務撂了手，但宮務還得過問，年下的各項挑費都要匯總，還有明年大婚的款項，也得知會庫房預留。翻開帳冊看，通篇蠅頭小楷，密密匝匝看得人眼暈。到最後勉強看完各司房庫存，已經快到子時了。

司禮監的那些少監們，這些年值夜弄出個規矩來，凡忙到半夜的都有點心伺候。銅茶炊上簡單做出兩樣小食來，不為吃飽，只為不讓嘴閒著。

小太監送到門上，輕聲回稟：「老祖宗，小的給您送吃的來了。」

他原想說不要的，忽然想起那個饞嘴的丫頭，便鬆口讓把東西留下了。

蓋碗裡頭是酒釀煮的小湯糰，一個個晶瑩飽滿，指甲蓋大小。擱幾塊洋糖，灑上一小撮幹桂花，幾根紅綠絲兒，這是過年當口才吃的小食。梁遇把蓋子蓋好，預備送到隔壁去，出門見她屋裡的燈還亮著，便隔窗喚了她兩聲。可惜毫無動靜，看來是忘了吹燈，他有些失望，又把蓋碗端回去，那芙蓉盞放在案頭上，逐漸冷成了冰。

第二天是三十，到了年根兒上，反倒比平時更清閒，連皇帝這天都不用起大早。梁遇交代楊愚魯他們看顧著，自己出了趟門，去走訪早年有來往的老人兒們。

一輛馬車，一個小火者隨行，不擺掌印的譜。他走了幾家，停在門上遞名帖，那是當初對他有過提攜之恩的人，如今上了年紀退隱了，他每年還是遵循這樣的慣例，一家家拜年道新禧。

頭兩家極力請他進去喝茶，他都婉拒了，儘量免於給人添麻煩。到第三家的時候依舊呈了名帖給門房，裡頭人出來相邀，他便攜了節禮進去了。

「眼看要過年了，我特來給您道新禧。」梁遇恭敬地作了一揖，「二叔氣色瞧著比上回好多了，近來還犯頭疼麼？」

這個被他稱作二叔的人名叫盛時，曾是宗人府經歷司的經歷。宗人府掌管皇帝九族名冊，也算宮裡說得上話的差事。當初梁遇進宮，正是依託了盛時的關係，至於盛時何故伸這把手，其實還是因為盛家和梁家有淵源。

認真說，盛時和梁遇的父親是舊相識，早年盛家也曾在敘州住過十幾年。後來盛時入仕，盛家舉家搬進京城，兩家的來往才少了。可是多年的情分無法磨滅，梁家遭了滅頂之災，梁遇歷經磨難找到他，他痛哭了一場，接下來多方斡旋，把梁遇送進宮裡，送到了當時不得寵的楚王跟前。

十一年啊，恍如一夢。盛時的身子一向不大好，略有了些年紀後就常鬧頭風，前兩年又得了曆節[1]，腳腕子腫得碗口粗，於是便稱病致仕，回家頤養了。

他見梁遇來，總是很熱絡，拉著梁遇的手進了上房，笑著說：「你上次踅摸的那個偏方，吃了倒像好了不少。早前發作起來疼得犯噁心，如今症候沒有那麼厲害了，眼看著還長了幾斤肉。你值上忙得很，何必趕在年前來，等過了年閒下來，咱爺倆一處喝兩杯。」

有小廝送茶水進來，梁遇接了，親自給盛時斟茶，一面道：「喝酒有的是時候，年前就剩這一天了，不能不來問安。先前我確實忙，沒顧得上來瞧您，請二叔不要怪罪。朝裡的變化，想必二叔已經聽說了，從代主批紅到走上朝堂，我沒有辜負爹的期望。」

盛時點頭，一時感慨萬千，「大鄴早前有聖諭，說內官不得讀書，不得干政，如今又怎麼樣呢。你能與內閣分庭抗禮，實在是痛快，你爹娘在泉下也該瞑目了。上月我聽說汪軫死在了沙田峪，就知道是你的手筆，好小子，你爹娘沒有白養你一場。只是日裴啊，官兒做得越大，越要謹慎行事，提防皇帝一頭倚重你，一頭忌憚你功高蓋主。」

梁遇道是，「二叔的教誨我記在心上，今兒來，是另有一個好消息要告訴二叔。」

盛時「哦」了聲，「什麼好消息啊？」

即便事情已經發生了很久，他說起這個來，嗓音裡依舊帶了點激動的輕顫，「二叔，我找著月徊了。」

盛時吃了一驚，「蒼天啊，真的找著了？」

1　曆節：曆節風，又名白虎風、痛風，因風寒濕邪入侵關節所致，使關節紅腫，劇烈疼痛，無法屈伸。

梁遇點頭說是，「樣貌、年紀、胎記，小時候的習慣，樣樣都對得上。我原打算帶她來見您的，但細想還是作罷了。我雖爬到今天的地位，其實還是不得舒心，要是叫人翻出了身世又是一宗麻煩，不說遠的，就說汪軫和司禮監那些人的死，一旦叫人拿捏住，也是彈劾的把柄。」

盛時說對，「將來總有咱們見面的機會，眼下你我對外都避諱那層關係，要是帶月徊來，愈發叫人往那上頭靠。」一面說，一面長嘆了聲，「時間過起來真快，你爹的樣貌我還記得真真兒的，以前的事最近也顛來倒去地想。那時候你娘生月徊，修書來說害怕，你嬸子還特意去了一趟敘州。那會兒你嬸子也沒生過孩子，壯著膽兒進產房，把月徊接到世上。十一年啊，眨眼就過去了，十一年裡發生那麼多事，你爹娘不在了，你嬸子也不在了，留下我這病鬼，早該去和他們團聚才對。」

他說了好些話，然而梁遇聽完，莫名把心思放在那句「你嬸子也沒生過孩子」上。為什麼加個「也」，不應當是「還」嗎？他在司禮監這些年，養成了字字計較的毛病，常人聽來也許並不會注意的細節，到了他耳裡卻會放大千萬倍。

他有些納悶，卻不好追問，笑道：「敘州離京城三千多里呢，嬸子隻身往敘州，就為陪我娘生月徊麼？」

盛時說是啊，可是說完一怔，又含糊敷衍：「也不單是為月徊，還有些旁的事……早前留下的老宅子要處置。」

梁遇聽得出來，後頭一句分明是湊數用的。世上有個約定俗成的規矩，每家都是生頭個孩子最要緊。既然頭胎就是男孩兒，也沒個生第二個害怕，要人奔波幾千里回去壯膽的。

梁遇沉默了下，望向盛時，「二叔，你是不是有事瞞著我？」

盛時說斷乎沒有，「這些年風風雨雨地過來，還能有什麼事要瞞著你呢。」

其實他發覺不大對頭，也不是一日兩日了，只是父子情分在，總不忍心去探究。當初丟了月徊，盛時曾切切叮囑過他，不管用多大的力氣，都要把月徊找回來，月徊是他母親的命。彼時這話並不難理解，他母親三十二歲才生月徊，這麼個墊窩兒丟了，自然沒法子向他母親交代。

盛時本以為能遮掩過去了，結果他又是半晌未語，再開口時說的話讓人心頭打突，「我娘二十四歲才生的我……」

二十四歲生孩子，真算得上子息艱難。一般人家十六七歲成親，要是兩三年無子，那可要急得上吊抹脖子了。他母親足等到二十四，可見父親寬和。那二十四歲要是再不能有孕，會怎麼辦？

梁遇站起身，拱手笑道：「來了有陣子了，宮裡頭今兒晚上有天地大宴，我怕底下猴崽子們料理不好，還得早些回去盯著。二叔保重身子，等忙過了這陣兒我再來瞧您。我帶來的幾支老山參，您只管用著，等用完了打發人告訴我，我再命人送來。」

盛時應了聲，勉力做出一副尋常的樣子，照例囑咐他萬事小心，一直將他送到門前。

門內門外是兩個世界，梁遇回身道：「盛大人留步，天兒涼，大人請回吧。」一面登車拜別，讓小火者駕轅回宮。

宮門上楊愚魯等已經候著了，見了他便一一回稟大宴安排的情況。梁遇聽完又吩咐了些細微處，大略覺得過得去了，才發話傳東廠檔頭高漸聲進來聽差。

東廠離得近，不多會兒人就到了跟前。高漸聲是東廠四檔頭，排名不算靠前，但辦事很穩妥，進來向上一拱手：「聽督主的示下。」

梁遇「嗯」了聲，「大節下的，有件差事要交代你。即刻通知駐紮在四川的暗樁，將三十年來替敘州歷任知府內宅接生過的穩婆拿住，一個個嚴加盤問。讓她們將接生的名冊例出來，飛鴿傳書入京，交咱家過目。」

高漸聲道是，領命退了出去。

梁遇一個人坐在暖閣裡，天兒還是陰沉沉的，這小小的屋子裡光線不明，人像陷進了泥沼，坐久了會被吞沒。他不知道是不是自己想得太多了，把辦案子那一套用到自己身上。也許查來查去不過誤會一場，但那也沒關係，查一查圖個心安，沒什麼不好。

這時門上有個輕俏的身影一現，月徊的腦袋探了進來。

案後佝僂的身子重新挺直脊背，舒眉一笑，「能下床了？頭還暈麼？」

月徊說：「都好了。既然沒什麼要緊的，我就回乾清宮了。皇上剛才還打發人來問呢，我得過去，給他報個平安。」

終究是向著外人，在哥哥這裡養好了傷，便急於回乾清宮去了。然而他也不能說什麼，妹妹長大了，有些地方不容他做主，他心裡所想她不能明白。她如今只知道和小皇帝春花秋月，也許就是相仿的年紀有了伴兒，不說愛不愛，橫豎找見個能一塊玩的人，還不用特特向誰告假。月徊的心思就是這麼簡單，簡單得有點犯傻。

梁遇望著她，她半個身子在門內，半個身子在外，彷彿說完便急著要離開了。他站起身叫住她，「妳進來，哥哥有話和妳說。」

月徊的腳沒能順利縮回去，只得又邁了進來，她掖著手訕笑，「哥哥有什麼話交代，我聽著呢。」

梁遇從案後走出來，走到她面前，什麼也沒說，只是細細打量她的臉。

月徊長得和母親很像，也許她記不清了，但他卻明明白白記得母親的樣貌。一樣豐盈的頭髮，一樣明亮乾淨的眼睛，甚至她漸漸養得滋潤了，身形動作都透出母親當年的風采。可是自己呢，他不知道自己和爹娘究竟有幾分相像，他們都不在了，如今能夠作比對的，只有月徊。

他拉她過來，拉到銅鏡前，鏡子裡倒映出兩個並肩站立的人，「月徊，妳瞧哥哥，和妳長得像不像？」

月徊是個糊塗蟲，她哪裡知道哥哥的心思。鏡子裡照出一張咧嘴大笑的臉，「一點也不像，我要是能長得和您一樣，那做夢都得笑醒。」她一面說，一面拉下梁遇，讓自己的臉和他並排貼在一起，「瞧這眼睛，瞧這鼻子……您的鼻子怎麼那麼高，還有這眼睛怎麼能這麼好看！我都怨死了，是不是他們沒空好好生我，就這麼湊合一下？您說我長得像娘，那您一定長得像爹吧！哎呀，原來爹這麼齊全，難怪那時候娘哭天抹淚要嫁給他。」

梁遇不說話了，一個像爹一個像娘，也許吧！他也仔細審視彼此的眉眼，不管是分開還是組上，當真半點相似的地方也沒有。

月徊不擦香粉，在家的時候綠綺她們還替她張羅，進了宮她就懶於收拾了。除卻那股脂粉氣，姑娘自身的香味悠悠的，別樣怡人……

他退開一步，「成了，妳去吧，先上皇上跟前點個卯，過會兒徐家就要進來了。」

月徊「噯」了聲，心裡惦記著瞧未來的皇后娘娘長得什麼樣，麻溜地退出暖閣。迎面遇見秦九安捧著一株赤紅的珊瑚進來，秦九安叫了聲姑娘，「您這就大安啦？」

月徊說是啊，一面扣上女官的烏紗帽。那帽子的形制和男人戴的基本一樣，不同之處在於女官烏紗上有精緻的繡花，當間兒一個圓珠帽正，兩邊帽翼上懸掛著流蘇，微一晃，鬢梳便上下顫動。

月徊搖起腦袋，就像小攤兒上的泥人芝麻官。她是活泛的性子，笑著說：「這兩天給少監添麻煩啦，謝謝您吶。」說著便閃身出了明間大門。

秦九安「嘿」了聲，「到底是年輕姑娘，真結實透了！」一頭說，一頭進暖閣安放珊瑚，笑著說：「這是南苑王打發人送進來孝敬老祖宗的，這一南一北幾千里路，著人打了個大匣子揹在背上進京，看看，一點兒都沒磕著碰著。」

梁遇抬了抬眼，「南苑王？」

秦九安說可不，「就是那南蠻子祁人，專出美人兒的那一家子。上回不是有旨意讓南苑送姑娘進宮麼，南苑王是聰明人，皇后的位子暫且叫人占了，但他們家姑娘只要有您看顧著，還能少得了一個貴妃的銜兒？」

梁遇調轉視線瞥了瞥那株珊瑚，珊瑚的成色絕佳，紅得像血似的。這南苑王的謹慎名不虛傳，闊得流油，說送給梁掌印取樂的玩意卻沒送到府裡，直送進宮來。這麼正大光明，不算行賄，眾人都看得見。

梁遇重新翻開了宮禁錄檔，垂眼道：「等過了年，該張羅接人的事了。皇上三月大婚，那些藩王家的姑娘進京在六七月，這麼勻著點來，不虧待了皇后，也顧全了皇上的身子。」

秦九安道是，「立后就在眼巴前了，那四位女官，皇上預備怎麼處置？」

梁遇提筆蘸了蘸，漠然道：「不發話就是不留，這幾個不中用的東西，白費了咱家一番苦心。」

秦九安縮了縮脖子，沒敢應話。好在如今皇上對月徊姑娘極有心，只要月徊姑娘吊住皇上的胃口，別叫他得手，早晚妃位上頭有一席之地。

那頭月徊到了皇帝跟前，笑著說：「奴婢皮實，全好啦，萬歲爺別替奴婢擔心。」

皇帝從案後出來，就著外面天光仔細瞧了她的臉色，剔透之下不見鬱氣，便笑道：「這就好，朕還怕妳今兒起不來呢，眼下見妳歡蹦亂跳的，朕就放心了。」

月徊仰著頭看了看，見皇帝還戴著網巾，也瞧不出個所以然來，便問：「誰替了奴婢的差事呀？伺候得好皇上麼？」

皇帝道：「沒人伺候，朕自己梳的。早前朕沒當皇帝的時候，在南三所都是自己照顧自己。那些梳頭太監粗手笨腳，大概是因朕不受待見的緣故，常拽得朕頭皮生疼。」

月徊不由咋舌，「我在碼頭跑漕船的時候，老覺得生在帝王家真好，不用為五斗米折腰。可現在聽著，怎麼皇子的待遇也分厚薄呢？」

皇帝說：「太監是最會看人下菜碟的，朕那時生母去得早，沒人護著，大伴也沒來，跟前只有兩個三等太監，除了搶吃搶喝，什麼也不肯過問。後來朕當了皇帝，把那兩個混帳罰去刷便桶了，本以為一切都能天翻地覆，可我想岔了，我沒法子晉我母親的位分，她到現在還是個太妃。」

所以做皇帝也有不順心的時候，月徊便安慰他，「沒事，等太后百年了，您再痛快快給您母親上諡號。就封皇后，還要比太后多兩個字兒。」

皇帝聽了她的話才笑起來，「妳進宮沒幾天，倒知道上諡號了。」

「吃什麼飯操什麼心嘛，我如今也是宮裡人，這些自然要知道。」說著看案上那西洋鳥雀鐘，「皇后娘娘和她娘家人，什麼時候進宮來呀？」

皇帝道：「申時進來，酉時出去……就是按例走個過場，老輩兒裡都是這麼個規矩。」

月徊「哦」了聲，神色如常。可皇帝的心卻有些懸，他輕輕拽了拽她的衣袖，「皇后進來，妳是不是不高興了？」

月徊說哪兒能呢，「我還挺盼著娘娘進來的，您大婚了，往後就有伴兒了。」

可是夫妻真能處到一塊去的，細算不多。這位徐皇后的確是他選的，那也是瞧著徐宿家世代忠良，為堵天下人的嘴而選。

一個人對你有沒有那份心思，這種關頭能瞧出來。月徊對他的喜歡顯然還不達占有，皇帝因沒能挑起她的醋勁，感到有些悵惘。

「今晚朕領妳上後海去，妳回頭預備起來。」皇帝有些討好地說。

月徊遲疑了下，「今晚不還得款待徐家嗎……」

「等人走了咱們就出宮。」皇帝盤算著，「酉時不算晚，朕讓人在海子上點了花燈，咱們就在那兒辭舊迎新。」

月徊聽著，覺得好雖好，但心裡還記掛哥哥。她昨兒才答應了要陪他過節看煙火的，這會兒又跟著上西海子去，回頭辜負了哥哥，那多不好。

可這位是皇帝，雖然瞧著好說話，人也和煦，但不能真拿他當尋常人。月徊終究存著幾分忌憚，只問：「西海子是皇家園囿，您上那兒去，我們掌印隨行嗎？」

皇帝說不必，「那頭有專事伺候的人。」

她支吾了下，「那……我回頭告訴我們掌印一聲。」

皇帝想得比她還周全些，「妳別忙，等宴散了，朕親自和大伴說。大伴辛苦了一年，這趟容他好好歇歇，咱們自己去。」說完見她還猶豫，便笑道：「妳放心，還像上回似的，咱們帶上畢雲。妳也不用愁，朕不會對妳做不好的事，妳在朕眼裡，和後宮那些宮人不一樣，朕敬妳，寧願朋友似的處著，也不會壞了這份情誼。」

話都說到這份上了，確實沒有什麼可擔心的。月徊是個賊大膽，衡量一番覺得這人靠得住，玩就占據了她的整個腦瓜子。她開始一心一意盼著徐皇后進宮來，盼著天地大宴早早結束，她好坐在冰面上，一面冒雪吃凍梨，一面看紫禁城裡放煙花。

時間當然也過得極快，申時轉眼就到了。因徐家姑娘還沒正式登上皇后寶座，進宮的排場僅比一般宗人命婦略高些。三跪九叩的禮儀是用不上的，但為彰顯皇帝的重視，由梁遇親自上東華門迎接。

司禮監的排場一向做得足，錦衣玉帶的一行人，在白雪皚皚的琉璃世界裡駐足恭候，放眼一望便是一片濃烈的好風景。

徐府的車終於來了，先下車的是太傅徐宿，見了梁遇便拱手道謝：「一切偏勞廠公了。」

徐宿早前是上書房總師傅，那些皇子都曾在他手裡習學過，皇帝也算他的學生。一位文官有學問之外還要站對立場，不是件容易的事，但徐宿的處世之道就是誰當皇帝就擁護誰，因此他和梁遇的交情尚算不錯，畢竟都有同樣的目標，都是為了扶植皇上。

梁遇回了個禮，輕笑一聲道：「徐老，咱家公務忙，沒來得及上您府上道賀，今兒就補上這個禮了。」

徐宿不是蠢人，有些話不必說透，他也一清二楚。要是讓太后做主，這后位無論如何落不到徐家頭上。只有皇帝和梁遇合計了，梁遇再從中斡旋，這才免於太后娘家人青雲直上，也免於接下來幾十年，太后一派繼續把持後宮。

細雪紛飛裡，徐太傅隔袖握了握梁遇的手腕，「廠公的成全，徐某沒齒難忘。」

梁遇等的就是這句話，當即笑道：「徐老言重了，都是替主子分憂。」一邊說，一邊回身望，見錦衣衛簇擁下的鳳車緩緩駛過了甬道，他抬指示意，執事太監撐起巨大的華蓋站在一旁遮擋風雪，他上前，打起轎簾，高擎起臂膀。

徐皇后盛裝，滿頭珠翠，環佩叮噹。燈火映照出一張端莊秀麗的面孔，沒有驚人的顏色，卻很有母儀天下的風範。一道輕輕的分量落在他的小臂上，輕輕落地站穩了，頷首道一聲「有勞」，這就是詩禮人家教養出來的氣派。

看來合乎皇后的標準，不過也有一個弊端，太過守禮的女人無趣，只怕最後只能贏得皇帝的尊重，不能再有其他了。

梁遇向她行了個禮，溫聲道：「娘娘，臣是司禮監掌印梁遇，今日奉太后之命，迎接娘娘。娘娘是頭回進宮，唯恐有不便之處，不拘什麼差遣，都可吩咐臣辦。」

徐皇后道好，話也不多，只是略微欠了欠身，「多謝掌印大人。」

梁遇向來惡名在外，這樣的人令人生畏，但也能勾起人探究的欲望。徐皇后悄悄望了他一眼，奇怪得很，本以為擅權的太監都長得又白又胖，一副陰陽怪氣的面相，但這位卻不是，他年輕、儒雅、俊秀，且知禮知節，進退得當。

簪纓門庭的人家，閨閣裡頭也會略聞外頭傳言，但談論男人相貌是大忌，怕勾得閨閣小姐春心蕩漾。徐皇后很少見過這樣樣貌的人，雖然極力地約束自己，也由不得多瞧了一眼。

這一眼正讓梁遇接上，他依舊是和顏悅色的神情，含笑道：「原本今兒娘娘應當面見太后，先給太后見禮的，但礙於太后鳳體違和，這一步就減免了。今日的宴席說是大宴，其實根兒上還是家宴，就設在奉天殿裡。這會兒萬歲爺已經過去了，只等娘娘到了就開宴。」

梁遇向徐皇后解說宮裡掌故習慣，一遞一聲透著和煦從容。這位不日就會是掌管宮闈的新主人，事先打好交道，總錯不了。

他們前頭佯佯而過，後面宮牆根上探出幾個腦袋。皇帝跟前的女官，尤其是侍奉床榻的那四個，在這種場合是不能露面的，她們只好拽著月徊，貓在角落裡偷看，一邊撚著酸地嘀咕：「這位就是咱們皇后娘娘啊，好像長得也不多美。」

月徊不這麼覺得，「我瞧挺好看呀，那眉眼多利索，多大氣！」

司帳嗤笑了聲，「利索大氣我是沒瞧出來，光瞧出來會擺主子娘娘的譜了。自己走道兒怕摔著麼，還要咱們掌印攙著她呢。」橫挑鼻子豎挑眼。

不過話說回來，見了梁遇還能無動於衷的姑娘，怕是不多見。太監宮妃走影兒的多了，哥哥眼界那麼高，別不是將來要和皇后怎麼樣吧！

月徊心裡忽然有點兒急，聽見教坊司的細樂悠揚地飄過來，看見皇帝走到丹陛上迎接。她倒不在意皇帝對這位新皇后持什麼態度，就默默盯著哥哥攙人的爪子，看他什麼時候能收回來。

皇帝對即將上任的皇后，其實沒有多大念想，只要她長得不太難看，出自徐氏就成了。

奉天殿裡的大宴辦得有模有樣，帝王家從來不玩虛的。御座東邊設膳亭，西邊設酒亭，還有成群的細樂班子和雜耍班子等待傳喚。皇帝高高在上，溫存地對徐太傅道：「太傅致仕後，朕難得再見上一面，今日看太傅氣色甚好，身子骨像是愈發健朗了。」

徐太傅攜妻兒老小向皇帝跪拜下去，「蒙聖駕垂青，臣等感激不盡。」

帝王家就是如此，什麼長幼輩分，到了皇帝跟前全不作數。無論是將來的國丈也好，國丈母娘也罷，都得向他磕頭行禮，即便皇帝嘴上叫免，也依舊受了他們的跪拜。

皇帝端穩地坐在御座上，含笑吩咐：「廠臣，替朕扶太傅起身。」

梁遇趨身上前，攙了徐宿及老太夫人，復轉身攙扶皇后。宮裡設宴和民間不同，即便就要成為一家子了，依舊君是君臣是臣，至多口頭上客套幾句，沒有同桌吃席的規矩。

一番虛禮過後，各自都落了座，皇帝這才打量徐家姑娘，不算多美的容色，但勝在端莊大方。徐姑娘的五官長相，硬要誇一句，大概就是長在了該長的地方。她也很善於控制自己的言行，一直垂著眼，那模樣，像廟裡普度眾生的菩薩。

面對菩薩是斷乎愛不起來的，只有敬仰。

皇帝抬手舉杯，和聲道：「今兒的宴，本當是太后主持，但太后違和，朕也不忍心叫她老人家強撐病體支應。橫豎沒有外人，諸位都隨意些。來，朕敬諸位一杯，年三十民間講究團圓，立后的詔書既下了，大家也不要見外，只當是自家吃團圓飯吧。」

於是眾人站起謝恩回敬，說到根兒上這場賜宴是藉機相看，看過了心裡有了根底，要是意興闌珊，那麼接下去周旋起來便無趣得很了。

然而氣氛是不能冷落下來的，梁遇向皇帝回稟，說：「教坊司排了新曲新舞，除了舊有的，又添《金陵曲》和《八蠻獻寶舞》。那些樂工和舞姬都是南苑人，骨子裡頭很有江南的典雅意味，這會兒就傳上來，給主子及娘娘助興。」

皇帝求之不得，畢竟一個時辰很難熬，大眼瞪著小眼不是方兒。

於是殿上樂聲大起，俏麗的南人身段柔軟，水袖揚起來，赤足在栽絨地衣上旋轉。所有人的注意力都集中到舞者身上，彼此終於可以鬆口氣了。

樂聲掩蓋下，皇帝偏頭問梁遇：「大伴覺得皇后如何？」

梁遇掖手道：「皇后矜重，將來必能統領後宮，母儀天下。」

皇帝「嗯」了聲，「徐家的家教很嚴，朕知道不會出第二個江太后，也就放心了。皇父當年多累的，前朝有黨政，外頭有韃靼人作亂，回來還要安撫使性子的皇后，雖貴為皇帝，實則活得很艱難。」

梁遇道：「先帝爺還是太重情義了，念著江家祖輩的功績，才一再容忍太后。如今朝野上下只等著主子親政，臣瞧著，也沒有哪個臣工效法江家故事，主子治下倒比先帝爺時期更安穩。」

皇帝端著酒盞長出口氣，這一切都賴於有人替他平衡朝綱，梁遇功不可沒，他當然知道。不過眼下最要緊的，還是宴畢之後和月徊的約定。月徊多少有些怕梁遇這個哥哥，提起要上北海子去，瞻前顧後的，不敢向梁遇開口。

雖說他心裡也有些忌憚大伴，但這種事，還是得由他主動些才好。

皇帝猶豫著，叫了聲大伴，「朕和月徊說定了，今晚要去北海子。她原說她來和你告假的，朕想著既然你在這裡，不如由朕知會你一聲的好。」

梁遇聽了，面上如常，只是微微呵了腰道：「這會子正宴請皇后娘娘一家子呢，主子是預備宴後就去麼？」

其實一位帝王，這麼毛腳雞似的籠絡姑娘，真是一件跌份子的事。梁遇的前半句話在提點他知分寸，皇帝暗暗是有些虧心，畢竟那個要成為他皇后的人就在下邊坐著，他卻去惦記別的姑娘，實在不賞皇后面子。但情之所起，也不是那麼容易控制。他現在滿腦子月徊，因為在皇后面前他是帝王，一言一行必須合乎帝王的標準，而在月徊面前，他不過是個滑冰的時候會大笑，會站在宮門上迎接她，和她一起養蟈蟈的少年人。

皇帝端起酒盞貼在唇上，尷尬道：「宴罷了就去，朕早就和她約好了。」

約好了……梁遇笑了笑，誰不是約好的呢，她也曾說要陪他吃團圓飯，陪他看煙花的。然而計畫有變，這丫頭如今長能耐了，兩頭約人，一頭議定了就爽另一頭的約，誰能把她怎麼樣？

「今兒是年三十，主子晚間還有些禮要過呢。」梁遇斟酌了下道：「守歲至半夜，明兒一早要開筆，又要宴請百官饋歲……臣怕您夜裡出去太勞累。」

皇帝說不礙的，「那些禮數是做給太后看，如今太后有也如沒有，就省了好些事兒。至於饋歲，是後兒的事，也不著急。」

看來是吃了秤砣鐵了心，沒法子更改了。也罷，至少在今天看來，皇帝重視月徊勝過重視皇后，當然不算壞事。

梁遇忖了忖道：「那臣回頭就去安排車輦……」

「不用排場，預備一輛車，讓畢雲隨行就成了。」皇帝交代的時候，視線和下首的皇后不期而遇，他溫和地報以微笑，皇后羞赧地低下了頭。

梁遇的唇角微一捺，心說小小年紀，真算得風月場上的積年，心有所屬，卻兩頭不落下，這就是帝王。

殿上歌舞昇平，殿外高高矗立起天燈和萬壽燈，幾丈高的燈身灑下一地光瀑，他瞇著眼睛思量，子時之前他們能回來麼？黑燈瞎火的去西苑，皇帝會不會對月徊起歪心思？

如果爹還活著，聽說閨女要跟著男人夜裡出去，大概也會這樣擔心。父母都不在後，他這個哥哥替代了爹娘，開始百樣操心。有些話不好叮囑，他沒法子告誡她提防男人哄騙占便宜，唯一能做的就是下令西海子當差的留神，萬一事出緊急，就算點了兩間屋子，也不能讓皇帝得逞。

一場天地大宴，在祥和的氣氛中落幕，皇帝到最後才和皇后說上兩句話。勾不起興致，卻會成為嫡妻的姑娘，寒暄起來應當是什麼內容？皇帝思量了再三才道：「節下天涼，皇后要仔細身子，千萬別受了寒。」

徐皇后對皇帝至少沒什麼不滿，皇帝的身分已在青雲之上，且長得也是眉清目秀，一派乾淨的少年模樣。這樣的婚事是天字第一號的婚事，是天下女人都嚮往的婚事，還有什麼可挑揀的。

徐皇后向皇帝行禮，「多謝皇上體恤，歲暮天寒，也請皇上保重龍體。」那麼乾巴巴的對話，卻依舊讓徐家人很欣慰，帝后的首次會面，至少已經算是十分圓滿的了。

皇帝在丹陛上送別徐太傅和皇后，其情依依，甚至人走出去老遠還在目送。可當人一出左翼門，他就忙著喚畢雲，問一切預備好沒有，月徊人在哪裡。

其實月徊這會兒一點都不想上西海子去了，她覺得有很多話要勸解哥哥，就像上回不答應哥哥和王娘娘來往一樣，這次的皇后也得讓他遠著。

有的人就是這樣，自己未必惦記別人，卻容易引起別人的惦記。在月徊眼裡哥哥最漂亮，有梁遇珠玉在前，徐皇后再看見皇帝，還能澎湃得起來嗎——雖然小皇帝也長了一雙勾魂的眼睛。

皇帝是心無旁騖的，因能暫且逃離這牢籠，覺得十分高興。他獨個兒跳上車，打起簾子探出半個身子。車棚兩角掛的燈籠照著他的笑臉，他難掩歡喜地朝月徊伸出手，「快上來。」

月徊戀戀不捨朝神武門內看看，「我們掌印呢？」

皇帝道：「他還要代朕送別皇后一家子，來不及送咱們了，眼下人在東華門上呢。」

也就是一個南一個北，看來是真趕不過來了。月徊沒法兒，摸了摸腦門說：「咱們逛兩圈就回來，我怕受罰的病症沒好利索，回頭又要吐啦。」

皇帝是一心想去的，那雙飛揚的鳳眼瞧起人來含情脈脈，「妳要是覺得發暈就告訴朕，或者現在就靠著朕也成。」

說實話，月徊希望他能發恩旨容後滑冰，可她沒能盼來，最後只得伸出手，讓他把自己拽上了車。

不過登車後她又快活起來，那股媒婆似的癮兒一下子就發足了，睇覷著眼和皇帝探聽，「您瞧皇后娘娘可好不好？您喜歡她嗎？」

皇帝很警覺地望著她，「妳不是躲在牆根上偷瞧嗎，妳覺得怎麼樣？」

月徊說：「我覺得挺好，就是那種大家小姐的做派，又端穩，又有氣度，和我們窮家子出來的不一樣。」

可是皇帝卻更喜歡窮孩子的活泛，那些書香門第的小姐和宗室女孩兒一樣，都是模子裡頭長出來的範子貨，什麼地方該圓，什麼地方該方，有她們自己的一套章程，他見得太多了，壓根不稀罕。

月徊問他：「那您呢？您喜歡皇后娘娘嗎？」

皇帝想了想，沒說喜歡，也沒說不喜歡，只道：「朕只要她夠格讓朕敬重，就成了。」

所以皇后就是擺在那裡約束後宮的，月徊忽然悟出個道理來，所謂的正宮娘娘，明明應該叫「鎮宮娘娘」才對啊。

皇帝和月徊的馬車離宮有會兒了，梁遇才匆匆從南邊趕來。

雪已經停了，天上星辰璀璨，夾道裡的積雪來不及清理，沉甸甸堆積在爽朗月色下，隱約發出一點藍。有風吹過，浮雪翻滾，在袍角湧動成浪。梁遇挑著燈籠，站在橫街向北張望，神武門上宮門緊閉，巨大的門洞裡黑黢黢的，看樣子他來晚了。

曾鯨伴在一旁，望了眼道：「老祖宗，車已經出宮了。小的打發人提早上西苑報了信兒，那頭的人都預備起來了。」

梁遇有些譏嘲地一哂，「咱們萬歲爺，這回像個愣頭青。」

曾鯨是他一路提拔上來的，極有耐性地磋磨了好幾年，沒有給他平步青雲的機會，就是一個腳印接著一個腳印地爬，才慢慢升到這個位子。受過打磨的人懂得察言觀色，馴服後也極其忠心，聽了梁遇的話，含蓄地笑了笑，「皇后娘娘怕是不得聖心，這麼著也好，有人震懾後宮，有人椒房獨寵，將來那些眼紅的不至於盯著一個靶子打。」

梁遇沒有說話，那雙深邃的眼微微瞇起來，仍是遠望著神武門。

曾鯨覷了覷他，「老祖宗，天兒冷，咱們回吧。」

梁遇腳下略站了會兒，便轉身往東佯佯而去。司禮監離北宮門很近，過了東一長街就是，遠遠看見衙門兩掖懸掛著及地的紅燈籠，今兒年三十，和平時反而不一樣，平時那些少監們都會出宮回府，但今天沒有商量的餘地，個個必須鎮守在職上。

隱約聽見裡頭傳出喝酒猜拳的聲響，這是歷年特許的，年三十可以沒大沒小，擺著流水席，一吃好幾個時辰。有差事的出去一趟，回來仍是菜熱酒暖。

曾鯨朝茶坊方向看了看，笑道：「老祖宗也上那兒熱鬧熱鬧吧！」

梁遇卻搖頭，「人多氣味難聞，我就不去了。你知會他們一聲，別喝滿了，防著主子們有急召。」吩咐完，自己負著手，緩步沿抄手遊廊回值房去了。

值房裡空無一人，其實冷清慣了倒不覺得什麼，有過人又走了，屋子就涼下來，缺了一段人氣。

可惜，今年的年三十，還是孤身一人。他進門落下垂簾，往裡間去。從螺鈿櫃裡取出個小匣子。那匣子只有手掌大小，初看普通，底下卻有榫頭，找準了退下來，便是兩個小小的牌位。

他把那兩個牌位放在高案上，各斟了一杯酒用作祭奠，喃喃道：「原想今兒能一家子吃個年夜飯的，不巧月徊有差事，出宮去了，還是我來陪二老喝一杯。」

那聳肩長嘴的酒壺裡傾倒出細細的一線，把酒杯斟滿，他抬手舉杯，向爹娘的牌位敬了敬，然後仰脖兒，一口把酒飲盡了。

他不常喝酒，冬天裡的燒刀子勁兒很大，順著喉頭往下，一路灼燒進胃裡，幾乎點燃整個胸懷。他喝酒並不急，面前兩個小菜也沒動，就是慢慢地獨飲，腦子裡裝滿了事，心裡卻空空的。

宮裡歷年都是子時放煙花，要是子時前能回來最好，要是回不來，恐怕就壞事了，明兒什麼都得放一放，先替她預備晉位事宜。

女孩子那麼輕易地交代了自己，是犯糊塗啊，他呷了口酒沉沉嘆氣。可是又有什麼辦法，就算爹娘在世也未必管得住她，他只是做哥哥的，適時的提點尚可以，管頭管腳，只怕她未必賓服。

看看座鐘，快要亥時了，還有一個時辰。院子那頭傳來粗豪的笑聲，他輕蹙了下眉，莫名覺得煩躁，酒也一口接著一口，漸漸有些急切起來。

屋裡燒了地龍子，加上酒氣上頭，顴骨上變得潮熱。他撐著身子站起來，解開領釦和鸞帶，正要脫曳撒，忽然聽見門上有人叫了聲哥哥。

他微一怔，疑心自己聽錯了，回頭看了眼，發現月徊居然真的出現在門前。

他吃了一驚，忙掩上衣襟，正了正臉色才轉身道：「怎麼這麼快就回來了？」

月徊說不算快，「我們還在那兒滑了兩圈呢，北海子的冰真好，沒被人糟蹋過，那麼大一整塊，上面落了雪，踩上去像踩在栽絨毯上似的。」

「然後呢？」他邊束鸞帶邊問，「怎麼沒留在那兒看煙火？」

月徊道：「煙火不是在紫禁城裡放嗎，北海子看得不真切。我要瞧明白，火星子是從什麼地方蹦出來的，連著能放兩盞茶的煙火，它的底座大不大。」

其實月徊沒好說，她到了北海子，真是一心惦記著回來，什麼冰床冰刀，按在她身上，她都覺得沒多大意思。

不過皇帝確實花了心思，那塊冰面上，被他妝點得元宵賽花燈似的。月徊也不傻，她懂得一個男人這麼殷勤待你是什麼道理，橫豎小皇帝喜歡她。

一個寡淡了十八年的姑娘，要不就沒人喜歡，要被人喜歡，那人就是皇帝，這成就不可謂不大。月徊起先還覺得自己不配，後來想想，什麼配不配的，皇帝不也是兩個眼睛一張嘴嘛。感情這種事得講究你情我願，許皇帝喜歡她，反正她也挺喜歡皇帝。喜歡了就得慢慢進一層，皇帝拉著她在冰面上滑行，溫暖的掌心，誘惑的眼神，當時滿天星辰啊……她看見他慢慢靠過來，那雙狐狸般的眼睛微微瞇著，一線天光裡有金芒閃爍。她那時候腦子有點糊塗，連氣都忘了喘，可她知道他要幹嘛，他想親她。

結果就是那麼煞風景，她頭一件想到的不是嬌羞，也不是欲拒還迎，她說：「萬歲爺，我沒擦牙。」

皇帝愣住了，她看見那雙丹鳳眼裡布滿大大的疑惑，然後他扶著她的肩，笑彎了腰。

天底下不解風情者，梁月徊敢數第二，沒人敢數第一。皇帝的理解是她害臊了，可她心裡明白，還真不是害臊，她扶著腦袋說：「我頭暈，咱們回宮去吧。」

本來就是，大晚上的來西海子，美則美矣，也挨餓受凍。她一說頭暈，皇帝就沒法子了，這趟西海子之行還不如什剎海那回，草草地收了場。皇帝在回來的路上握著她的手，很鄭重地對她說：「月徊，朕喜歡妳。」

月徊早就知道了，所以他說出口，她也沒覺得有多震驚，十分賞臉且用力地點了點頭，「嗯！」

皇帝發現她的反應和預期的完全不一樣，眼巴巴看著她，「那妳呢？」

月徊連想都沒想，「我當然也喜歡您呀，您看我們在一塊，玩得多自在。今天怪我自己不長進，要是不鬧頭暈，咱們能玩到子時。」

就是嘴上一套心裡一套，敷衍著皇帝，又記掛著回來開導哥哥。

進門見哥哥喝酒喝得小臉酡紅，她愈發覺得事情緊急了。可是不能慌張，不能單刀直入，得講究手法。她挨過去，仰頭瞧瞧他，「哥哥，您一個人也能喝得這麼高興？遇上什麼好事了？」

梁遇說沒有，「是屋裡太熱了。」可神思確實有些恍惚，他酒量不太好，略喝了幾杯，就容易上頭。

月徊覺得他有點見外，「熱您就脫啊，見我回來又穿回去幹嘛，我又不是外人。」

確實有些審慎過頭了，梁遇「哦」了聲，重新解開領釦，只是沒有再脫曳撒，拈了三支香點上，讓她向爹娘牌位磕頭祭拜。

月徊磕得很虔誠，那小小的兩塊板子寫上人名，代表的就是一生。她這輩子最大的遺憾，是爹娘的長相在她記憶裡變得越來越模糊，她有時候還能想起老家的宅子，雨天裡滴答落下雨水的瓦簷，或是輕快走過的某個身影，但是父母的臉，卻已經記不起來了。

叩拜之後站起身，她問梁遇，「您是想爹娘了，上半晌才拉著我照鏡子的吧？其實要是心裡難過，您就和我說道說道，誰也不是神仙，活著就有七情六欲。」她一本正經地開解他，「有不痛快，不能憋著，憋得時候長了，憋壞了，就開始胡思亂想。」

梁遇微微別過臉，說沒有，「什麼憋壞了，滿嘴胡說八道。」領口下的那截脖子裸露在燈火中，說話的時候喉結纏綿地滾動，透出一種無辜式的美好。

不是擎小兒入宮，長成了再入宮，外貌看上去和正經男人沒什麼兩樣。也正因為如此，才引得那些大姑娘小媳婦垂涎。

月徊咽了口唾沫，乾巴巴站著說話顯得不自然，她瞥了酒菜一眼，「咱們坐下，邊吃邊聊。」

梁遇對她提前回來還是很稱意的，他原先心裡油煎般撕扯，她一露面就藥到病除，這會兒也沒有別的渴求了。便讓她坐下，吩咐外頭上熱菜，一面替她斟了一小杯，讓她慢慢嘬著喝。

她沒回來的時候，他想了好些訓誡的話，恨不得當場把她提溜到跟前。眼下她回來了，趕在了子時之前，那些話就變得不重要了，更重要的是讓她多吃，然後把預備好的壓歲錢給她。

一個巴掌大的福壽雙全錦囊，裡頭裝了小金餅、小銀元寶，一串五顏六色的碧璽手串，和一把成色最好最大的南珠。月徊倒出來的時候，兩眼放光，「瞧瞧這個！太富貴，太吉祥了！」

所謂的富貴吉祥就是指值錢，說錢流俗，這才換了個比較文雅的說法。梁遇道：「妳今年十八，裡頭有十八顆。將來每年過年，哥哥都送妳一顆，等妳老了，把那些珠子穿成一串，傳給妳的後世子孫。」

月徊聽了，忽然有點想哭，傳給她的後世子孫，因為他知道自己這輩子不可能有後了。

她低頭看掌心裡的珍珠，吸了吸鼻子說：「我才十八，您把我八十歲的事都想好了。」

梁遇牽著琵琶袖給她布菜，淡聲道：「每年有定例，到了過年的時候就不必琢磨該送妳什麼了。成了，把東西收起來，快吃飯吧。」

月徊將滿把琳琅裝回錦囊，小心翼翼揣進懷裡，投桃報李給他斟了杯酒，往前一送，說：「哥哥，我敬你。」

梁遇道好，舉杯同她碰了下，月徊仰脖兒一灌，辣得直喘氣。

他看了失笑，「少喝點，這是燒刀子，不是梅釀。」

月徊忙吃了兩口菜，留神刺探，「哥哥，您今兒還攙了皇后呢，覺得她怎麼樣？」

梁遇垂著眼，不以為意，「我覺得怎麼樣不重要，重要的是皇上覺得怎麼樣。」

「我就問您。」月徊道：「說是皇后娘娘，這會兒還沒大婚，還是閨閣裡的姑娘。要是您見了這樣的姑娘，您什麼想頭兒？人家長得又舒稱，又知禮知節，一看就是個好姑娘。」

梁遇瞥了她一眼，「妳在琢磨什麼？」

月徊險些脫口而出，好在及時收住了，摸了摸後腦勺說沒有，「我什麼也沒琢磨，就是遠遠兒瞧皇后，覺得真好看。」

梁遇哼笑了聲，「沒想到妳眼光這麼不濟，這就算好看了？」

月徊一聽有緩，覺得不好看，至少不會一腦門子扎進去。不過人家終將是皇后，哥哥的野心她瞧得真周，為了以後便利，暫且屈就一下也不是不可以。

「要是……」她壓著嗓門說：「要是皇后娘娘對您有了意思，願意和您走影兒，您怎麼辦？走嗎？」

梁遇蹙眉看了她半晌，忽然明白過來，她這麼急吼吼地趕回來，原來是為了斷他有可能會發生的一段姻緣。

小孩兒家，心思比他還複雜，不應該。他成心逗她，「皇上歸妳，皇后歸我，那這慕容家的江山可全在我們兄妹手裡了，不好麼？」

月徊訝然，「您怎麼能這麼想呢，您還真有這份心啊？」她焦急不已，「敢情您不答應王娘娘，是因為太妃手上沒權？那個皇后……皇后娘娘還是黃花大閨女，您這麼幹不地道，知道嗎！」

她急赤白臉，梁遇覺得她有點傻，司禮監到了今時今日，就算滿朝文武恨之欲其死，也沒人能撼動他的地位。他還不至於為了吞吃慕容家的江山，去勾引一個沒什麼根基的小皇后，畢竟這皇后入了宮，很長一段時間還得靠他庇佑，和皇后走影兒，對他有什麼好處？

可是月徊的腦瓜子裡就是想不明白，她覺得但凡是女的，都會看上她哥哥，不管她哥哥是不是太監。

和她說話像鬼打牆，這屋子裡頭也實在是熱，他抬手又鬆了鬆交領，端起酒盞道：「妳別渾操心，我不會幹那種事。」

「為什麼？」月徊齜牙問，「因為皇后不夠美？」

梁遇沒言聲，算是默認了。

她坐在圈椅裡，又挪了挪身子，「那您覺得什麼樣的才算美？您才會喜歡吶？」

對面的人抬起沉沉的眼眸，什麼都沒說，只是看著她。

月徊眨了眨眼，頓時挺起了胸，「難道要像我一樣？原來我在哥哥心裡這麼美！」

梁遇終於調開視線，嗤笑了聲，「嘴臉！」

唉，就算她自以為是，臉皮厚，只要人在眼前，他就覺得心安。這些年真是一個人孤獨怕了，橫掃朝堂壓制王侯的時候，他覺得他應當沒有家小，無牽無掛。如今大權在握了，他又覺得該有家人，該有骨肉至親。人啊，就是這麼得隴望蜀。

兄妹兩個邊吃邊閒談，時候過起來很快。月徊不時瞧瞧案上的西洋鐘，忽然發現那一長一短兩支針，都快接近最頂上那隻獅頭了。她急急擱了筷子說：「我要陪您看煙花，快，咱們上奉天殿去。」

她著急要出門，忙摘了斗篷替梁遇披上，沒等他繫好領釦，就將他拽出司禮監。

大年三十，宮裡頭東路有一條道兒是不落鎖，專供當班太監往來的，她偏要去看煙花的底座，他只能帶著她從奉先殿那裡斜插過去。

大半夜的，夾道前後空無一人，兩個人挑著燈籠走在漆黑的路上，只有遠處的宮門上杳杳有一點兒亮。

月徊勾著他的胳膊只管往前奔，年輕的孩子，就算上半夜宮裡北海子兩頭跑，到了這個時候還是活蹦亂跳上了發條似的。

燈火照出她肉嘟嘟的耳垂和半邊臉頰，梁遇側目看她，「皇上那頭，沒說讓妳陪著看焰火？」

月徊道：「我是藉口頭暈才回來的，皇上是聰明人，不會難為人的。」她轉過頭來，諂媚地一笑，「再說我還得陪您呀，您孤單了十一年，沒有認回我的時候一個人淒淒慘慘就罷了，認回了我還讓您淒淒慘慘，那就是我的不是啦。」

她的用詞實在算不上精妙，他那麼厲害的人兒，到了她嘴裡就是一副可憐相。可他並不覺得不快，有個人心疼你，人人喊殺之餘，心總算有所皈依。

他長出口氣，眼前呵氣成雲，頰上還微有餘溫，「我剛才在想，感謝爹娘保佑，讓我找回來一個這樣的妳。」

月徊納罕地「嗯」了聲，「您是覺得我不錯，是吧？」

他在黑夜裡浮起笑意，「確實不錯。當初指派人手四處探聽妳的下落時，我曾擔心妳迫於生計，變成一副不討喜的樣子。怕妳尖酸刻薄精於算計，也怕妳早早嫁了庸人，蓬頭垢面拖兒帶女。」他一面說，一面低頭瞧她，瞧見一張無暇的臉，沒心沒肺朝他笑著。他倏地放鬆了脊背的線條，「還好，妳是這樣的妳。」

月徊說是呀，「這還是得益於我眼界高，要是願意湊合，我早嫁了跑碼頭的長工了。」

前面就是左翼門，宮門雖不下鑰，但前朝由錦衣衛把守。她跑過去，不出所料被兩個壓著繡春刀的人攔住了去路。那兩名錦衣衛正要發話，抬眼見梁遇到了面前，忙拱手叫聲「督主」。也不用再說別的了，朝姑娘作了一揖，退回原位上。

月徊踮足眺望，奉天殿前的廣場上，早有太監預備起來，十幾人侍弄著幾十個木箱子，火力巨大，底座也巨大。

他們就遠遠站著旁觀，那些小太監有條不紊地忙碌。掌班的看了眼時辰鐘，東南角天街上有人甩起了羊腸鞭，「啪」地一聲又接一聲，甩出了天青地朗嶄新的好年景。

掌班太監在臺階前鵠立，昂首唱禮：「混沌初萌，陰始極而陽始生，吉時到！」

下首五名太監得令，執香點燃了頭一排煙火的撚子。可不知為什麼，好一會兒沒什麼動靜，簡直要讓人以為引線和火藥沒接上，宮裡也放啞炮了。月徊正要問哥哥，冷不丁「咚」一聲，有火球衝上雲霄，霎時炸裂成五彩的光，然後便是綿綿不絕的，一叢又一叢繁花，鋪滿了紫禁城上空的夜。

月徊自小的願望，就是親眼瞧一瞧皇城裡頭那些大煙火的來源，這回不光瞧見了，還離得那麼近，可說是心滿意足。

天頂交錯的火光映照了她的臉，她偎在他身旁，瞇眼笑望著。梁遇垂袖牽住她，問她冷不冷，她搖了搖頭，可他還是沒有放開她，把她的手緊緊攥在掌心裡。

# 第十二章　何處良宵

這個年過得，確實比往年有滋味得多。雖說宮裡忙，宮外的事也不斷，但心裡是平和的，有後顧無憂之感。

三十過完，初一還有冗雜的儀式，明日要饋歲，所謂饋歲，就是皇帝大宴群臣，以感激眾臣工上年的兢業，且祈盼下年風調雨順。其實太平盛世哪裡是憑空得來的，終歸有人逆眾而行，擔得一身罵名。

梁遇上乾清宮回稟饋歲宴籌備事宜，進門便見月徊在暖閣裡站著。一個梳頭的女官，擔任著不在職內的差事，只要皇帝在，她必出現在三丈之內。照她的話說，梳頭女官名頭太窄，她應當叫蟈蟈女官。那兩隻蟈蟈兒也確實被她伺候得很好，養得油亮油亮，吃飽了裝在草籠子裡，擱在南窗底下，卯足了勁兒叫喚，叫得窗戶都關不住。

她見梁遇來，沒有言聲，俯了俯身以作行禮。梁遇經過的時候微頷首，要不是細瞧，瞧不出他們之間有過交流。

皇帝從案前抬起頭，笑道：「大伴來了？朕新得了一幅字，真假未定，請大伴掌掌眼。」

梁遇對字畫很有些研究，畢竟好的字畫，比真金白銀有價值得多。

他上前看，一眼便知道來歷，「米芾的《蜀素帖》，這可是難得的上品。瞧這筆力，剛柔相濟痛快淋漓，字與字之間的布局也巧妙，疏可走馬，密不透風，是真跡無疑。」

皇帝很高興，「大伴最懂字畫，連大伴都說是真跡，就沒有什麼可存疑的了。」

梁遇含蓄地笑了笑，因為這幅《蜀素帖》他府裡沒有，那皇帝面前的必定假不了。只是這些話哪能說呢，他順勢又誇了兩句，復回稟宴請的名單，「寧王和容王上年特准回京，今兒遞了話進來，要入慈寧宮參拜太后。臣已經借太后的名義回絕了，讓他們『各便』。主子親政之前，多一事不如少一事，不能讓他們出么蛾子。再者……臣一早得了消息，上回抓住的幾個南邳讀書人，背後另有玄機。兩廣近來出現一群自稱紅羅黨的反賊，興於鄉野，個個身穿紅羅背襠，到處妖言惑眾污蔑朝廷。兩廣總督葉震唯恐獲罪，並未上報京畿，暗中多番派兵清剿，但那些人四處流竄，難以一網打盡。」

皇帝怔住了，「反賊？大鄴百姓如今豐衣足食，哪裡來的反賊？」

他是太平皇帝，民間有人造反，實在讓他難以想像。然而這種事，從來就沒有間斷過。梁遇的語氣很尋常，拱手道：「主子不必憂心，不過是些流寇罷了，再好的日子都會有人反上一反，有飯吃的時候要衣穿，有衣穿的時候又要做官，人心哪時也不會知足。像這樣的小事，一年總有十件八件，全是東廠報效皇上的機會。只是這回，亂黨鼓動的不是田間地頭的農戶，反而是能說會寫的讀書人。這就有些麻煩了，鬧得不好又給人說頭，把焚書坑儒那套拿來大書特書，對主子英名也是損害。」

皇帝聽了悵然，「讀書人……最聰明是他們，最糊塗也是他們。那依著大伴看，接下來該怎麼處置才好？」

梁遇道：「眼下正過節，主子只管放寬心，這件事臣自會料理的。過會兒臣上獄裡一趟，等問明白了，再安排平叛事宜。」

皇帝道好，米芾的書法也看不進去了，隨手捲起來，讓畢雲收到庫裡去，一面對梁遇道：「親政就在眼前，千萬不能因這些人壞了大事。葉震無能，平定不下來，那就換有能耐的人去辦。這個節骨眼上鬧了這齣，恐怕後頭另有推手也未可知。」

梁遇俯首，「臣領命。先給葉震下令，命他嚴加偵辦，臣隨後便調撥東廠人手趕赴兩廣。」

皇帝點了點頭，在地心緩緩踱步，「紅羅黨……看來是想效法東漢末年的黃巾賊啊，大鄴好好的江山，豈能容他們作踐！」

歷來帝王最恨不是周邊小國擾攘，是自己的百姓反了自己，打壓起來自然不遺餘力。梁遇領命出宮，率眾一路往東廠去，因大過年的，衙門裡當差也稀鬆，幾個千戶、百戶聚在一起擲骰子聚賭，滿嘴污言穢語地調笑，拿對方姐姐嫂子取樂。正玩得興起，忽然聽得一隊隆隆的腳步聲到了大門上，回頭一看，險些嚇得肝兒都碎了。領頭的一身蟒服，披著烏雲豹的氅衣，烏紗下一張眉眼濃鷙的臉，視線掃過誰，就能叫誰腿裡發虛。

一桌子賭徒慌忙散了，蹦下條凳列隊行禮，「督主新禧。」

梁遇沒閒情和他們道新禧，在上首坐定了，問：「牢裡那幾個書生，審得怎麼樣了？」

眾人看看馮坦，表示他是大檔頭，他應該回話。

馮坦上前，硬著頭皮道：「回督主的話，卑職等這幾日一直在想轍套話，可惜那幾個讀書人嘴硬得很，死活不肯開口。先頭楊少監又發過話，不讓上刑，可不動大刑，實在撬不開他們的嘴……」

梁遇瞥了這些東廠番子一眼，一個個只會舞刀弄槍，除了屈打成招什麼都不會。他從牙縫裡擠出幾個字來，「一幫蠢貨！人在手上，連半個字都問不出來，竟不如咱家在宮裡消息靈通。」

幾個檔頭被罵得連頭都不敢抬，私下裡交換眼色，其實各自都覺得委屈。

原本東廠就不是講理的衙門，但凡打過交道，管叫他們豎著進來橫著出去就是了。簡單直接的刑訊法子用慣了，就懶於費腦子費口舌，結果弄來幾個酸儒，要和他們之乎者也，實在太難為人了。

梁遇呢，原是沒打算來硬的，一則讀書人該敬重，二則怕弄得太難看了授人以柄。那幾個南邳人排了一齣戲隱射當今朝廷，要是只出於私憤還猶可恕，但這會兒已經明白了，和紅羅黨有關，那麼接下來必定要往死裡審了。

他偏頭吩咐：「愚魯，重新過一回堂，咱家要他們一個說法兒。」

楊愚魯道是，和東廠的檔頭們疾步往獄裡去了。

昭獄是個污糟地方，大過年的，梁遇不願意沾染一身晦氣。他端坐在正堂上喝茶，耐心等著，等那頭拷問出個準信來，再給底下人安排差事。

明間裡靜悄悄，兩旁戟架林立，陽光從門上照進來，在青磚上投下菱形的光。一雙皂靴踏進光帶，檻外有人叫了聲督主，梁遇抬眼看，是小四。這小子比上回見面又長高了不少，如今很有股少年生猛的味道。果真吃了上頓沒下頓的孩子好養活，隨意給點食兒，就能抽條兒。

因月徊的緣故，梁遇賞了他個好臉子，「怎麼樣？在這裡當值還習慣麼？」

小四道習慣，「師父待我很好，我也學了不少本事，多謝督主栽培。」

梁遇點了點頭，「你姐姐很記掛你，總憂心你在這裡過得不好。」

小四笑道：「請督主帶話給月姐，我一應都順遂，請她不必擔心。那她呢？她在宮裡好不好？」

終歸在他身邊，哪裡能不好。梁遇擱下手裡茶盞道：「她也過得去，能吃能睡的，只是遺憾，不能和你一道過年。你在東廠好好幹，幹出一番事業來，讓她安心。年後東廠有個差事，到時候讓你領命去辦，等辦妥了，也算你功績一樁。」

初出茅廬的小子，就等著一展拳腳的機會，聽他這麼說立時振奮起來，一徑追問著：「是什麼差事？能辦差事我求之不得，可我……身手還沒學好，怕辜負了督主的厚望。」

知道深淺就不錯，梁遇對他也有了幾分好感，「不是捉拿欽犯的差事，是往金陵接人。今年各路藩王要送女眷進宮為妃，屆時朝廷會派人迎接，讓你擔這個差事，不多難，又能立功，回來就能升個小旗。」

有這種好事自然值得高興，小四咧嘴笑著，叉手向梁遇行了個禮，「多謝督主，也多謝月姐。」

梁遇輕牽了下唇角，散淡地調開視線，這時有太監壓膝進門回稟：「那兩個南邳人服軟了，說要見了老祖宗才肯招供。」

既這麼也沒法子，他起身往大牢去，小四忙追了上去。

昭獄裡常年陰暗潮濕，氣味自然不好聞，過堂的審訊室是個四面鐵板的屋子，只有靠近屋簷的地方留了窗戶，照進一點日光來。

底下人早張羅好了，南牆根兒上放了一把髹金圈椅，椅前的腳踏上擱著溫爐。馮坦呵腰迎他進來，他在圈椅裡坐定了，抬手掖了掖鼻子，方看向那兩個綁在柱子上的人。

看來用過了刑，鞭子抽破了衣裳，鞭痕之下血跡斑斑。於東廠來說已經算最輕的刑罰了，讀書人吃不得苦，這麼點磨難就招了，倒省了好些事。

「說吧，」梁遇道：「咱家知道你們不是主犯，只要供出幕後的人，就不必受這皮肉之苦，可以早早兒回家，和父母妻兒團聚。」

豈料這話竟招來一頓嘲笑，「父母妻兒，閹黨還知道父母妻兒？這大鄴朝都被你們這些有爹生沒娘養的玩意兒禍害透了，宦官專政，各路苛捐雜稅像山一樣壓在百姓頭上，老百姓連粥都快喝不上了。無國何以為家啊，團聚？團聚個毬！」

此話一出，刑房裡眾人頓時惶駭起來，原來他們招供是假，當面唾罵才是真。

番子見勢不妙，忙要上去堵他們的嘴，梁遇卻抬了抬手，讓人退下了。

他倚著圈椅的扶手問：「那齣皇帝認父的戲，是你們的手筆？」

那兩個人反問他：「你就是閹狗梁遇？早前聽說梁遇一手遮天，滿以為是什麼三頭六臂的人物，原來是個小白臉。你要問這齣戲出自誰的手筆，告訴你，正是老子！你仗著小皇帝寵信，結黨營私，排除異己，專斷國政，將這大鄴朝玩弄於股掌之間，我等恨不得吃你的肉喝你的血，將你碎屍萬段。」

文人罵人，洋洋灑灑可以一個時辰不帶重樣的，他們罵得歡暢，在場的檔頭和少監們，冷汗卻涔涔而下。

偷著覷覷座上人的臉色，那張臉陰沉著，冷得可怖。一口一個閹黨，一口一個閹狗，太監最恨人這樣叫罵，看得出他已經盡力克制了，否則這兩個酸儒的腦袋早就該開花了。

梁遇咬著槽牙道：「咱家再問你們一遍，你們的賊窩在哪裡，幕後之人是誰。老實招供，咱家還能讓你們死得痛快點兒。」

然而那兩個倒是讀書人裡少見的硬骨頭，他們很有視死如歸的精神，只是看著他冷笑。

梁遇瞇起眼，「果真不怕死，難得難得！」

其中一人更是大義凜然，「來世上這一遭，上不愧天下不愧地，中間不愧妻兒老小，縱然就義也死而無憾，百姓們記著我的好！不像你這閹狗，活著終身為奴，死後也要受盡後世唾罵！」

楊愚魯實在聽不下去了，也不明白以梁遇的脾氣，怎麼能忍受這種侮辱。他上前叫了聲老祖宗，「處置了吧。」

梁遇沒有理會他，起身走下腳踏，慢慢在那兩個人面前踱步，「你們愧不愧對天地，咱家不知道，可咱家知道，你們必將愧對妻兒老小。別仗著老家離得遠，就以為咱家不能把他們怎麼樣，莫說是南邳，就算是天邊，咱家也照樣能要了他們的命。」

那兩人的臉上終於有了懼色，卻依舊鐵齒，「殃及無辜，不就是你們這些閹狗的招式嗎。」

所以說讀書人天真，以為這樣觸怒了他，還能保得全家性命。

梁遇回頭，拿眼梢掃了他們一眼，「閹狗，罵得好！來人，找個淨身的師傅來，先給他們立騸，再割了他們的寶貝。」他殘忍地笑了笑，「弄兩條狗的，給他們接上，叫他們知道什麼才是閹狗。畢竟嘴上痛快了，身上吃點苦，也值了。」

這種刑罰可說是聞所未聞，那些掌刑的番子一聽便來了勁兒，一溜煙跑出去，找人的找人，抓狗的抓狗，剩下的重新把那兩個南邳人五花大綁，預備上刑。

有些人就是不到黃河心不死，待那磨得發亮的小刀到了面前才知道害怕。本以為當真多硬的腰桿子，誰知褲子一扒，什麼都說出來了。梁遇聽他們招完，到求饒這截子上，就抬指示意動刑。那位專事騙人的師傅是黃華門小刀劉，刀法了得，捏住卵袋輕巧劃上一刀，連血都沒來得及流，兩粒丸子就被擠了出來。

小四目睹了一切，嚇得腿裡抽筋，眼見受刑的那人臉色煞白，涕淚淋漓，待要張嘴嚎啕，兩粒丸子飛快被塞進嘴裡，然後一瞪眼一吞咽……端盤兒的番子嘿嘿地笑，「自己的東西別糟蹋了，吃哪兒補哪兒。」

邊上另一個早嚇得昏死過去，梁遇唇角扯出一個扭曲的笑，轉身走出刑房。

外頭天地清朗，陽光也溫暖，他輕舒口氣，「弄個大夫來給他們調理，別讓他們死了，咱家倒要看看，狗玩意兒能不能在他們身上長住了。」

番子領命承辦去了，一旁的小四還是呆呆的樣子。

梁遇一哂，「怕了？這才哪兒到哪兒，東廠的手段多了，好好學吧。」

司禮監的人辦完了事，又赫赫揚揚回宮了，小四到這會兒才喘上氣來，瞧著馮坦道：「師父，那兩個人真能活嗎？」

馮坦剔了剔牙花兒，「我也想知道能不能活，橫豎天天上藥，要是死了就死了，督主也不會再過問了。」一面揚聲叫麾下總旗，「收拾收拾，領差事上路。」

小四一慌，「真要上南邳去？」

馮坦漠然看了他一眼，「你以為呢！」

這時四檔頭匆匆進來，進門便問：「督主人呢？」

馮坦道：「回宮去了。」睨了他兩眼問，壓聲打探，「漸聲啊，督主到底吩咐你什麼差事呀？」

「您忘了咱們的規矩，差事各辦，不許通氣。」高漸聲說罷囫圇一笑，「您忙著吧，我往宮門上遞牙牌回事兒去。」

馮坦碰個軟釘子，撇嘴哼了聲，「褲襠裡頭插令箭，裝什麼大尾巴鷹！」

東廠辦事，動作極快，找出當年那些接生的穩婆，只花了兩個時辰。

高漸聲攜帶名冊進宮求見梁遇，雙手呈敬上去，一面道：「三十年間共有七任知府，其中四人正當壯年，在任期間內宅有過生養。卑職算了算，連妻帶妾的，先後有十個孩子落地。敘州不像京城，小地方穩婆不多，有一個王老嬤兒手藝最好，一般官宦和富戶人家接生孩子都是請的她。」

那小小的名冊是綁在鴿子腿上送回來的，捲起來是個極細的紙卷，他捏在手裡，卻猶豫了，不敢打開看。

「問準了麼？沒有遺漏吧？」

高漸聲道：「回督主，決計沒有。暗樁查訪的不單是穩婆，連藥婆和師婆都一一排查過，確認再三才往京裡通報。」

梁遇點了點頭，將那紙卷放在桌上，扣在掌下。

下半晌的日光漸漸變淡變涼，暖閣裡的薰香燒得濃，就著天光看，屋子裡有些雲霧嗷嗷的。高漸聲見他不說話，不由有些發怵，悄悄抬眼一瞥，也不敢多言，又低下頭去。

過了許久才聽他發話，「先頭那兩個南邳人招供了，你帶話給大檔頭，從玄黃兩個番號裡各抽調三十人派往兩廣。到了當地不許聲張，要喬裝打聽暗暗辦事，待摸準了亂黨老巢，再行圍剿之事。」

高漸聲應了個是，一時躊躇該不該告退，又等了會兒，才聽他說了句「去吧」，忙拱手行禮，退出了暖閣。

屋裡沒人了，梁遇移開那隻手，下勁兒盯了紙卷半晌。橫豎到了這一步，真相也在眼前了，打開它，看明白了，心裡的疙瘩就解開了。

拳握了又鬆，鬆了又握，最後還是拾起來，慢慢展開紙卷。

另三任知府可以不去看，只要找見梁凌君就成了。然而這個名下只記載有一女，便再無其他了。

他抬手撐住額角，腦子裡一片茫然，只是一遍又一遍看著這幾個字，心裡一下子沒了根兒，不知該飄往哪裡去。仔細算了算時間，他是父親在任時出生的，月徊也是，可為什麼連前一任知府後宅的生養都記錄在冊，唯獨缺了他？

沒有穩婆接生他，那就說明他根本不是娘生的。他坐在案後苦笑起來，原來自己和小四一樣，都是舍哥兒，他是從小被梁家抱養的。

難怪他和月徊一點都不像，不管是樣貌還是心思算計，兄妹兩個都差了十萬八千里。不是一根藤上下來的，各長各的，哪裡能相像！其實若說一點都不知情，倒也未必，他父親四十歲上得了消渴病[2]，據說這種病症常有上輩兒傳下輩兒的老例。有一回發作起來，躺在床上下不得地，他聽見爹娘說話，他娘慶幸不已，說總算日裴將來不會得這個病。

當時聽過則罷，雖然疑惑，卻也沒往心裡去。到現在驗證了，忽然覺得二十五年像一場夢，不知不覺就走到了這樣的境地。

心裡說不上是種什麼感受，爹娘早就不在了，一切的無奈和惆悵都沒有告慰，他連個吐露心事的人都沒有。他站起身，在暖閣裡無措地踱步，失望過後慢慢冷靜下來，他被他們如珠如寶地養到十四歲，如果沒有那場橫禍，到現在定然還是父慈子孝，養育之恩大於天，是不是親生的又怎麼樣呢。

可是還要求證，但願是那些穩婆記錯了。他將紙條塞進袖袋裡，獨自騎馬出宮去了盛時府上。盛時如今孤身守著個大宅子，妻子死後獨子外放做官，因此即便是過年，府裡也依舊冷冷清清。

他見梁遇來，歡喜一下過後就覺得大事不妙了。梁遇不大好開口，遠兜遠轉地說：「二叔一個人實在太冷清了，等今年我瞧瞧朝裡有沒有空缺，把退之調回京裡任職，對您也好有個照應。」

盛時說不打緊，「他是武將，又不擅和人打交道，外頭天地廣闊，不像京城人際複

2 消渴病：消谷善飢，口渴多飲，並因多飲而多尿，而致消瘦疲乏之病症。

雜，他留在外埠更自由。」

梁遇想了想道：「那就挑個丫頭收房吧，給了名分，伺候起來也更盡心。」

盛時笑著擺手，「我都這把年紀了，不好作踐那些孩子。今年正琢磨放她們出去配人呢，你倒叫我收房。」

梁遇此來的目的不在這個，前頭的話也說得三心二意，到最後沉默下來，彼此對坐有些尷尬。

盛時瞧了他一眼，心裡雖擔憂，也還指著他此來另有其事，便笑道：「大過年的，你趕了來就是為勸我納妾？」

梁遇搖頭，終於把那個紙卷拿出來，遞了過去，「二叔，您瞧瞧這個。」

盛時展開看，一眼便明白過來，怕什麼來什麼，他果真開始懷疑自己的身世了。

「東廠辦事的手段，二叔是知道的，只要發話下去，不消兩天就會有消息傳進京。剛才檔頭送了這個給我，這是穩婆三十年來替敘州知府內宅接生的名錄，月徊在裡頭，可是……卻沒有我。」他頓了頓道：「二叔，我不問旁的，只想要一句真話，我不是我爹娘親生的，是麼？」

盛時的臉色果然彆扭起來，只不願承認，支支吾吾搪塞著：「事兒都過去二十五年了，難保那穩婆有記岔的地方，怎麼能憑藉這個，就說你不是你爹娘親生的呢。」

梁遇笑了笑，「二叔別忘了我是幹什麼吃的，但凡我想弄明白的事，就沒有一樁能瞞過我。我特特來問您，是因為我不願意再深究下去了，我不想知道自己從哪兒來，也不想認祖歸宗，可有一樁我要弄明白，我究竟是不是我爹娘的親生骨肉。」

盛時慘然望著他，「日裴……」

梁遇低下頭，喃喃說：「生恩不及養恩大，我就算拚盡一身修為，也要替他們報仇，這是我的夙願。可是二叔，您不該再瞞著我了，將來還有幾十年呢，您瞞得住我一輩子麼？」

盛時噎了下，思量再三，到底還是長嘆了口氣。

「你……確實不是你爹娘親生的。當年他們夫婦成親後，你母親一直不能有孕，等了許多年，盼了許多年，一直沒能迎來自己的孩子。直到你母親二十四歲那年，她覺得這輩子不能再有孩子了，這才抱養了你。你來梁家時剛滿月，生得眉清目秀，你爹娘不知多喜歡，當真是拿你當親生骨肉撫養。直到後來你娘懷上月徊，她那時還笑話自己老蚌生珠，也說了，盼著能得個女兒，這樣便兒女雙全了……」盛時頓了頓，澀然道：「你瞧，你一直在他們心上，他們也沒有盼著再生個兒子，可見你在他們心裡和親生的無異。這個祕密，我原想帶到地下去的，如今你既然問起了，我也不能再瞞你了。」

梁遇平靜地點點頭，「二叔，多謝您能告訴我實情，索性說穿了，我心裡也不會再犯嘀咕了。」

盛時枯著眉道：「你心裡頭苦，二叔知道，你怪不怪我當初讓你進宮？」

梁遇說不，「是我執意要進宮的，沒有您，就沒我的今天。我剛才也說了，他們就是我的至親，為他們報仇，我粉身碎骨在所不惜。」說罷站起來，長長舒了口氣道：

「我是忙裡偷閒趕來求證的，如今真相大白了，我才能收心忙職上的差事。二叔留步，我走了。」

他拱了拱手，轉身往大門去。盛時目送他，看著他急急去遠了，雖說一身華服權大勢大，可那背影裡，終是難掩一種滄桑的況味。

其實知道身世又能如何，不過自尋煩惱。這件事明白在自己心裡，並不打算和月徊說。他本來就是個被放棄的人，在梁家受用了十四年，眼下還能聽她哥哥長哥哥短地叫著，這些都是偷來的，他不敢說，因為怕說破了，連這點親情也失去了。

司禮監裡依舊人來人往，這個衙門擔起了闔宮的雞零狗碎，就是操心的命。他聽人回稟那些無關緊要的事，耐著性子指派完了，才落得一個人在值房裡閒坐。

太陽快下山了，透過西邊的檻窗望出去，那無甚威力的老爺兒吊在天邊，像個敲落在碗裡的雞蛋黃。暮色一點點漫上來，他也沒有傳燈，就那麼獨自坐在昏暗裡。

他想圖清靜，可惜月徊沒能放過他。

她從門上衝進來，莽莽撞撞的，臉上還帶著委屈，進門就哭了，「蟈蟈，我的哥哥被雞吃了。」

哥哥蟈蟈混叫一氣，梁遇立時就頭大了，「妳哥哥什麼時候被雞吃了？」

她怔了下，忙改口：「不是哥哥，是蟈蟈。」一面說，一面氣湧如山，「就是那個司帳，我經過御膳房的時候正遇上她，她說要看我的蟈蟈，非要拔了蓋兒瞧。結果我的蟈蟈蹦出來，正好落進雞籠裡，那雞一嘴下去，就把它給吞了。」

梁遇看她連哭帶說，又可憐又可笑，他只得安慰她，「成了，不過是隻蟲兒，叫人再踅摸一隻來就是了。」

可她不依，「我養了這麼長時候，都養出膀花兒來了！她就是成心的，打從我第一天進宮起她就擠兌我，要不是礙著您，她非整治死我不可！」她越想越氣，「我的蟈蟈兒，雖不是皇上那隻御蟈蟈，可我也拿它當寶貝，她怎麼能這麼坑人呢！」

梁遇無奈地看著她，「那怎麼辦？為了一隻蟲兒，像處置慈寧宮那兩個嬤嬤似的處置了她？」

月徊雖心裡不痛快，但真要弄出人命來還是不大落忍，他這麼一說，她就自行消了氣，彆彆扭扭地說：「還是算了吧，不過是隻蟈蟈……」言罷在南炕上坐了下來，「哥哥，您吃了麼？」

梁遇說沒有，「妳留下來吃吧，回頭我再送妳回他坦。」見她還是悶悶不樂，起身倒了一杯茶遞過去，「御前那幾個女官是伺候皇上的，沒有皇上發話，我也不能隨意動她們。倘或是小打小鬧，妳包涵些，宮裡不能樣樣較真；可她們要是辦得出格了，妳大可告訴我，我自會收拾她們。」

月徊想了想，訕訕地笑了，「她們覺得我是來爭寵的，又不能把我怎麼樣，只好拿我的蟈蟈撒氣。其實我知道，您聽說我的蟈蟈叫雞吃了，您也暗自高興，誰讓您怕蟲呢。」

梁遇臉上有些掛不住了，「誰說我怕蟲，我只是不喜歡罷了。」

月徊嬉皮笑臉，「真的麼？那您明兒買個新蟲回來給我，怎麼樣？」

他不想搭理她了，坐在案後翻著門禁冊子道：「明兒有饋歲宴，十五還有親政大典，我這幾天沒空，等得了閒再買。」

月徊嘟嘟囔囔抱怨，就知道他會這麼說。她今兒閒了一天，皇帝忙於上奉先殿和宮裡城隍廟祭拜，沒顧得上她，所以一下職她就跑到這兒來了。

瞅瞅他，她把手肘撐在炕桌上，說：「哥哥，您今兒忙什麼了？我中晌過來，您上哪兒去了？」

梁遇垂著眼道：「上東廠辦案子，那兩個黃陂書生畫了押，把身後的亂黨供出來了。」

月徊「哦」了聲，「那下半晌呢？您怎麼一個人出去了？以往您出門，不得前呼後擁帶上一大幫子嘛。」

梁遇手上頓了頓，上盛府的實情不能告訴她，只得含糊敷衍，「有件小事要處置，出去一趟。」

誰知一抬頭，月徊那張臉就撞進眼裡來，她神出鬼沒地，不知什麼時候到了案前，眨巴著眼睛說：「我從您臉上看出心虛，您到底上哪兒去了？該不是上徐府，會皇后娘娘去了吧？」

梁遇心頭一跳，不自覺往後讓了讓，「別見天的胡說八道，我幾時會皇后去了！」

她說是嗎，拿手撩了撩烏紗帽上垂掛下來的穗子，「您瞧我，瞧見什麼了？」

她滿腦子稀奇古怪的念頭，不知又在琢磨什麼。梁遇蹙眉打量她，終於看見她腕上的碧璽手串，那是他年三十送給她的壓歲禮。碧璽色彩豐富，一個個剔透的珠子襯著白淨的肉皮兒，看上去玲瓏可愛。他「嗯」了聲，「好看。」

結果她繞了一圈，又繞到他獨自出門的因由上去，湊近了說：「您到底幹什麼去了？來小聲告訴我，我不告訴別人。」

可是最不能告訴的就是她啊，梁遇挪開視線，「以後再說吧，該讓妳知道的時候，自然會告訴妳的。」

月徊訥訥道：「聽著影響怪長遠的呢，還要以後。」

他沒言聲，暗裡嘆息，人心是會變的。一旦戳穿了真相，那兄妹之間還能不能這麼親厚，誰知道呢。

夜裡吃晚飯的時候他也試著問她，「如果妳沒有哥哥了，會怎麼樣？」

月徊嘴裡叼著水晶肴肉，驚恐地望向他，「好好的，怎麼就沒了？您要上哪兒去？到了天邊您也是我哥哥啊，難道您不要我了？」

梁遇說不是，「我的意思是，如果妳沒有找見哥哥，會怎麼樣。」

月徊歪著腦袋琢磨了一下，「您不來找我，我也不知道自己有哥哥，大不了一個親人也沒有，就和小四相依為命，也沒什麼。可您既然找到了我，又說沒有哥哥會怎麼樣……」她囁嚅道：「您可別嚇唬我，大過年的，不能說不吉利的話。」

是啊，他是有些糊塗了，這些話對她有什麼可說的。他的身世弄清之後，無非讓她從有親人，再次變成孤身一人。原本她在碼頭上胡天胡地，雖然缺吃少穿的，但她自由，也許會遇見一個不錯的人，有另一番不錯的前程。可他認回她，把她帶進宮來，要是他現在抽身，她會變成什麼樣？

其實說到底，也還是自己胡思亂想，一日做了家人，那終身都是。他看著她長到六歲，又從他手裡弄丟了她，這麼深的淵源，哪裡是說拋下就能拋下的。

可是月徊經不得他嚇唬，梁遇所處的位子，鬧得不好就有性命之憂。外頭多少人對他恨之入骨，朝中又有多少人想要他的命啊，他一說這話，她就覺得要出大事了。

這回是連飯都吃不下了，她擱下筷子，小心翼翼地往前挪了挪，輕聲說：「哥哥，您要是遇上什麼難事了，一定要告訴我，咱們不興報喜不報憂那套。這兩天我瞧您神神叨叨的，是不是接了棘手的差事，危及了您的地位或者性命？要是，您可得告訴我，我不願意哪天從別人那裡聽見，說我真的沒有哥哥了。」

梁遇對她的措辭真是頭大得很，那麼八面威風的掌印督主，到她嘴裡就是神神叨叨的人。可她倒也真擔心他的安危，那張一本正經的臉和瞠大的眼睛就在他對面，像小時候央他帶她出去買沙冰一樣，透出一根筋的執拗來。

他垂下眼，慢慢呡了口酒，「我只是隨口一說，妳別往心裡去。我也知道朝堂內外多的是想要我性命的人，可他們沒那個本事，妳只管放心。我今兒出去，是拜訪爹的一位舊友，順便打聽些以前的事——都是瑣碎，沒什麼要緊的，妳也不用追問，事情發生的時候妳還沒出生呢，告訴妳，妳也聽不明白。」

月徊「哦」了聲，「那我就不操心了。您往後不能這麼說話，會嚇著我的。我好不容易找著個親人，抽冷子又說沒了，那還不如從來沒有找到。」她一面說，一面牽著袖子給他夾菜，「哥哥，您要答應我，要好好的，長命百歲地活著，活著一天就照顧我一天，不許扔下我。」

她是個纏人鬼，可梁遇聽她說著這番話，心裡卻是極受用的。梁家二老於他來說，不單是至親也是恩人，他們只留下月徊一個，他自然要拿性命來守著她。

好在她想法簡單，沒有那麼多的彎彎繞，進了宮十頓有六頓在他這兒蹭吃蹭喝，剩下就是在皇帝那裡搭桌角，吃御菜。當然了，白天御菜吃得多，夜裡就來吃掌印的菜單。這人的口福倒是不錯，過去沒受用的，到這會兒全補上了。他看她每天乾清宮司禮監往來，活得如魚得水，除了頭前江太后尋釁吃了點苦，後來就百樣順遂了。

一頓晚膳下來，宮門早就下了鑰，她酒足飯飽擦擦嘴，「要不今晚我就不回去了吧，您在司禮監弄個屋子給我……就隔壁那間，賞我得了。」說完齜牙一笑，「我要和哥哥住街坊。」

梁遇說不成，「這是太監衙門，怎麼好留妳一個女官。吃完了就走吧，我送妳回樂志齋。」

月徊沒法兒，慢吞吞披上斗篷，鑲上暖袖，邁出去的時候還在嘀咕：「又不是沒住過……自己人嘛，還不能行這點方便。」

梁遇道：「別嘟囔了，送完妳，我還有事要忙。」

她不情不願騰挪出來，「哥哥，我頭暈。」

又來，打算靠著這項病症糊弄一輩子呢。梁遇道：「我攙著妳。」

誰知道她在他背上縱了一下，「哥哥您揹我吧！」

就是這麼黏纏，活像一張狗皮膏藥。衙門還沒出呢，跟前的小太監雖不敢抬眼，耳朵不能上鎖，她說什麼全都叫人聽見了。

好在皇帝跟前沒有隱瞞彼此的關係，否則就她這個狗模樣，遲早鬧出事端來。梁遇躲了躲，「別鬧，叫人看見像什麼話。」

月徊是個欠教訓的，驢腦子裡記不住事，得要人時時提點。經他這麼一說，她老實了會兒，自矜而端方地走出貞順門，連步子大小都很得體。從衙門到御花園，有挺長一段路要走，眼下前後宮門都上了鎖，甬道裡靜悄悄的。月徊偷著覷覷他，哥哥挑著一盞燈籠，側影挺拔俊秀。燈籠光照亮他身上的蟒紋通臂袖襴，金銀絲絞線，漾出一段又一段粼粼的細芒。

她錯後點，一下子蹦到他背上，「這回能揹我了。」

梁遇被她撞得趔趄兩步，沒有再訓斥她，將燈籠交給她，兩手穩穩扣住她的腿彎。

她蕩悠悠挑著燈，哥哥揹著她往前走，她指了指前方，「瞧見那顆長庚星了嗎，今兒沒有月亮，要是有月亮，它該陪在月亮身邊吶。長庚和月亮，他們是好哥兒倆，就像我和哥哥。」

梁遇抬眼望向天邊，「長庚伴月，沒有月亮，長庚星就孤孤單單的。可要是沒有長庚星，月亮身邊還有旁的星呢，月亮不會孤單……」

月徊聽出來了，「您話裡有話啊，我也沒幾個伴呀……」

怎麼沒有呢，一頭掛著皇帝，一頭還有個小四，再過上一陣子，興許還有小五小六。

可是原就不相干的兩類人，他們喜歡也好，愛也好，他作為哥哥，不該相提並論。這個話題不能聊下去了，他微微偏頭道：「哥哥上了年紀，有時候不免感慨。」

月徊啞然失笑，「您才多大，就說自己老了。其實您別愁，我進了宮，想必也出不去了，將來您別為打發不了我而生悶氣，就夠了。」

梁遇淡然笑了笑，也沒說旁的，只是揹著她慢慢前行。

月徊問：「我沉不沉？」

梁遇說不沉，「往後犯懶就說犯懶，別再拿頭暈說事兒了。」

「可我十八歲了，還讓哥哥揹著不像話。」她圈著他的脖子，微微低下頭，有些委屈地說：「我記得小時候就喜歡讓哥哥揹著，現在大了，還有這個癮兒，戒不掉。」

梁遇道：「那就不戒了，橫豎妳沒出息也不是一日兩日。」

於是月徊心安理得了，靠在他肩頭上說：「要多大出息幹什麼，有您這樣的哥哥，就是我最大的出息。」說起漂亮話來真是無師自通，永遠能討得他的好。

慢慢接近前頭宮門了，她總算知道避諱，從他背上跳下來。

梁遇上前敲門，裡頭值夜的小太監問是誰，硬邦邦道：「宮門下鑰，概不開啟，有事明兒趕早。」

他扔了句「是我」，便再不多言了。

門縫上透出一隻眼睛，朝外瞧一眼，「喲」了聲忙打開門，「小的有罪，不知老祖宗駕臨……」

月徊邁進門，說您回去吧，可樂志齋在花園另一頭，黑燈瞎火一個人穿過去，他不大放心，便道：「我送妳進屋。」

前頭的那片樓閣，自打皇帝即位以後就閒置了，只留兩個老宮人看守花園。他想了想道：「明兒派兩個小宮女給妳，伺候伺候洗漱也好。」

到了門前，他站在臺階下目送她。月徊推了門，一面還念秧兒：「唉，我多可憐，想住在司禮監，掌印大人不讓。把我趕回這冷屋子，瞧我凍的，小臉兒掛著鼻涕，小手冰涼。」

梁遇拿她沒辦法，屋裡早有人掌了燈，炭盆也生好了，她還睜著眼睛說瞎話。她就是因沒能賴在他值房，心裡不受用，他瞧出來了，也不和她囉嗦，只道：「關上門，我走了。」

月徊眼見無望，嘆著氣說：「您好走，留神地上滑。」先前讓人揹著，全沒想到這層。

梁遇點了點頭，看她把門關上，他在門前略站了會兒，方轉身往司禮監去。

就這樣，兄妹之間毫無隔閡，已經是天大的恩惠了。一顆心提溜到現在，逐漸回落下來，往後該是怎麼還是怎麼，他早過了得知真相就要死要活的年紀，這些年經歷了那麼多，有什麼能比失去權力更可怕！

他開始著力籌備皇帝親政事宜，朝堂表面上人心安定，有了內閣先前兩名官員的前車之鑑，那些大臣就算有什麼不滿，也不敢聚眾妄議。

好得很，要的就是這樣局面，臣工奏對雖可以暢所欲言，但也要有度。像文宗時期兩派官員大打出手，到了今時今日是不可能再發生了。早前司禮監沒有立起來，那些文官敢當面駁斥皇帝，如今朝上有了梁遇，不說令眾人噤聲，至少能約束他們的言行，讓他們知道什麼是規矩。

司禮監衙門，也有例行議事的時候，正堂地心擺著一隻大炭盆，幾個少監司房在兩掖按序坐著，楊愚魯道：「皇上親政是大事，屆時太后要是再不出面，朝臣們倒尚可敷衍，那些王侯們有什麼想頭呢？」

秦九安道：「王侯們？王與侯也得分開說事兒，要說王，一個個就了藩，管好自己封地上的事就不錯了，朝廷裡的政務他們還要插一槓，難道要造反不成！至於那些侯，享著祖蔭，手上又沒有實權，踏踏實實在家養狗遛鳥就得了，連朝都用不著上，親政大典怎麼安排，和他們什麼相干？所以依著我，太后照舊稱她的病，壓根兒用不著她出面。誰敢多嘴，廠衛又不是吃素的，拔了他兩顆門牙，你瞧還有誰敢說話。」

秦九安辦事簡單粗暴得很，其實一向不得梁遇賞識。原先還有個駱承良，如今駱太監派出去挖礦了，少監裡頭就數楊愚魯和曾鯨更得重用些。

楊愚魯說話不得罪人，笑道：「秦哥說得很是，但我想著，那些臣工都是官場上歷練多年的油子，眼下就算堵了他們的嘴，將來也是一輩子的話把兒。咱們大鄴皇帝親政，歷來有這樣的規矩，太后代行先帝之職，有太后坐鎮，方才名正言順。皇上這輩兒裡兄弟不少，何必落了這個短處叫人說嘴。」

曾鯨沒有說話，只是轉過頭，向上瞧了一眼。

恰在這時，門外傳來腳步聲，略隔了會兒門上執事進來回稟，呵腰道：「老祖宗，東廠傳了奏報進來，翰林院侍讀學士劉進在家妄議朝政，暗諷皇上不敬母后，過河拆橋。」

梁遇擱下手裡的茶盞，笑道：「看吧，事兒說來就來了。一個小小的從五品侍讀，熱炕頭上還和老婆嚼舌頭呢，看來這件事不能不慎重。」一面吩咐下去，「既然查明有人詆毀聖譽，還等什麼？命東廠拿人，用不著大肆宣揚，消息走漏起來，比咱們想像的要快。」

執事領命出去傳話了，曾鯨才道：「這朝堂上七個葫蘆八個瓢，表面臣服，心裡未必不在等著瞧親政大典那天的安排。像楊少監說的，萬一有個錯漏，就是一輩子的把柄。」

梁遇頷首，「這事咱家心裡有數，橫豎到了這份兒上了，看樣子少不得要請一請真佛。大典籌備事宜不能馬虎，九安多照應些，差事要是辦不好，你就上斡難河砸木樁去吧。」

秦九安一聽，縮著脖子道是，梁遇撫了撫腕上菩提又道：「大節下的，誰都能歇著，唯獨咱們司禮監不能歇。也是正逢主子親政，等熬過了這一截，往後就好了。眼下大家少不得勞累些，我心裡有數，等差事辦下來，回過了萬歲爺，再把俸祿往上調一調，也不能讓大家白辛苦一遭。」

眾人紛紛應了，有差事在身的都退出去承辦，留下曾鯨斟酌道：「老祖宗，到時候在御座邊上設兩道屏風就是了。太后如今上了歲數，且後宮不宜拋頭露面，在屏風後頭說兩句順應天意的話，足了。」

可梁遇卻搖頭，手裡緩緩盤著菩提道：「親政大典不同於一般大典，太后是必要露面的，但憑她現在的心境，怕是沒那麼容易答應……等我回過了萬歲爺再作定奪吧，或者去探一探太后口風，要是她想明白了，正主兒出面比什麼都強。到底我也不願意幹那麼些損陰騭的事，和女人計較，實在不是大丈夫所為。」

皇帝在政務上算有建樹的，唯一不足就是優柔寡斷。也許是自小養成的習慣，做什麼都要考慮再三，即便如今御極，立於萬萬人之上，他也還是瞻前顧後，既要執掌天下，又怕落得罵名。

梁遇掖手道：「既這麼，那臣就往慈寧宮去一趟，太后那裡由臣去說合，該認的錯臣來認，只要太后答應讓親政大典順利舉行，就算太后要治臣大不敬之罪，臣也絕無二話。」

皇帝從御案後走了出來，拉著他的手說：「大伴是朕的膀臂，太后的脾氣由來叫人摸不準路數，要是當真由著她的性子，不知要闖出多大的禍事來。大伴去同她商議，無論如何先保得自己，朕這江山可以沒有太后，但不能沒有大伴，你可記著了？」

梁遇笑道：「主子放心，臣和太后打了那麼些年交道，知道該怎麼處置。主子且少待，臣過去一趟，請主子等著臣的好信兒。」

皇帝道好，梁遇拱了拱手，從東暖閣退了出來。正要下臺階，聽見身後有人叫了聲掌印，他停住步子回頭看，月徊從殿裡匆匆跑了出來。

因左右都有人，她不好隨意說話，拉著他讓到一旁，小聲道：「您要去太后跟前，八成討個沒趣，倒不如別去了。我想了想，要不咱們還像上回似的，您在朝堂上垂一面簾子，我躲在簾後用太后的聲調說話。不就是一場大典嗎，料著也沒誰敢上來掀簾子，只要糊弄過去，讓皇上順利接了璽印就成了。您別去慈寧宮，也別受那份閒氣，太后要是知道皇上有求於她，還不知要擺多大的譜呢。」

妹妹心疼他受委屈，可見沒有白疼她。梁遇道：「走還是得走一遭的，倘或能談得攏，也是雙贏。朝堂上瞬息萬變，不到萬不得已，我不願意妳再拿這個本事示人了，對妳沒有好處。橫豎妳別憂心我，當好自己的差事，主子跟前機靈點就成了。」

他沒再逗留，提著曳撒下了丹陛。幾個隨侍的人在臺階下等著，見他來了，魚貫跟在他身後，一路疾步往月華門去了。

自打年前限制了太后的行動，慈寧宮一直挺安分，除了時有太后砸桌子摔碗的消息傳來，再也沒有其他與前朝或是宮外有牽扯的動作了。梁遇從門上進去，慈寧宮裡靜悄悄的，簷下幾個太監宮女站著班，見他現身，紛紛俯首行禮。

太后這兩天禮佛的時間大大增加了，不過這會兒應當在暖閣裡。他在次間門前站了站，等人進去通傳，隔簾聽見太后的聲氣兒，不甚愉悅地說「他來幹什麼」，顯然沒有要見他的意思。

這要是等，得等到猴年馬月，他乾脆打起簾子，舉步邁了進去。

太后見他不等召見就進來，雖心頭有火，卻也不好發作。下狠勁兒擼著她的大白貓，擼得滿屋子貓毛飛揚。

「廠臣是貴客，無事不登三寶殿，今兒上我這裡來，又有什麼教訓？」

梁遇揖手躬了躬腰，「娘娘言重了，臣這回來，是給娘娘賠不是的。年前因那點子小誤會，給娘娘添了堵，這會兒想起來實在不應該。只要能讓娘娘消氣，臣願意領罪受罰，以贖前愆。」

太后雖說脾氣壞了點，到底人不傻，她瞥了他一眼，哼笑道：「普天之下還有敢在你梁遇頭上動土的人？就算你願意受罰，我也沒這個膽兒降罪。我是領教過你厲害的，上我這兒用不著說漂亮話，有什麼就開誠布公吧。梁掌印是大忙人兒，我沒那麼大的面子，留你陪我閒話家常。」

太后跟前不得禮遇，不是什麼新鮮事，她拿話來呲打，梁遇也不覺得面上下不來。既然要攤開了說，其實也好，便拱手道：「臣今兒來，是來和娘娘商議皇上親政大典事宜的。畢竟大鄴朝少年天子登基不多，只有前頭孝宗皇帝的先例，但因所隔年代久遠，只怕依照得不仔細。」

太后聽了，臉上現出一種事不關己的漠然來，「皇帝親政，不是你們說了算的嗎，怎麼倒來和我商議？我是個不中用的太后，不管前朝還是後宮，哪裡有我說話的餘地？廠臣要商議，看來是找錯人了，我什麼也不知，什麼也不曉，你還是另尋他人吧。」

太后會說這些酸話，他來前早就預料到了，因此有十分的耐心來慢慢和她磋磨，「娘娘何必負氣呢，天子親政，您是太后，屆時大典要您出面的，怎麼能和您不相干？這樣，娘娘不熟悉大典流程，不要緊的，臣和娘娘說道說道，娘娘再看有什麼錯漏沒有……」

然而太后斷然拒絕了，「不必！梁廠臣，你們是拿我當三歲孩子啊，要用的時候給顆糖棗兒，不用的時候就做臉子圈禁，真打量我好欺負？皇帝既要親政，要我臨朝鬆口，那他自己怎麼不來？我好歹是先帝的皇后，他還管我叫一聲母后，大節下的，他來給我磕頭請安沒有？不孝不悌的東西，要不是我當初糊塗，皇帝哪裡輪得著他來做！如今翅膀硬了，全不拿人放在眼裡，我告訴你們，別打量天下人都是傻子，你們編得了鄴史，編不了人心。將來自有人把你們的惡行一代代傳下去，不管到了哪朝哪代，你們都是狼心狗肺，臭不可聞！」

好好的一場對話，到最後終於演變成這樣的局面，似乎和太后對話，永遠解不開這個死局。如今好話說過了，太后油鹽不進，那麼先禮後兵是免不了的。

梁遇也不惱，趷身在邊上圈椅坐了下來，「娘娘，生米已經煮成熟飯了，您處處作梗，著實沒意思，也晚了。倘或您有親兒子克承大統，那還說得通，可您所出不過一位長公主，和皇上鬧得這樣，就算騰出了皇位，您也不能怎麼樣不是？還是聽臣一句勸吧，打今兒起好好和皇上相處，母慈子孝夠您受用一生。皇上也不是薄情的人，他自小沒了生母，您要是厚待他，處處以他為先，他怎麼能不孝敬您！說到根兒上，他是您頤養天年的靠山，上半輩子享福不是福，下半輩子安逸才是真福氣，您這會兒只管鬧，鬧到最後對您有什麼好處？」

太后聽不得他這套冠冕堂皇的說法，「我是母后，他是兒子，還沒怎麼樣呢，這就把我圈禁起來了，要是再厲害點，豈不是要生吞了我？你別來給我唱高調，他的親政大典我不去，我就是要叫諸位臣工看看，叫天下人看看，皇帝是怎麼對待母后，怎麼以仁孝治天下的！」

梁遇聽她說了一車的氣話，半晌沒有再言語，只是輕輕蹙眉，道一聲「何必」。

太后這人，真是很不好相與，有的人吃軟不吃硬，她呢，是軟硬都不吃，除非你拿住了她的命門。

梁遇低下頭，轉動起手上扳指，曼聲道：「臣記得永年長公主下嫁布政司右參政薛朗，上年布政司的糧儲屯田都沒能清算乾淨，這可都是駙馬爺的分內啊，太后娘娘知道麼？」

太后果然警惕起來，挺直了脊背戒備地看著他，「你想幹什麼？」

梁遇笑了笑，「也沒什麼，臣只是偶然想起，順嘴一說罷了。長公主已經許久沒回京了吧？娘娘記掛長公主麼？要是臣派人把長公主接回京來，陪娘娘一段時候，娘娘可願意？」

太后終於白了臉色，梁遇善於拿捏人的軟肋，長公主就是她的軟肋。

一個人一輩子活得再張牙舞爪，終歸也有割捨不下的牽掛。娘家倒沒什麼，畢竟父母都不在了，兄弟子姪於她來說並沒有那麼重要。可她有個女兒，日夜懸心，那是她身上掉下來的肉。

梁遇的每一句話都不是平白無故的，既然提起，就說明他已經開始打主意了。太后強自鎮定，狠狠盯著他說：「你要是敢動長公主一根汗毛，我寧肯不當這太后，也非要扳倒皇帝不可。」

那倒沒這個必要，梁遇道：「娘娘多慮了，臣只是想讓您和長公主骨肉團聚罷了。既然娘娘不喜歡，那不接就是了，不過皇上的親政大典……」

「我去。」太后慢慢長出一口氣，「只要不動長公主，一切全依著你們行事。」

所以啊，何必非鬧到撕破臉皮的份上呢，梁遇起身笑道：「那臣就把這個好信兒轉告皇上了。請娘娘放心，只要娘娘心疼皇上，長公主和駙馬就能繼續在江南遊山玩水。這世上，沒有什麼比出入平安更要緊的了，娘娘雖身在宮中，也應當明白這個道理。」

他說罷，向太后作了一揖，領著司禮監那些太監揚長而去了。太后盯著他的背影，恨得心頭出血，緊緊咬住牙關。

珍嬤嬤上前，憂心忡忡道：「娘娘，梁掌印是怎麼個意思？要是您這回不依，他就要對長公主不利麼？」

江太后臉上迸出扭曲的笑，「梁遇威脅得我好啊，我十八歲進宮，到如今二十五年了，還沒人敢對我這麼著。他以為拿捏住長公主，就能讓我服軟，只怕是錯打了算盤！只要太后嘴裡細數皇帝的錯處，當著文武百官的面召集各地藩王入京，我就不信，處置不了一個慕容深！司禮監、廠衛，算什麼東西！皇帝倒了臺，還有他們活命的份？梁遇是倡狂得過了，一個內官，真當自己能一手遮天呢。」

珍嬤嬤恍然大悟，「奴婢剛才還替娘娘不值來著，原來娘娘心裡早有成算了。」一頭說，一頭望向外面的院子，天是瀟瀟的藍，她喃喃著，「今年啊，熱得比往年還早些……又到了做春裝的時候了，回頭奴婢上造辦處問問，宮人們做衣裳的料子，什麼時候送到慈寧宮來……」

於是這話不消半個時辰，就到了梁遇耳朵裡。

「瞧瞧，太后果真不是省油的燈。」他坐在圈椅裡，唇角帶著嘲訕的笑，偏頭對座下少監們道：「這回的主意愈發大了，想效法武烈皇后廢帝。可她沒想過，鬧起來容易，事後不好收場。」

他既然提督廠衛，這京城的線報和駐防自然全捏在他手心裡。像汪軫，霸攬個紫禁城就覺得高枕無憂了，所以才死得那麼快。江太后的設想是不錯，但這個消息要想越過他，傳到藩王封地去，只怕是癡人說夢。

楊愚魯道：「太后預備魚死網破了，老祖宗打算怎麼料理？」

怎麼料理……還能怎麼料理！梁遇道：「我給過她機會，要是按著先頭議定的辦，偏偏身子，事兒就過去了。可惜她不甘心，還要當著滿朝文武拆皇上的臺，親政大典是什麼？是穩固江山平定社稷的大事，不是後宮婦人鬧妖過家家。這個心思她不該動的，但凡動了，不管她是嘴上痛快還是來真格的，都得防著她。」

可是大典上得見人，得讓朝廷上下知道太后稱意這個皇帝，太后認可了，這親政才算得名正言順。曾鯨忖了忖道：「老祖宗的意思是，既要太后露面，又不能讓她說話？」

他和楊愚魯交換了眼色，見座上的人不言語，心裡就知道該怎麼辦了。

這事要做成，多的是法子，只是手段不那麼光彩，對於一位太后來說，實在是有些殘忍。然而身在這權利的漩渦裡，談仁慈是極大的玩笑，萬一親政大典上太后胡言亂語，勢必累及皇帝，即便這帝位保得住，也要被人詬病到死。

一位帝王，坐在金鑾殿上被人戳一輩子脊梁骨，實在不敢想像。

楊愚魯道：「老祖宗放心，這事交給小的們去辦。」

梁遇頷首，起身慢慢在地心踱步，眼裡殺機沉沉，臉上卻掛著悲天憫人的神情，「要不是時候不對，乾脆弄出個暴斃來，反倒省事。」

話聽上去雖狠戾了些，但以長遠來說卻是實情。一個好好的太后，弄到最後行屍走肉似的，多辜負往日的風光！

太監是世上最狠心的一類人，下起死手來可不管你是什麼來頭。當晚幾個人就潛進了慈寧宮，一左一右押住太后，由楊愚魯親自動手，往太后風池穴和啞門穴上扎了兩針。

起先太后還叫罵，但針尖往下又沉三分，當即就不再吭聲了。

暖閣裡燈火微漾，照得窗紙上人影晃動，珍嬤嬤站在窗外回身看了一眼，殿裡發生的一切，彷彿都與她無關。她漠然收回視線，看向外面的夜空，夜裡起風了，吹得天上星辰閃動。

寒氣從每一處裸露在外的皮膚上刮過，刀割似的疼。她跺了跺腳，對插著袖子嘆了口氣，過了今晚，她的兒子就該升知州了……只要她兒子仕途平坦，往後就算給太后端

# 第十三章　花名月暗

等了許久，盼了許久的十五日，總算要到了。

一切都很順利，或者說有梁遇在，沒有任何事需要皇帝憂心，也沒有任何人能阻擋皇帝親政的步伐。

還是在乾清宮後的丹陛上，站在這裡，能看見交泰殿的銅鍍金寶頂和三交六椀菱花門。皇帝對身邊的人道：「月徊，朕等了兩年，正月十五過後，朕就是正正經經的皇帝了。」

天上下著小雨，極細的牛芒一樣，迎風而來鑽進傘底，吹得人滿頭滿臉，那觸感，像走進了濃霧裡。

月徊撐著傘說：「過去兩年您也是正經皇帝，誰能說您不正經！就是過了明兒呀，你能打開交泰殿的門了，能坐在裡頭寶座上，說：『來人，給朕取傳國玉璽來，朕要砸個核桃吃』。就這個，誰也不敢有二話。」

皇帝笑起來，覺得她真是個不知愁滋味的姑娘，多大的磨難在她眼裡，都如隨風擦過臉頰的柳絮，拂一拂就好，甚至不值得一撓。和這樣的人在一起，就覺得這世界都是輕飄飄的，沒有那麼多的不可承受之重。他轉過頭看了她一眼，風吹得烏紗帽下穗子翻飛，她瞇眼遠望，笑著，因沒開過臉，鬢角周圍覆著一層汗毛，還有尖尖的小虎牙，透出一股俏皮和玩世不恭的味道。

皇帝舒了口氣，「這件事上，你們兄妹功不可沒，朕會記著的。」

月徊在宮裡也有陣子了，在皇帝跟前可以隨意，但涉及政務的事上卻不能不見外。她立刻斂神，斟酌道：「什麼功不功的，我們兄妹是依附主子而生，替主子分憂是我們的份內，不敢居功。」那語氣，活脫脫另一個梁遇。

皇帝臉上依舊一副恬淡的神情，垂袖牽住月徊的手，輕聲道：「等朕坐穩了這江山，後宮可以隨朕喜好添減，到時候……妳就陪在朕身邊，一輩子和朕在一起。」

月徊倒也無可無不可，她生來臉皮厚，好像不覺得談及這種事有什麼可不好意思的，便笑道：「您讓我當寵妃嗎？得給我個高高的位分！」

皇帝說當然，「朕讓妳當貴妃，雖然屈居皇后之下，但後宮之中再無第二人了。其實當貴妃比當皇后更好，皇后得端著，得母儀天下，貴妃不必守那麼多的規矩，可以受盡寵愛，飛揚跋扈。」

月徊咂摸一下，發現是個不錯的買賣，挺挺腰，彷彿貴妃的桂冠已經戴在她頭上了。

她握著皇帝的手，覺得溫暖且安心，「其實我也沒想著要當什麼貴妃，就這樣，我和哥哥還有您，我們一輩子在一起，就挺好的。」

這算是最美好的祈願了，有哥哥在，有個半路上結交的青梅竹馬，那這一輩子還有什麼所求？於皇帝來說當然並不難，因為他被困死在這座皇城裡，只要他們兄妹都不離開，那就可以永遠在一起。

「橫豎這貴妃的位分，朕替妳留著。」皇帝信誓旦旦地說：「妳再等我一程子，等中宮確立，我就想法子許妳個妃位。」

月徊雖笑著，心裡還是覺得有點悲哀，這個和她談情說愛的人得先娶了正房，才能讓她做一個風光的小妾。不過做天下第一妾，可比給富戶當通房強多了，人家畢竟是皇帝嘛，和皇帝就不要說什麼一生一世一雙人了，皇帝都這樣。

第二天就是正月十五，也是百官結束休沐後的第一個上朝日。一大早天兒不好，陰沉沉的，深廣的奉天殿即便燃起了宮燈，也是隱隱綽綽光線昏暗。

皇帝和太后早早就臨朝了，皇帝坐在九龍髹金椅上，太后錯後些，鳳冠博鬢，大授大帶，端坐在皇帝左側的鳳椅裡。殿門大開，三公九卿列隊按序而入，有心之人甫一入殿，首先要看的便是太后面色，結果見太后如常，也就沒什麼可質疑的了。

唱禮的內侍在一旁引導眾臣三跪九叩，天街上的羊腸鞭子甩動起來，發出一串破空的脆響。眾臣禮畢，太后身前的珠簾緩緩落了下來，朝堂上沒有門簾子，殿外的風流動，吹得珠簾左右輕晃。

簾後的太后這時才說話，緩聲道：「先帝升遐，太子即位，彼時太子年輕，予也曾日夜擔憂，唯恐太子治國不力，耽誤了大鄴江山社稷。然這兩年來，皇帝理政很是從容，加之有諸臣工輔佐，大鄴再創盛世有望，予也放心了。如今皇帝年滿十八，上年確立了皇后人選，按著祖制，到了親政的年紀。今兒是上上大吉的好日子，趁著年味兒未散，越性兒把大典辦了。皇帝改元，大赦天下，也讓百姓們沾沾光。」

太后說完這話，便聽得底下山呼萬歲，著實一副眾望所歸的熱鬧景象。

也不知是人聲大作震動了太后，還是時候一長腰桿子發軟，太后向一邊偏移過去，還好珍嬤嬤眼疾手快扶住了。

月徊嚇了一跳，珍嬤嬤臉上卻淡然，給蹲在椅後的月徊使了個眼色，示意她繼續說話。

月徊點了點頭，拿捏著嗓子叫了聲皇帝，「今年是你親政頭一年，年號可定下了沒有？」

皇帝說是，「遵母后懿旨，改元熙和。」

月徊道好，「既這麼，符璽郎何在？」

早在一旁候命的符璽郎率眾托著天子六璽緩步而來，到了寶座前跪地，將璽印向上敬獻。皇帝走下御座，象徵性地接了國璽，至此大禮就算成了。月徊透過鳳椅上的鏤空雕花看見外頭情景，大大鬆了口氣。

珠簾後的太后聲調裡帶著一點笑意，「好了，皇帝親政，予也該功成身退了。今後還盼眾卿全力輔佐皇帝，開創出太平盛世來，那予便對得起先帝，對得起列祖列宗了。」

珠簾後又落下一道金絲絨的垂簾，朝堂上千歲呼得山響。太后在垂簾的遮擋下被攙進肩輿，很快送回了慈寧宮。

往日叱五喝六的太后，如今變成一攤死肉，不能說話不能行動，只有眼珠子還活著。兩個太監把人抬進暖閣裡，月徊先前以隨侍女官的身分陪著上朝堂，回來自然得把人送到地方。正要離開，恰好迎上太后那雙憤怒的眼睛，她微頓了下，掖著手道：「娘娘這會兒恨不得殺了我吧？」

暖閣裡的人都被珍嬤嬤遣了出去，只餘月徊和她留在腳踏前，太后恨的當然不只月徊，更恨這個日日伴在身邊的貼身嬤嬤。

珍嬤嬤嘆了口氣，不慌不忙道：「主子八成不明白，您對奴婢那麼好，奴婢為什麼還要反您。早前您放我出宮嫁人，那是多大的恩典吶，奴婢實在感激您。可您為什麼不好事做到底，讓我在宮外太太平平過日子，為什麼在我嫁了男人，生了孩子之後，又把我召回來呢。您也生過一位公主，也知道母子分離的痛，當初公主出嫁，您在宮裡哭了三天，就不明白我也想我男人，我也想我兒子？如今我兒子大了，前年高中入仕，到了要人提攜升官的時候，梁掌印答應，只要我照他的話辦，就讓我兒子升知州……所以娘娘，奴婢只有對不住您了，這是您欠我們母子的。當年我兒子才兩歲，您一道懿旨活活拆散了我們，害得我男人當了二十年的活鰥，我兒子自幼沒有母親照應。二十年的舊帳，到今兒才讓您還，不過分吧？」

床上的太后瞪大眼睛，起先滿臉憤恨，聽了珍嬤嬤的話，眼裡的光逐漸暗下來，最後化成淚，從眼角滾滾而下。

珍嬤嬤捲著帕子，上前替她擦了擦，淡聲道：「娘娘別難過，雖說您現在變成了這模樣，可您一向沒有虧待我，瞧著往日的情分，奴婢也會伺候您到歸西那一日的。其實您這麼著挺好的，往常您太浮躁，誰的話都聽不進去，您只知道自己是皇后，是太后，卻不知如今變了天了，要懂得應時而變。如果沒有這一遭，您的脾氣還得闖大禍，到時候保不住自己的命不說，更會連累長公主和駙馬，讓他們恨您一輩子，又何必呢。眼下這樣，餓了吃睏了睡，等天晴的時候奴婢帶您上外頭曬曬太陽，天兒暖和了再去看看花，這才是宮闈裡頭的清閒日子，不比您見天雞飛狗跳強？」

太后似乎認命了，那兩大穴位叫楊愚魯下了黑手，司禮監作惡的功夫爐火純青，既留了她一命，又讓她活死人般受人擺布。只是這個宮女叫她意外，原來世上真有人能學人語氣聲調，學得那樣活靈活現的。上回罰她板著，只因為她是梁遇的人，卻沒想到張恒翻遍了直隸地面兒，原來要找的人就在宮裡。

太后發狠盯著月徊，月徊有點心虛，悶著頭說：「是我，全是我幹的。」

認罪倒認得毫不含糊，然而得知了真相又如何，今後自己不過是個幌子，這宮女還會繼續頂著她的名頭辦事。之前是立后，今兒是親政，將來說不定還會削藩處置那些王爺……太后閉上眼睛，不敢想，細想之下都是罪過。

珍嬤嬤畢竟有了年紀，見識的多了，心也錘煉成了鐵。她笑著對月徊說：「姑娘回去吧，過會兒皇上和掌印就散朝了。先前我的話，姑娘都聽見了，請姑娘代我在掌印面前美言幾句，我這廂先謝過姑娘。」

月徊道好，向珍嬤嬤行了個禮，從暖閣退了出來。

夾道裡頭有風，吹得人鼻子發酸，月徊邁出宮門，邊走邊思量，這世道什麼最可怕？人心最可怕！

帝王為了穩固地位，為了順利親政，做出這種事來不難理解。可珍嬤嬤是自小跟著太后的，跟了幾十年，結果利益當前，新仇舊恨一併湧上來，理直氣壯地把舊主害成了這樣，實在叫人瘮的慌。難怪當初梁遇說了，不願意讓她跟在身邊，不願意讓她看見真實的他，當時她並沒有把這話當回事。現在明白過來，這紫禁城凶險，地位再崇高也沒用，哪天不留神，也許就陰溝裡翻船了。

她回來得早，便站在乾清宮前的月臺上等著，雲層壓得很低，天地間灰濛濛的，不知什麼時候又會下雨。等了很久，終於看見乾清門上有儀仗進來，她忙下臺階迎接。皇帝由梁遇隨侍，九龍輦停下，梁遇架臂接應，皇帝邁下輦車的時候看見她，什麼都沒說，含笑朝她眨眨眼。

也就是他一個笑臉，月徊又覺得自己想得太多，太過婦人之仁了。世上善惡總是相對的，對太后心善，對今天的皇帝未必不是惡。這麼一琢磨，心裡的陰霾就散了，忙肅容跟在梁遇身後進了東暖閣。

東暖閣裡只有他們三個，皇帝道：「今天要記月徊大功一件，要是沒有她，朝堂上不會缺了那些陰陽怪氣的話。」

月徊聽了，赧然道：「奴婢憑藉這點上不得檯面的本事替皇上辦事，不算什麼大功勞。」

皇帝卻說：「朕賞罰分明，既然辦好了差事，那就該賞。妳說吧，想要什麼？」邊說邊拿餘光瞥了瞥梁遇，「除了朕答應妳的貴妃位，還有什麼？」

月徊紅了臉，不安地瞧了哥哥一眼，「快別說貴妃了，打趣的話不能當真。」

皇帝是男人，這種事上必要比月徊更主動。他許月徊貴妃之位，當然不單是對月徊的承諾，更是對梁遇的一重保障。古來宦官再得寵，終究不過一時，但若是有至親成了后妃，誕育了皇子，那就真正和這王朝聯繫上了。

然而梁遇對這一切似乎淡漠得很，他連看都不曾看月徊，揖手對皇帝道：「主子厚愛，臣和月徊都明白，月徊是個胸無大志的，主子這會兒賞她，她沒準兒要一屜子點心就覺得夠夠的了。主子要是真有心，且留著吧，等她什麼時候想起來，再來討主子恩典。」言罷頓了頓，又道：「不過臣眼下正有件好事要回稟主子，趁著今天主子親政，也湊個好事成雙。」

皇帝「哦」了聲，「是什麼好事？」

梁遇唇角的笑意加深了幾分，「臣才剛得著奏報，說太醫院例行為四位女官請平安脈，司帳的脈象有異。底下太醫不敢斷言，又請了胡院使復診，胡院使診出是喜脈，且已有三月大小了。」說著長揖下去，「這是主子親政後的頭一樁喜事，也是主子的頭一個子嗣，如此雙喜臨門，臣恭喜主子，賀喜主子。」

月佪一聽，有點傻眼，這個還沒娶妻就想讓她當妾的爺們兒，今天居然診出要當爹了，人生真是處處充滿驚喜。

皇帝怔了下，尷尬地看看月佪，茫然問梁遇：「皇后還未進宮，這事兒……當怎麼處置才好？」

梁遇忖了忖道：「若是大婚之後孩子落地，那一切便順理成章，皇后娘娘也沒什麼可計較的，畢竟帝王家子嗣最要緊。若是孩子落地趕在大婚之前，那……便先養在別處，等中宮冊立後再讓孩子回歸正統，如此既不有違祖制，也顧全了皇后娘娘的顏面。」

皇帝沉吟了下，說也好，只是月佪面前難以交代，一時臉上有些訕訕的。

月佪呢，心裡說不上來是種什麼滋味，強顏歡笑著，納了個福道：「奴婢恭喜皇上了，這是皇上的第一子，多難得的！今兒真是個好日子……」

可是話裡透出了酸酸的味道，梁遇側目看了她一眼，心頭隱約浮起一點暢快。既是為月佪看清現狀，也慶幸那四個女官總不至於那樣無用，沒有籠絡住帝王心不打緊，只要生下皇長子，比什麼都重要。

那些甜言蜜語的話，顯然已經不像之前那樣容易說出口了，皇帝瞧著月佪，有種望洋興嘆之感。要是梁遇不在，他還能私下哄一哄月佪，可如今梁遇也在場，自己再言之鑿鑿的，實在讓人羞臊。

唯一能做的，就是悄悄託付梁遇。皇帝暗裡牽了牽他的衣袖，「大伴……」

梁遇道是，「聽主子示下。」

皇帝朝外看了看，月徊已經大步流星往殿門去了，他有些為難地說：「請大伴替朕周全，月徊那頭，朕怕傷了她的心……」

梁遇寬和道：「請主子放心，臣自會同她說的。月徊不是小家子氣的姑娘，她會明白主子的處境和不易。」

皇帝頷首，一副托賴的樣子，梁遇拱了拱手，卻行退到暖閣外，循著月徊的身影去了。

原本衙門裡有好些公務要處置，但事有輕重緩急，眼下還是月徊更要緊。

西一長街的夾道裡風很大，往北走，簡直像闖進了冰窖裡，他抬袖掩住口鼻，叫了聲月徊，月徊沒有理他。他只得快步追上去，走近了又喚她，她「嗳」了一聲，這回不像剛才在奉天殿上中氣十足，聽上去貓叫似的。他心裡明白，大大咧咧的姑娘，也有細膩的小心思。當初歡天喜地進宮，是衝著少年純潔的情感，如今她還是那個她，皇帝卻未必是她當初看重的那個人了。這樣的落差，難免會生出被辜負的惆悵來。

月徊應雖應了，卻沒有回頭，頂著風往前走，側臉看上去氣惱又倔強。

梁遇倒覺得她有些可憐，輕聲說：「這種事以後會層出不窮，有什麼可生氣的？」

月徊鼓著腮幫子不說話，快步進了樂志齋，一路往圍房裡去。

梁遇追在她身後，真有些跟不上她的腳蹤。迴廊上迎面遇見宮人，那些宮人紛紛避讓到一旁俯首叫老祖宗，他擺了擺手，讓人都散了。好不容易追進她的他坦，進門見她正給自己倒茶喝，嘴裡說著「渴死我了」，可是他明白，她不過在掩飾難堪罷了。

他在圈椅裡坐了下來，「哥哥先前的話，妳聽見沒有？」

月徊嘟囔：「聽見也沒能讓我心裡好受些。」

可是她的不痛快，卻成全了他的好心情，他得花好大的力氣才能克制自己不笑出來，最後只道：「妳進宮之初，就應該知道會有這一日。今天是第一子，將來還有第二子、第三子……皇帝的重擔不光是治理江山，更須開枝散葉。」

道理她都知道，但可以一邊識大體，一邊耍小性子。

「他昨兒還說要讓我當寵妃來著，」她氣鼓鼓說：「皇后另有其人就算了，今兒他又當上了爹，這也太快了。我忽然覺得他不是我一輩兒的人了，有了孩子就像長輩似的，我不能再和他瞎攪合了。」

梁遇聽了這話，十分稱意，「帝王隔三差五當爹，再尋常不過。既要跟皇帝，就得預備著不時有新街坊，不時有孩子來給妳請安。沒法子，宮裡后妃都是這麼活的，所以我早說了，守住自己的心最要緊，不用太多的情，妳就能刀槍不入，多個孩子又算得了什麼。」

「可是……」月徊越發不服氣了，「要是其他三位女官就算了，偏是司帳！她前陣子才害死我的蟈蟈，這會兒又叫她懷了皇嗣，那往後她更要得意，更愛擠兌我了。」

梁遇淡然道：「事兒過去就過去了，別惦記妳的蟈蟈了。有了身孕的人不能在御前伺候，回頭就要挪到別處去養胎的。」橫豎皇帝暫且不會晉她位分，等將來孩子落了地，那宮人有沒有命活著都是後話，有什麼可計較的。

月徊終於嘆了口氣，「我後悔進宮了。」

梁遇「嗯」了聲，「當時皇上發了話，這件事板上釘釘，妳也是沒有辦法。」

月徊聽了有點心虛，「不是，當初我進來的時候可高興了，就是衝著皇上來的。可現在才明白，宮裡有那麼多的不順心，還好有您在。」

外面飄起小雪，透過半撐的支摘窗，能看見風的走勢。梁遇起身關了窗戶，屋子裡愈發昏暗了，他問：「那妳如今，心裡還喜歡皇上嗎？」

喜不喜歡，說不上來。他要迎娶皇后，她微微有點酸澀，他有了頭一個孩子，她又是微微有點酸澀，單只是酸澀，程度不深。可她沒有其他比較，覺得酸澀就夠了，如果不是喜歡到近乎苛刻，她就可以很大度地繼續喜歡皇帝。

於是她問梁遇，「您說，皇上好不好？」

窗前的梁遇回過身來，倒也經過了一番深思熟慮，「他是個好皇帝，但未必是好丈夫。宮裡女人太多了，男人身處花叢，雨露均沾，時候一長，哪裡來的真情實意！眼下他和妳海誓山盟，不過是因為女人還不夠多，將來東西六宮都填滿了人，那麼些妃嬪時時製造偶遇，時時撞進心坎裡來，他有多少精力，還能再顧及妳？」

月徊坐在寬綽的圈椅上，兩臂撐著身子，兩腳懸空著，不無惆悵道：「您是說，將來我的身子就算留在後宮，我的心也不能歸皇上，是這個意思嗎？」

她是個聰明的姑娘，其實他一直話裡有話，她哪能聽不出來。原本作為一個一心想把持朝政、把持皇帝的權宦，要求妹妹和他一心理所應當，可不知為什麼，被她一語道破的時候，他竟然覺得有點心慌。他開始忖度，是不是自己對她的要求過於嚴苛，過於不近人情了。然而再細思量，他從來就是這樣的人啊，打從入宮那天起，一切都以利己為目的，怎麼到了她這裡，就瞻前顧後起來。

他定定神，慢慢沉下了心，「這是宮裡自保的手段，因為日久年深，妳沒有那麼多的心可供他傷。」

月徊沉默了，半晌澀然地看了他一眼，「還是哥哥這樣的好，一心謀權，誰都不愛。」

坐在暗處的梁遇輕嘆了口氣，誰都不愛，卻也未必。他心裡應該是牽掛著誰的，有時候午夜夢迴，很久都難以入睡，腦子裡亂糟糟，心頭雜亂地跳……他只是不敢細想，對於他來說，想得太多都是罪孽，他如今這樣，還能指望什麼！

月徊見他不言語，才知道自己說錯話了。她囁嚅了下，「晚上您有差事要忙嗎？咱們一塊喝一杯吧，今兒是元宵節。」

是啊，今天是元宵節。他想了想道：「宮裡要往朝中大員府上送食盒，徐家得我親自送，妳收拾收拾，等我回明皇上，帶妳出去看花燈。」

月徊一聽，頓時來了精神，皇帝要當爹這事也拋到九霄雲外去了，「說定了，不許撇下我自個兒走了。」

梁遇睨了她一眼，「妳見天的擔心我和皇后有點什麼，不帶上妳，回頭又要沒完沒了地絮叨。」

女孩兒家嘮叨似乎是天性，尤其對關心的人，越關心越愛嘮叨。

梁遇過去十一年才然一身，跟前近身的人周全侍奉吃穿就罷了，沒有人敢來過問其他。也只有月徊，纏著問長問短，唯恐他行差踏錯被人騙了、糟蹋了。他覺得有點好笑，這世上只有他算計別人，何嘗有人敢來算計他？她糊里糊塗，心卻是純粹的，他忽然發現有她這麼杞人憂天很好，他喜歡這種家常的溫暖，即便這份家常是偷來的。

夜裡有了約，於是這大半日都懸著，雖然處置起公務如常，但不時要去瞧瞧座鐘，唯恐誤了時候。好不容易捱到申時，趁著天還未黑就要出宮，和月徊說好了在延和門上碰頭的，他到了那裡卻不見她的蹤影，只得耐著性子，緊緊斗篷的領釦。

雪雖停了，天氣卻愈發陰冷，風吹得領上狐裘翻飛。忽然有人在他肩上拍了一下，他回頭看，正是那丫頭，換了一身太監的衣裳，笑嘻嘻鑲著暖兜，耳朵上扣著暖耳，那模樣，一看就是個宮痞。

「您久等啦。」她眉眼彎彎，抖了抖荷包，「我都預備好了，還帶上了月例銀子，回頭我請您吃驢打滾。」

梁遇見她沒披斗篷，蹙眉道：「就這麼出去，夜裡沒的凍死了。」

她也不管，挽著他的胳膊嬉笑：「早前我一件破棉襖就能過冬，也沒見凍死呀。我皮實，死不了的，快走吧，再晚皇后娘娘都吃過元宵了，您這御賜送過去也是白搭。」

活泛的姑娘，沒有那麼些避諱，她一喜歡就愛勾肩搭背，當然也只限於哥哥，皇帝跟前可從來不曾逾越過。

月徊心情很好，彼此對坐在車裡，就著天光瞧瞧對面的人，錦衣輕裘包裹下，梁遇是人間富貴花兒。他有一雙敏銳而乾淨的眼睛，瞧著你的時候目光泠泠如冷月，即便兄妹相認那麼長時候了，月徊也還是驚嘆於他的美色。她就像市井裡沒出息的俗人，帶著漂亮媳婦出門似的，渾身上下透出一種貧瘠的快活。雖說有點犯上，但這種心情就是擋也擋不住，反正梁遇在她身邊，她覺得腰桿子很硬，底氣很足，也很驕傲。

她一直笑吟吟地，梁遇覺得奇怪，「妳那麼高興麼？」

她說對呀，「就算四九城我都走遍了，像這回這樣兜裡揣著銀子，身邊跟個美男子，還是頭一次。」

梁遇失笑，「虧得妳不是男人。」

她卻嗟嘆：「要是個男人，八成也是個有色心沒色膽的。」

梁遇倚著車圍子，暗想這話真是說著了。

徐太傅的府邸離紫禁城不遠，北京歷來有東富西貴南貧北賤之說，官宦人家一般都聚集在西城區這一片。馬車到府門上時，正是掌燈的當口，門房小廝見一隊太監過來，當即嚇得不敢動彈了。

曾鯨上前道明了來意，小廝這才回過神，忙進去通傳。不多會兒就見徐宿攜家眷到了前院，梁遇含笑下車來，比了比手，命人呈上食盒，一面笑道：「今兒是元宵佳節，咱家奉萬歲爺之命，給府上送些點心。」

徐太傅忙躬身上來接應，千恩萬謝著主上聖寵，闔家榮光云云。

梁遇從徐宿身後找見皇后的身影，轉身由月徊手裡接過一隻玉雕芙蓉錦鯉的首飾匣子，親自呈敬到皇后面前。

他微微躬著身子，和聲道：「娘娘，主子惦念，不得相見，特命臣轉贈奇楠沉香佛珠一掛。這是主子隨身之物，以表主子思念之情，請娘娘收好。」

徐皇后道了謝，將匣子接過來。前院燈籠高懸著，梁遇的那雙手，在燈下有種奇異的美感，青白、纖長、骨節分明。徐皇后抬眼悄然望瞭望他，這一望正對上他的視線。他在有價值的人面前，永遠是一副和顏悅色的模樣，甚至愈發溫和地對她一笑。徐皇后是未經人事的姑娘，登時心頭趔趄，忙往後退了兩步。

梁遇瞧在眼裡，不動聲色，向徐宿拱了拱手道：「咱家交了差事，便功成身退了。天兒冷，娘娘與太傅大人請回吧。」

徐宿自然要客套一番，勉力挽留著，「到了飯點兒上，怎麼能讓廠公走呢。家下備了薄酒，廠公留下吃個便飯，徐某也好向廠公道謝，多謝廠公費心玉成。」

梁遇「噯」了聲，「梁某職責所在，萬般都是為著皇上和江山社稷，太傅大人不必客氣。喝酒有的是時候，這是娘娘留在府上的最後一個元宵節了，一家子骨肉團聚最要緊，梁某不便打攪，改日再登門拜訪吧。」

又讓了一回禮，終於辭出來，梁遇登車整了整身上曳撒，誰知一抬眼，正對上月徊虎視眈眈的眼睛。

他怔了下，「怎麼了？」

月徊哼哼冷笑，「你們眉來眼去，我可看見了。」

梁遇不以為意，「妳哪隻眼睛瞧見了？別整天胡說，也忌諱些。」

月徊越看他越覺得可疑，「當真沒有？」

梁遇說沒有，「不錯眼珠的是木頭。」

她有點生悶氣，虎著臉道：「那下回你向皇后娘娘引薦我。」

梁遇猜她又要作妖，「怎麼引薦妳？」

「就說我是您的相好，請娘娘往後多照應我。」她說罷，無恥地笑了笑。

要是換做以往，哥哥大概會嗔一句胡鬧，可今天卻不同，他聽後沉默不語，好半天才笑了笑，淡聲道：「皇后是要入宮的，這樣的謊話能糊弄到幾時？早晚會被人戳穿，到時候反倒不好。」

月徊支吾了下，「可我就是不喜歡她含情脈脈瞧您，她想幹什麼呀，都是要做皇后的人了。」

梁遇聽她抱怨，臉上一直掛著閒適的笑，有些自嘲地說：「妳哥哥不是香餑餑，我是個太監，除了那些沒出路的宮女子，沒人願意和我走影兒。」

月徊雖然明白這個道理，但事到臨頭她還是不高興，還是覺得全天下女人都覬覦她哥哥。

這是一種很奇怪的感覺，有點像吃味，或者是因為多年失去一朝尋回，她生出了無邊的占有欲，反正哥哥是她一個人的。她有時候想，還好他在司禮監當差，甚至還好他是太監……這種想法不應該，但確確實實杜絕了某一天，憑空冒出一個嫂子來的可能。她也會拿哥哥和宮裡女人勾搭，對比皇帝立后封妃生孩子，驚奇地發現原來前者比後者讓她難過一萬倍。

她是有點不正常了吧，總是隱隱約約肖想，明知道他是自己的親哥哥，還是垂涎於他的美色。

心情又不好了，她仰著腦袋，靠在車圍子上，後腦勺因馬車震動，被磕得咚咚作響。最後終於把心裡話說了出來，「瞧臉就能過一輩子，太不太監有什麼相干。」

梁遇愣了下，不由偏頭打量她，朱紅色的組纓垂掛在他頰畔，他斜眼覷人的模樣，真有風情萬種之感。

月徊擋住半邊臉，「別這麼瞧我，這是我的肺腑之言，在我心裡哥哥就是好。」

梁遇慢慢收回視線，一雙手按在膝頭上，含笑說：「我知道。」

有時候想想，過去二十六年像做夢似的，走到今兒，所有的榮華富貴與成就，都不及妹妹對他的依賴。

月徊是個缺心眼兒，認準了他是哥哥就不生二心。這樣的情分很難得，自己若是動搖，對不起爹娘也對不起她。就這樣吧，一直這麼下去也很好，即便她將來會漸行漸遠，但無論什麼時候回來他都在。他玩弄權術，操控整個紫禁城，可換種說法兒，他何嘗不是被紫禁城禁錮著，一生一世都逃不出去了。

那些不高興的事，不去想他，他挑起窗上垂掛的簾子看外頭，京城的元宵節極熱鬧，走到前門大街，每一條巷子都掛上了燈籠，這夜便是熠熠生輝的，越夜越輝煌。

京城晚上的夜市很熱鬧，春節時通宵達旦。前半夜稱燈市，男女老少把臂夜遊，看燈買小零嘴兒；後半夜稱鬼市，專賣古董文玩，裡頭門道很深，物件包羅萬象，小到衣服上的銅鈕子，大到皇上的荷花缸，應有盡有。

梁遇手下廠衛雖拿捏著整個京畿，但他出來逛夜市的機會很少，還是四年前隨侍汪軫接女人，夜裡路過了前門大街一回，那時候覺得滿世界鬧哄哄，臭氣薰天，實在不是個消遣的好去處。今兒是早有預備的，派了人清掃過，這街市看上去還算整潔，至少不辱沒了他的靴子。

外頭門骨嚴寒，他回身接應月徊，月徊一直捧著她的柿子手爐，掌心貼上來自是滾燙。她蹦下車，東張西望滿眼放光，笑著說：「我兜裡有錢，瞧著這夜市，可比以前有意思多了。」

什麼都阻止不了姑娘逛街撒歡的心，她縱跳著往前去，梁遇對身後的曾鯨擺了擺手，示意他把人散開，不必跟著了。

月徊對什麼都感興趣，什麼都想要，一路過來雜七雜八的玩意兒買了不少。她還買了一串金魚形狀的風鈴鐺，說等天晴了掛在他值房的南窗下，值房裡就熱鬧了。既然是替他買的東西，當然得他自己拿，於是往他手裡一塞，她又去看別的好東西去了。

梁遇沒法子，扔又扔不得，一路提溜著，這風鈴鐺就響了一路。好在曾鯨有眼力勁兒，過來分擔了，小聲道：「老祖宗，交給小的吧。」

這下他總算能騰出手來了，可還沒來得急回身，月徊托著一個油紙包回來，往前一遞，說：「哥哥吃，才做成的驢打滾，還熱乎呢。」

所謂驢打滾，不過是種黃豆黏米和紅豆沙做成的小食，擱在宮裡沒什麼稀奇的。梁遇尋常不愛吃甜食，尤其這種過於糯的，因早年才入宮那會兒常顧不上吃飯，糟蹋了胃，這些年再怎麼調理也沒能養好，所以吃口上很忌諱。但瞧月徊興致很高，要是不吃，只怕她無趣，便抽出汗巾擦了擦手，這才湊趣兒捏了一個擱在嘴裡。

月徊覺得哥哥精細，她這一路上摸了那麼多東西，居然沒想起來擦手，和他一比，自己才像個男人。不過無論如何，他肯吃街邊上的小食，這已經很賞臉了。

「怎麼樣？」她眼巴巴看著他，「宮裡的驢打滾是拿鵝油揉的，太膩了，不如外頭的吃口清爽……好吃麼？」

梁遇嚼了又嚼，下嚥得十分困難，還是勉強點頭，「好吃。」

她愈發高興了，熱情相邀，「再來一個？」

梁遇搖頭，「不了，妳自己吃吧。」前頭不知在售賣什麼，好些人圍成一圈，他指了指，「上那兒瞧瞧去。」算是非常自然地躲過了她的好意。

然而到了人堆前，透過縫隙才看清，原來裡頭有人在賣刨冰。一塊巨大的冰疙瘩，前頭堆著各色果子醬和糖稀，用以招攬那些沒見過世面的孩子。他正想離開，月徊卻不答應，央著他說：「買一碗吧，買一碗吧。」

他不明白，大冷的天，穿得那麼厚實卻要吃刨冰，這是什麼古怪癖好！可是架不住她央求，只得擠進人堆裡，掏塊碎銀買了一碗。

刨冰拿江米做的小碗盛著，淋上了山楂果子醬，頂上嫣紅一片。她忙雙手來捧，剛才的驢打滾已經全部下肚了，梁遇看她吃得香甜，覺得她大概是饕餮托生的，怎麼能裝下那麼多東西。

她還客氣著呢，抬抬手，「您吃麼？」

梁遇搖頭，怕她冷，解下自己的斗篷給她披上。只是這麼一來，他那身官服就沒了遮擋，無比扎眼地暴露在熙攘的人群裡。四周都是平民百姓，哪裡見過這樣高官逛燈市的陣仗，一時怯怯地，自發離了八丈遠。

像上回皇帝出宮似的，這就是登高後的孤單。月徊捧著沙冰食不知味，訥訥道：「要不……咱回去吧。」

然而話音未落，殺聲四起，人群頓時炸了鍋。月徊手裡的冰碗子落在地上，梁遇拽著她便走。身後刀光劍影不休，她掙扎著回頭看，發現不知從哪裡憑空冒出很多黑衣人和番子，廝殺間一刀下去頭破血流。她惶惶抓緊了梁遇的手，「哥哥，那些是什麼人？」

梁遇道：「想殺我的人。」

月徊驚恐不已，「咱們難得出來逛回燈市，就讓他們給盯上了？」

其實那些人蟄伏在京城許久了，今天是有意引蛇出洞，好將他們一網打盡。紅羅黨的人埋伏在前門大街內外，卻不知廠衛的暗樁潛藏得更深。那兩個南邳讀書人供出的線索總要派上點用場，否則大動干戈，豈不成了無用功！

他拉月徊上車，冷不防斜對面飛來一支冷箭，箭羽呼嘯，鬧出好大的響動。月徊正要喊哥哥小心，卻見他抽劍一震，劍身上冷光乍現，箭羽就被劈成了兩半。也不等她詫異，他將她塞進車廂，曾鯨揚鞭大喝一聲「駕」，馬車疾馳起來，只聽得身後叮叮噹噹兵器交錯的聲響，月徊哆嗦成一團，喃喃自語著：「這也太嚇人了……」

梁遇哼笑了聲，「天下欲我死者，何其多。」身處這個位子招人恨，早前還有汪軫當靶子，如今汪軫死了，那些人口中的閹黨頭目就成了他。

月徊有些無措，她心神不寧地挪了挪身子，又摸摸車廂裡懸掛上的金魚風鈴，馬車跑動，漾得它脆聲作響。她定下神後，腦子裡裝的東西總和別人不一樣，梁遇以為她會叮囑他往後多加小心，結果她有些豔羨地探著脖子，說：「哥哥，您是什麼時候學的劍法？剛才那一哆嗦，多神氣！」

梁遇忽然覺得胃疼，「一哆嗦？」

她豎著兩指比劃了一下，「就這麼，嗖嗖……」

他捂著胸口彎下了腰，果真那個驢打滾發作起來了，每回胃疼總有一段難熬的時間，會疼得冷汗淋漓，疼得人提不起勁來。

月徊見他有異，駭然過去攙扶他，「您怎麼了？不會是中毒了吧？」

梁遇聽了愈發無力，嘆著氣，低下了頭。

月徊自然是擔心他的，車內吊著小小的角燈，照出他臉上一層水光，她幾乎要嚇哭了，「哥哥您怎麼了？您怎麼了？」一頭說一頭朝外喊，「曾少監，掌印受傷了。」

曾鯨被她這麼一呼也嚇得不輕，焦急地連連喚他，「老祖宗……老祖宗，您傷著哪兒了？」

梁遇仰起頭，背靠著車廂勉強應了聲：「沒什麼要緊的。」

「怎麼不要緊，瞧瞧這一腦門子汗。」月徊抹著眼淚說：「哥哥，您可不能有事兒……您到底哪兒疼？您沒力氣了吧？靠著我……靠著我……」邊說邊把他往自己肩頭扒拉。

胃確實疼，人也確實虛，她讓他依偎著，橫過一條臂膀緊緊摟著他，那種感覺多奇妙，不管她多弱小，都會讓他覺得有了依靠。

他閉上眼，微偏過頭，額頭與她脖頸相抵，感覺到她頸間脈動，和一種如蘭似桂的芬芳。不應當的，可是又眷戀，說不出是什麼緣故，他想也許是過於想念母親，而她身上有娘的味道。

月徊是既怕他疼，又怕他冷，摸著他額上汗津津的，愈發急得不知如何是好。

「您到底傷著哪裡了？是不是剛才吃的驢打滾被人下毒了？可是我也吃了啊，我怎麼還好好的呢？」她嗚咽著說：「曾少監，您快點兒，再快點兒，他得看太醫……哥哥，您要挺住……」

她大概真覺得他快不成了，話都說得語不成調。他倒有些虧心了，這麼隱瞞緣故白讓她擔心，似乎有點不大厚道。可正在他打算告知實情的時候，發現有隻手探進來，在他胸口胡亂摸了好幾把。他有些氣堵，「月徊，妳幹什麼？」

月徊說：「我摸摸您是不是被箭射中了。您捂著胸口，問您怎麼了，您又不肯說。」

所以受用了她的關心，到底是要付出代價的。他按住她的手，在胸口停留片刻，然後拉下來，放開了，只道：「我是吃了驢打滾，泛酸水作胃疼，沒有中毒，也沒有受傷。」

月徊怔忡著，哽咽道：「您怎麼不早說呢，真是嚇著我了。」

但他臉色確實不好看，白裡泛出青來，連嘴唇都沒了血色。月徊提心吊膽，所幸馬車直接駛入神武門，這是破天荒頭一遭，已經是極大的逾越，但這會兒也顧不得了。

進了司禮監衙門即刻傳太醫來瞧，胡院使道：「還是老病症，我再添兩味藥材，廠公且試一試。這胃疾還需長期調理，千萬別因公務繁忙，就拋到一旁去了。」

梁遇坐在桌前，強撐著頷首，「回頭讓底下人天天預備，勞煩胡大人了。」

胡院使道：「廠公客氣了，還有一樁最要緊的，我曾告誡過您不能吃過於軟糯的東西，廠公忘了？」

梁遇說沒忘，避開月徊的目光，敷衍笑道：「多年不吃糯軟的點心了，今兒嘴饞，沒忍住。」

胡院使也笑起來，「可不嘛，今兒過節，正是吃元宵的時候。不過您的胃口不成，還是戒斷的好。」又叮囑了幾句，方領著小太監上御藥房配藥去了。

月徊覺得對不住他，挨在他跟前說：「是那個驢打滾鬧的……怪我非讓您吃。」

梁遇不願意她自責，含糊道：「我剛才不是說了麼，我也犯饞了。」

月徊終歸滿含愧疚，小心翼翼把他攙上床，一面懊惱著，「早知道就不上前門大街去了，鬧出那麼多事來……」

梁遇歪在引枕上，垂眼道：「其實我是藉著出遊布網，想把那些亂黨一舉擒獲。帶著妳一道涉險，實在對不住妳。」

月徊到這時才明白過來，原來一切都是安排好的。說失望，也不算失望，她沒那麼多矯情的小心思，反倒高興地表示，「我能幫您下餌，挺好的。」

梁遇不說話了，只是定定看著她，因身子不豫，那雙眼便透出繾綣迷離的味道。

月徊呆呆回望，看久了耳根子發燙，熱烘烘的感覺一路向下，蔓延進領口裡。梁遇的目光像生了鉤子，叫人掙脫不開，她有些心慌，猶豫了下才壯膽兒說：「哥哥，您老瞧我幹什麼？還喝水麼？我去給您倒。」

某種煎熬的情緒慢慢湧上來，比胃疼更讓人痛苦，梁遇握緊雙拳，閉上眼睛，「妳往後……別再叫我哥哥了。」

月徊聽了愕然，「為什麼？我做錯什麼了麼？」

不知道……他不知道自己究竟想如何，也不知道自己這麼說的動機是什麼，好像就是厭倦了做她哥哥。是不是今天太過大起大落，才讓他腦子打結了，他正要為自己找藉口，猛聽得門外楊愚魯低低喚了聲老祖宗，「回事。」

他舒了口氣，那些沒來由的情緒霍然褪盡了，他又還原成本來的樣子，撐起身，淡聲道：「進來。」

楊愚魯進來，快步到了床前，躬身道：「回督主的話，前門大街誅殺亂黨六人，擒獲活口三人，如今已押入昭獄嚴加審問了。」

梁遇倚著引枕，略思量了下道：「紅羅黨殺我之心不滅，才區區九人，暗中未必沒有人潛伏觀察。給我狠狠地審，審到他們說出實情為止。要緊一樁，先把京城裡埋伏的剷除了，至少保得皇上大婚不出岔子。剩下兩廣的，限時責令總督衙門辦理。倘或辦不下來，就給咱家派兵，必要將這夥亂黨連根拔除，才能叫咱家心安。」

楊愚魯道是，「二檔頭已在奔赴廣州的路上了，到了那裡和總督衙門匯合，不愁剿滅不了亂黨。老祖宗眼下還是保重身子要緊，先前皇上派柳順過來問了病況，小的唯恐柳順打攪老祖宗，先打發他去了，只說老祖宗沒什麼大礙，讓他稟報皇上，請皇上放心。」

梁遇「嗯」了聲，撫著額頭，乏累地閉了閉眼，「皇上才親政，雖是坐穩了江山，卻也隱患不斷。外頭藩王們心懷叵測，各路流寇擾攘邊境，腹地又有暴民亂黨鼓動百姓……咱們肩上的擔子重的很呢，真是一刻不得歇。」

楊愚魯聽了，謹慎笑道：「老祖宗能者多勞，古來聖人都不是吃閒飯的。皇上再勤政，一塊鐵疙瘩又能打多少個釘兒？必要像老祖宗這樣的能臣輔佐，既替了萬歲爺心力，又能平衡朝廷內外。先帝與新君交接的當口，哪一朝不得動盪一程子，不巧讓老祖宗碰上了，少不得多操一回心。」

梁遇蹙起眉，胃裡的絞痛漸漸有緩，只餘下隱約的一點牽扯。他向來沒病沒災的，這番痛已然叫他嚐盡厲害了，臉上便存著一股病氣，人也有點懨懨的。

「亂黨要著實地審，主子大婚事宜也不能耽擱。驚蟄之前把剩下的大禮過了，欽天監看了四月初八的日子，時候過起來快得很，各部都要抓緊預備，別等到了眼巴前再發覺有遺漏，咱家活剝了他的皮！」

楊愚魯一凜，「請老祖宗放心。」

「還有……」他曼聲道：「派往各藩接人的名單具好，這兩天就預備動身吧。」

楊愚魯呵腰應了，「正要討老祖宗示下，往南苑是走水路還是走旱路？要是走水路，從運河拐個彎入金陵，耗時還短些兒。」

梁遇道：「走水路，讓南苑的人儘早入宮，早一步到，才好早作安排。」

這個安排，楊愚魯心知肚明。南苑王比之別的藩王更曉事兒，出手也更闊綽，世上什麼最好，自然是孔方兄最好，掌印那裡打通了環節，還愁將來宇文氏的姑娘沒有好前程麼。

楊愚魯道：「那小的這就去安排，預備好了寶船，後兒從通州出發。」

梁遇點了點頭，「派總旗帶隊，讓傳西洲跟著一塊辦差事。」

楊愚魯道是，又揖手行了一禮，方才退出去。

事兒太多，就算是病著也不能休息。他睏乏地喘了口氣，可氣才出了一半，看見月徊幽怨的臉，於是那半口氣就卡住了，不上不下堵在了嗓子眼兒裡。

「您讓小四去，是給小四立功的機會？」她冷著臉說：「多謝掌印。」

梁遇愣了下，她管他叫掌印，他又有些無所適從起來。

「我恨不得讓全天下人都知道您是我哥哥，可您不讓我叫了……」她泫然欲泣，「您是嫌棄我，嫌我笨，不配做您妹妹，我知道。」

梁遇胃裡疼罷了，頭又疼起來，他無奈地撐著床板說：「我不是那個意思，當初妳烏眉灶眼地到我跟前，我也沒嫌棄妳。我只是……只是……是為妳好。妳瞧外頭多少人想要我的命，不讓妳叫哥哥，是在保全妳。」

可他心裡知道，他說那話並不是出於這個原因，就是單純不想做她哥哥了，單純想撇清這種夾帶著血緣關係的稱謂。

月徊哪裡明白，她只覺得哥哥不要她了，就算他解釋了一大套，她的眼淚還是落下來。

「這是您第二回說這麼古怪的話。」她委屈地抽泣，「上回您問過我，要是沒有哥哥會怎麼樣，當時也嚇我好大一跳……您到底是怎麼了？是不是發現找錯了妹妹，我不是梁月徊？」

他答不上話來，心裡苦笑不迭，並不因為她不是梁月徊，是因為他自己，他不是梁日裴。

月徊哭得傷心，越想越難過，「你們司禮監是幹什麼吃的？東廠又是幹什麼吃的，怎麼能找錯了人！我不是梁月徊，那我是誰？還是個沒來歷的野丫頭？」

梁遇說不是，「我何時說找錯人了……罷了，妳還是接著叫哥哥吧，先前的話全當我沒說，成不成？」

她哭得泗淚橫流，「成是成的，可我心裡就是難受，您到底是怎麼回事？您要是打算不認我了，趁早說明白，別見天往我心上扎刀。」

她的眼淚能砸死人，他不得不支起身子探過手去，把她摟進懷裡，笨拙地安撫著：「好了，哥哥做錯了，往後再也不會了，妳別哭。」

他也想過，如果梁月徊另有其人會怎麼樣。也許找回來也是尋常待之，因為他再也沒有同樣的熱情，去全心對待另一個人了。

所幸月徊不是個難哄的姑娘，三言兩語的，這事就算過去了。

抱一抱，心裡舒坦不少，分開的時候有點不好意思，她揉著發燙的眼皮說：「我上外頭瞧瞧，看藥煎好了沒有。」說罷便起身，打簾走了出去。

門外空氣冷冽，已經到了午夜時分，有細雪飄進簷下，月徊閉上眼，深吸口氣。

屋子裡太熱，熱得腦子也不大靈便了，這會兒回頭想想，哭哭啼啼算怎麼回事。他那麼殺伐決斷的人，遇上了這麼個不講理的妹妹，大概也只有認栽的份。

轉頭看，迴廊那頭有個小太監托著托盤碎步過來，她上去接了，重新折回屋子裡。

梁遇靠在床頭，閉眼的模樣有種深寂的美好。她不知道他是醒著還是睡著了，放輕手腳過去，壓著嗓子叫了聲哥哥，「該吃藥了。」

那眼睫微微一顫，極慢地睜開，半帶朦朧的時候和清醒時不一樣，沒有那種警敏和咄咄逼人的味道。

月徊端過藥碗，捧到他面前，「要我餵您麼？」

梁遇說不必，撐著身子抬手接過，他的手指細長，便顯得那藥碗小得玲瓏。月徊低頭瞧瞧自己的手，十指算不得短，但和他相比顯然差了不是一星半點。她不由有點洩氣，好的全長到他身上去了，要是評定容貌，哥哥配得上絕色，她至多搆得上一個姣好吧。

不過遺憾歸遺憾，哥哥還是得侍奉好的。見他碗沿離了口，忙從桌上琺瑯盒子裡撚了一顆糖醃的楊梅過來，不由分說塞進他嘴裡。

梁遇的嘴唇豐澤且柔軟，不小心觸到一下，心頭難免一蹦躂。他當然也察覺了，卻沒有抬眼，那顆楊梅在嘴裡顛來倒去地含著，一本正經地，倒比處置紅羅黨更專心的模樣。

不知為什麼，彼此間似乎慢慢生出一道鴻溝，以前從沒有過的，似乎不得親近，也不能那麼順暢地交心了。月徊雖然粗枝大葉，但也有女孩兒細膩的小心思，就開始疑心他多番說的那些話，是不是因她太纏人，對她不耐煩了。

「那個……」她搓了搓手，「我該回去了，明兒一早還有差事呢。」

梁遇聞言，掀了被子起身道：「我送妳過御花園。」

月徊說不必，腳下匆匆往外騰挪，空泛地比了比手道：「我找秦少監去，剛才還看見他在外頭……您別起來，歇著吧，今兒多辛苦的，好好睡一覺，明兒起來就有精神了。」

她嘴上說著，人已經打簾出去了。

簷下掛了一排燈籠，因著今兒是元宵，處處照得煌煌如白晝。她站在廊子上，透過薄削的桃花紙，身影如同鑲了圈金邊，伶仃地站著，左顧右盼找秦九安。

他心裡慢慢焦灼起來，夜這麼深了，天兒又那麼冷，讓她站在外頭等人，萬一受了風寒怎麼辦？秦九安那個作死的東西，這會子也不知跑到哪裡去了，倘或人再不來，他就打算親自送了。

正猶豫，想著要不要出去，見秦九安到了臺階下，仰臉笑道：「叫姑娘好等，先頭有事兒絆住了……那咱們這就走吧。」

月徊「噯」了聲，原想回頭的，最後還是忍住了。

靜心的時候她也思忖，自己好像過於依賴哥哥了，這才給他造成重壓，讓他覺得乏累。她得見好就收，要不然惹得他撂挑子，那可就得不償失了。畢竟這個哥哥還是很令她滿意的，有權有勢，人又長得俊，對外橫掃一大片，對她那份耐心簡直堪比老媽子，可著四九城找，也找不見第二個。

月徊心裡琢磨著，出了司禮監大門。宮裡深夜下鑰後，只有掌印和少監們能自由來去，秦九安挑著燈籠走在前頭，她覷覷那背形，終不是梁遇，心裡便有些空落落的。遠處東二長街上敲起了梆子，篤篤的聲響，在這夜裡綿長地飄蕩，快到子時了。月徊叫了聲秦少監，「掌印還泛酸水呢，要勞您多留神了。」

秦九安道：「姑娘放心吧，咱們伺候掌印這些年，一應都知道的。早前胡院使也開過方子，吃了半年，漸漸有了起色，老祖宗因公務忙，藥石上頭就耽擱了。這個老病症，倒有兩年沒犯過，想是老祖宗自覺好得差不多了，誰知一個疏忽，又發作起來。」

月徊不免自責，「怪我不知道，硬勸他吃了驢打滾。」

秦九安心下了然，掌印和這族親妹妹不清不楚的，照外人看來，裡頭淵源不可謂不深，深得不能細究。

原本太監籠絡住後宮主子們，一則為解悶兒，二則也為有照應。這位眼下是御前紅人兒，聽說萬歲爺都許了貴妃的銜兒了，將來成就了不得，掌印怎麼能不與之交好！驢打滾嘛，雖說吃了泛酸水兒，可在姑娘面前是齣苦肉計啊。姑娘一看掌印為了討自己的好，都把自己作踐成這樣了，不定怎麼感動呢！

「想是老祖宗怕姑娘一個人吃小食無趣，想給姑娘做個伴兒。」他回頭眨了眨眼，「姑娘不知道，咱家當初是和老祖宗一塊兒入的司禮監，也算六七年的同僚了，老祖宗為人審慎，以前可從沒見他這麼待後宮裡頭的姑娘。唯獨您吶，這回著實的另眼相看，咱們瞧著，心裡明鏡兒似的。」

月徊覺得好笑，太監敲缸沿的毛病又發作了。可惜他們不知道底細，更不知道他們是嫡親的兄妹，這麼刻意地拉攏說合，壓根沒什麼用。

她不便應他，含蓄一笑帶過了。前頭將到延和門，她頓住步子說：「秦少監，我有樁事想託付您。」

秦九安道：「姑娘請講，只要幫得上忙的，咱家絕不推脫。」

月徊道：「我先前聽掌印說了，要遣傳西洲去金陵接人。他是我乾弟弟，我們有陣子沒見了，能不能托您傳句話，他臨走前讓我和他見上一面？」

秦九安一聽，說這有什麼難的，「明兒讓他進來回事，不就順順當當見上了嗎。」

月徊很高興，「那就全賴秦少監了，我倒也沒什麼特別要緊的話要交代他，只是他年紀小，沒出過遠門，這是頭一回辦差事，我得叮囑他兩句。」

秦九安十分體人意兒，表示都明白。畢竟這姑娘不是等閒之輩，不光掌印要拉攏她，他們這些底下人，也得瞧準了時候巴結巴結。

隨牆的小宮門打開了，秦九安送到門前，笑著說：「今兒廊子上掌一夜的燈，姑娘進園子能瞧得見，我就不送了。等明兒說好了時候，我再打發人上乾清宮給姑娘傳口信兒。」

月徊再三道了謝，這才回身往樂志齋圍房去。梁遇安排給她的小宮女都挺機靈，預備下了熱水和換洗衣裳，連褥子都已經薰過了香。她洗漱完了鑽進被窩，這回不像以往似的倒頭就著，翻來覆去直到聽見打了三更的梆子，方迷迷糊糊睡過去。

她做了個夢，一個很旖旎，又很大逆不道的夢。夢裡哥哥忽然不見了，她邊哭邊喊，找了大半個紫禁城，才在一處偏僻的宮苑找到他。

他那時站在梨花樹下，穿著牙白描金的曳撒，梨花落了滿頭。陽光從扶疏的枝葉間照下來，正照在他唇畔，他噙著一點笑，問她「妳怎麼來了」。

她因找他找得發急，理直氣壯怒火滔天。可能是怒壯慫人膽，一把將他壓在樹上，找準他的嘴唇狠狠親了下去。

然後就醒了，活活嚇醒的。

她從黑暗裡翻身坐起來，崩潰地捂住了臉，羞愧於自己竟然敢做這樣的夢。可是羞愧過後又紅著臉開始琢磨，夢裡自己真是力大無窮啊。不知擱在陽間，她能不能有這樣的勇氣和力量，把他死死壓在樹幹上……

# 第十四章　心意輾轉

畢竟做夢是件私密的事，夢裡無法無天，誰也不能把她怎麼樣。她居然覺得這夢回味無窮，當然也可能是半夜裡腦子不好使了吧！昏沉沉又躺回去，甚至奢望能繼續剛才的美夢，可惜夢斷了，再也沒能接上。

五更的時候起身，天還沒亮，各處宮門都已經開了，整個紫禁城浸泡在寒冷和黑暗裡。夾道中來來往往盡是挑著燈籠沉默前行的宮人，如果有人俯瞰這座皇城，會看見錯綜的經緯上，布滿移動的光點。

月徊提燈往乾清宮去，雖然她的蟈蟈被雞吃了，但皇帝的蟈蟈依舊由她伺候。她每日的差事就是替皇帝梳頭，餵蟈蟈兒，剩下的時間基本閒著，在御前站班，有一搭沒一搭陪皇帝說話。

細數下來，進宮也近一個月了，乾清宮她都摸透了，閉著眼睛也能進東暖閣。只是今天有點糊塗，睡得太少，加上那個夢上頭，她是打著飄進乾清宮的。

按說這時候皇帝應該起身了，可到了廊廡前，發現不大對勁，暖閣內外還是靜悄悄的。迎面碰上柳順，柳順說：「姑娘來了？萬歲爺今兒鬧咳嗽，人也懨懶，我正要打發人回掌印呢，看看是不是傳太醫進來問個脈。」

月徊有點奇怪，「萬歲爺聖躬違和，怎麼不直去傳太醫，還要通稟掌印？」

「這您就不知道了，萬歲爺打小兒是掌印看顧大的，什麼時候該請太醫，掌印心裡頭有數。」柳順笑道，言罷又壓低了嗓門，「何況萬歲爺萬乘之尊，隔三差五地傳太醫，就算不往外宣揚，跟前伺候的人看著也不好。萬歲爺正是春秋鼎盛，有點小病小災的，吃兩粒清心丸就好了，您老人家自己也不願意勞師動眾。」

月徊「哦」了聲，嘴上雖不說，暗裡卻驚訝梁遇的權力竟已經滲透到這地步，連皇帝看不看太醫都要聽他的意思。好在他是一心為著皇帝，皇帝也不疑他，如果哪天生出了不臣之心，那後果真是不堪設想。

「我進去瞧瞧。」月徊微欠了欠身，「總管您忙吧。」一面把手裡的燈籠和梳頭包袱交給一旁的小太監，自己打簾進了東暖閣。

皇帝臥在床上，顴骨潮紅，像她頭回見他時的模樣，看來是老症候又發作了。她趨身上前問：「萬歲爺，您哪兒不舒服呀？難受得厲害麼？」

皇帝輕輕搖了搖頭，「就是氣悶，總想咳嗽，沒什麼要緊的。」

月徊在腳踏上坐了下來，替他掖掖被子說：「今兒沒有朝會，您就好好歇一天吧，我想著是昨兒親政大典過於勞心勞力了，歇一歇就會好的。」

皇帝勉強牽了下唇角，「大約是吧，雖說那些籌備不要朕親自過問，但這件事像石頭一樣壓在朕心上許久。如今塵埃落定了，人鬆懈下來，反倒要犯病。」語畢咳嗽了兩聲，想起昨天得來的消息，「朕聽說大伴也不豫，現在怎麼樣了？」

月徊道：「是胃疾發作了，來勢洶洶去得也快。我昨兒回他坦的時候，像是已經好多了，應當沒有大礙了，皇上只管放心吧。」

皇帝頷首，頓了頓問，「昨兒出去，正遇上東廠抓人，怕不怕？」

所以梁遇的所有計劃，都是預先和皇帝通過氣的。帶著她一塊逛夜市，才不至於讓那些亂黨起疑，畢竟掌印那樣的大忙人，抽冷子上前門大街胡逛，說出來也沒人信。

幸好自己大而化之，糊塗得很，要是換個揪細的姑娘，該覺得他們為了辦成大事拿她作餌，總要鬧上三天彆扭才痛快。

「不怕。」她沒心沒肺地說：「東廠的人身手都很好，那頭打起來，我們這頭早趕著馬車回宮了。」

所以她的樂觀洞達吸引皇帝，養在閨閣裡的姑娘都是嬌花，欠缺她身上熱血和無畏的精神。皇帝舒了口氣，斟酌道：「昨兒大伴回稟司帳有孕那件事，朕一直想同妳解釋……這話不太好開口，朕也覺得沒臉，一頭說多喜歡妳，一頭又幸了別人，還弄出個孩子來。」

月徊先前確實不痛快了一小陣兒，但後來已經看開了，十分體人意地說：「司帳的孩子不都三個月了嘛，三個月前您還不認得我呢！我聽掌印說過，皇上到了年紀就得學本事，這個不怨您，說明您本事學得好。」

皇帝窒住了，本事學得好？這話到底是誇還是損？橫豎他深感對不住她，那天雪後出宮和她上什剎海滑冰這件事，似乎也變成了濫情的佐證。那時候分明是一片真心啊，即便到了今天也依舊如此。然而在她心裡又是怎麼看他？她的大度究竟是當真不在乎呢，還是委曲求全，說出這番話來，只為讓他安心？

皇帝抬起眼，小心地打量她，「朕一面預備迎娶皇后，一面許諾封妳為妃，話還熱乎著，太醫院又報宮人遇喜……朕臉上實在掛不住。」

皇帝能這麼真心實意很難得了，月徊也不好苛責，便大方寬解著：「您為什麼要這麼想呢，帝王家子嗣最要緊，這是我們掌印說的。您將來會有很多妃嬪，會有很多皇嗣，難不成每生一個孩子都覺得對不住我麼？」她咧嘴笑道：「您放心吧，我不因這個就和您見外，咱們一處玩兒得多好呀，就算不當您的貴妃，我也斗膽，拿您當朋友吶。」

皇帝忽然生出些許失望來，聽她話裡話外，已經有了「就算」這類的退而求其次。她寧願和他做朋友，也不願意再當他的貴妃了。

皇帝咳嗽起來，好一通震心震肺。人仰倒在被褥間，手卻緊緊拽住了她，「月徊，朕不要和妳做朋友，朕是一心想同妳做夫妻的。」

月徊呆了呆，做夫妻，這個聽起來太遙遠了。她才發現居然從沒想過夫妻這詞兒，她好像只打算給他做小老婆。

「您和皇后論夫妻，我給您當紅顏知己。」她挨在他床沿上說：「譬如您有心事就和我說說，我這人沒別的本事，開解開解您還是可以的。」

說自己沒別的本事，可見過於謙虛了。她的本事在這世上絕無僅有，當初他想留她是出於惜才和顧慮，後來漸生私心。一個女人有用且難得，雙重的吸引力，他無論如何也捨不得放手。

他嗟嘆著，喃喃道：「可能這話聽上去虛偽得很，可朕就算有再多女人，心還是在妳這裡。」

月徊想笑又憋了回去，拍拍他的手說：「知道，我領著您這片情呢。您這會兒別想那些，養好了身子要緊。」

外頭御藥房裡送皇帝常服的藥來了，她扶他半靠著，玉製的藥葫蘆裡倒出指甲蓋大的丸子，仔細數了七顆才送到他掌心。茶盞伺候上，眼巴巴瞧著他吞下去，復接過宮人打的手巾把子，替他仔細擦了一回臉。

皇帝原本就肉皮兒白淨，沾了水，愈發顯得剔透。月徊瞧著他，想起上次他病癒後，頭一次正眼看她，那雙漂亮的眼眸，還有濃重精緻的長眉，即便見過這麼多回了，也依舊稱得上眉目如畫。

月徊樂於欣賞美，就像賞花，光看不帶伸手，看過便走開了，不會因為沒有摘下來而心生遺憾，對於皇帝亦如是。眼下他病了，瞧在之前一同滑冰的交情上，也得好好看顧他。於是探手摸了摸他的額頭，掌底果然滾燙一片，藥吃了，也沒有別的辦法，便牽過他的手，密密替他按壓起了合谷穴。

這宮裡女人，沒有第二人會如此家常地對待他，皇帝輕喘著問：「這有什麼說頭？」

月徊道：「這是我從郎中那裡學來的土法子，按壓這個穴位能退燒。當初小四生病，我沒錢給他買藥，靠著這個法子按兩盞茶時候，慢慢就好起來了。」

她口中的小四，是個低賤到塵埃裡的窮孩子，她拿對窮孩子的辦法來對待皇帝，要是上綱上線，恐怕夠掉腦袋的了。可皇帝並不覺得有什麼不妥，知道她是拿他當自己人，才會這樣照顧他。否則就如那些宮女子一樣，伺候用過了藥就退到一旁站班去了，哪怕你燒得恍惚，也沒人來瞧你一眼。

「月徊，妳在這裡，別走。」他弱聲說。

月徊道好，「您睡吧，我在這兒守著您。」

皇帝這才放心，偏過頭闔上了眼。

月徊手上沒停，拿捏著力道繼續替他緩解。不經意間回頭瞧了眼，發現梁遇不知什麼時候出現在落地罩外，就那麼淡淡地、涼涼地看著，不說話，沒有動作，甚至連眼睛都未眨一下。

月徊待要同他打招呼，又怕吵醒了皇帝，便小心把皇帝的手掖進被窩裡，方從暖閣退出來。

天將要亮了，天地間籠上了稀薄的藍，從這裡往前頭宮門上看，雲霧暾暾，巍峨宮門恍在雲層裡。簷下懸掛的燈籠一盞盞拿高杆兒挑下來，一排小太監整齊劃一地吹滅了燭火，列著隊退下去。梁遇站在昏暗的晨色裡，負手道：「早上還沒進吃的吧？西邊圍房裡布了早膳，過去用些。」

月徊跟著進了內侍值房，侍膳的太監把東西鋪排好，一個接一個地揭開蓋碗。梁遇擺了擺手，人都退下去了，他說坐吧，取一隻青玉雕的蓮瓣紋雞心小碗盛上紅稻米粥，擱到她面前。

月徊瞅他臉色，問：「哥哥大安了麼？」

他「嗯」了聲，「不是什麼大病，疼上一個時辰也就好了。」

月徊低下頭，把雞心碗捧在手心裡，隔了會兒才道：「皇上的病勢，看著和上回差不多，您不給他傳太醫麼？」

梁遇取過筷子，慢吞吞拿手巾又擦了一遍，邊擦邊道：「已經用過了藥，等藥性發作了再看，這會兒傳太醫也不好開方子……吃呀。」

月徊沒法兒，拿銀匙舀了一口，想了想又道：「我瞧他發熱，身上滾燙，您還是叫個太醫過來瞧瞧，哪怕扎一針也好啊。」

梁遇卻不說話了，半晌放下手裡的碗，寒著臉道：「皇上有肺熱的病根，治了十多年了，左不過調理作養，不能根治。我在他跟前這些年，每一回都是這麼過來的，太醫來了大動干戈，四五個人會診琢磨方子，添添減減，熬藥看境況，不過如是。妳關心皇上我知道，只是別瞎操心。御前有御前的一套章程，好些事不是憑著妳一腔忠誠就能解決的，妳只要辦好自己的差事就夠了。」

月徊見狀不敢再說旁的了，料想是自己不懂規矩裹亂，才惹得哥哥不高興。

硬碰硬不行，她瞧準了機會獻殷勤，牽袖把一隻小碟推到他面前，「哥哥吃這個，這冬筍絲兒爽口得很。」

梁遇起先面色不佳，見她不再摻合皇帝的病況，這才微微露出一點笑意來，「妳也吃。」

後來的氣氛還算融洽，只是月徊隱隱有些不自在，哥哥怎麼像變了個人似的，愈發陰晴不定了。她知道姑娘不便的那幾天火氣旺盛，難道哥哥也有這毛病麼？可她不敢胡亂言語，只有小心奉承著，也許他是因紅羅黨的事鬧心，自己得機靈點兒，可別火上澆油。

早膳過後用杏仁茶，兄妹倆對坐著，誰也沒說話。外頭雪歇風停，起了濃霧，支摘窗架起一道縫，眼看著霧氣像天上流雲似的蔓延進來。月徊呷口茶，從杯沿上瞥他一眼，忽然想起昨晚的夢，心頭頓時趔趄了下。

其實她有些心虛，有些不好意思，更多是愧怍，覺得對不起他，也對不起爹娘。兔子還不吃窩邊草呢，她居然能對哥哥心猿意馬，簡直不是人。不過做夢這種事，好像是沒法子控制的，她尷尬了一小會兒，退一步想，很快就鎮定自若了。

她開始記掛小四，開始等著秦九安的消息，人顯得心不在焉。

梁遇瞧出來了，抬眼問：「妳怎麼了？有事兒？」

月徊「啊」了聲，「沒事兒。」

沒事兒……他擱下茶盞，冷冷哂笑了下。年輕孩子就是好，有那麼多的精力，今兒操心皇帝，明兒操心小四。自己是老了，跟不上她那份活絡的心思，瞧著他們熱鬧，自己游離在紅塵之外，有時候不免無趣。

他站了起來，「我要上東廠去一趟，看看案子進展如何。今兒小四該去金陵了，妳有什麼要帶的，或是話或是東西，我順便替妳捎去。」

月徊茫然站起身，千言萬語堵在喉嚨裡，只覺欲哭無淚。秦九安原本說好了，讓小四藉著回事進宮的，如今他要往東廠衙門去，看樣子小四是進不來了。

還能怎麼樣，她敢託付秦九安，卻不敢在他面前提。憋屈地從懷裡掏出兩雙鞋墊子，雙手遞了過去，「您把這個給小四，這程子多雨雪，我怕他腳冷，回頭又長凍瘡。這鞋墊裡頭加了一層油綢，不進水的，萬一靴子濕了能應個急。」

梁遇垂眼看，眼裡夾帶著挑剔，「這繡的是什麼？蜈蚣？」

月徊氣堵，「不是蜈蚣，是蟒，我盼著他封侯拜相呢。」

梁遇沒有打破她美好的祈願，只道：「我瞧妳整日在御前，沒想到還有閒情繡鞋墊。心思是好的，不過繡工差了點，只怕拿不出手……」一頭說，一頭往外走，「成了，這件事我來辦，妳上東暖閣去，好好伺候皇上吧。」

月徊站在門前目送他，見他帶著手下的人漸去漸遠，身影匿進了濃霧裡。不能見小四的惆悵退居第二，哥哥莫名的態度又化成巨大的陰霾，沉甸甸壓在她心頭。

從日精門出來進夾道，一路往北行進，穿過御花園時梁遇站住了腳。

身後一行人慌忙頓住步子，曾鯨趨身上來，「老祖宗，可是有什麼落下了嗎？」

梁遇道：「打發個人，上內務衙門領兩雙鞋墊子，挑上好的送到神武門來，咱家要帶到東廠去。」

曾鯨雖不明白他為什麼要領鞋墊，但也不便追問。忙回身叫過一個執事吩咐去辦，自己隨侍他往宮門去。

出行的車輦早預備好了，瓜稜狀的頂棚下懸掛一串細密的流蘇，護城河上晨風微漾，那流蘇就在晨風裡款款輕搖。曾鯨呵腰高擎起臂膀，梁遇踩著小太監的背登車，落座後放下門簾，車輦未動，仍停在原地等著派遣出去的執事折返。

不一會兒傳來急促的腳步聲，因神武門門洞幽深，跑起來動靜特別大。梁遇微微抬眼，曾鯨掀起半幅門簾，把鞋墊子呈敬上來，「老祖宗，這是內務衙門裡頭最好的一等鞋墊了，您瞧成不成？」

梁遇接過來打量，宮裡有專事做針線的宮人，那針腳密密匝匝，比起月徊的不知強了多少。

他點了點頭，說走吧。就著窗口的朦朧天光，他將月徊的手藝拿出來細看，越看越不稱意，不單是針腳疏朗，繡工粗糙，最叫他不舒坦的是這麼大的丫頭了，胳膊肘還朝外拐。小四明明是半道上遇見的孩子，她待他，倒比對他這個哥哥更上心。鞋墊？手藝不好的人只配繡鞋墊，可他也不曾嫌棄啊，她怎麼從沒想過繡一雙給他？

他下勁兒盯著這兩雙醜鞋墊，洩憤式的脫下官靴，把它們全鑲了進去。穿上感受一下，靴子有點兒緊了，但不妨礙他心裡痛快。他冷笑，隨手把內務衙門討來的扔在一旁。苦孩子知道什麼好歹，有雙這樣的通貨鞋墊兒，已經是極大的恩惠了。

很快東廠衙衕到了，車輦停穩後，曾鯨上來打簾迎他下車。有了昨兒晚上紅羅黨的那場行動，他的出行要比以往審慎許多。那些亂黨的狗命不值錢，要是傷了他一根汗毛，那可大大的不上算。

衙門裡的檔頭們，除了幾個領命外出辦案的，剩下的全出來相迎了。原本一個大年過完都有些鬆散，結果昨晚來了這麼一齣，如今個個都繃緊了皮，督主面前不敢有半點閃失。

院子裡的青磚被打掃得一點兒泥星也無，督主的描金皂靴踩踏過去，即便烏雲豹的斗篷長及腳背，也絕不讓下擺沾染了泥污。馮坦將人引進正衙，垂著兩手回稟審問的進度，有些為難地說：「那三個人都是硬骨頭，怎麼拷問都不肯說實話。原想上重刑逼供的，又怕弄死了他們，斷了線索。」

梁遇哂笑，「哪裡那麼容易死，這些人水裡來火裡去，經得住錘煉，拿尋常法子對付他們沒用。眼下給他們機會，他們不說，咱家就拿他們沒辦法了麼？紅羅黨歃血為盟都是親兄熱弟，真要是瞧著兄弟受苦受難，逍遙在外的無動於衷，那也稱不得重情重義，都是一群披著狼皮的偽君子。」

他一抬手，斗篷高高揚起，踅身在圈椅裡坐了下來，「挑個最扛事的，給他上酷刑，帶另兩個來瞧。他們要是招供，那也罷了，要是不招，咱家有的是法子對付他們。」

馮坦道是，立刻率人往大獄裡去了。梁遇朝隊伍最後的人叫了聲傅西洲，「你留下。」

小四聽了忙轉回身，俯首貼耳回到堂下，向上拱了拱手道：「小的在，聽督主示下。」

梁遇示意曾鯨把那兩雙鞋墊交給他，一手撫著把手上的獅頭道：「你姐姐得知你要上金陵去，很不放心，托咱家給你帶話，讓你一路多加小心。這鞋墊兒是她帶給你的，說江南多雨，備著好應急。雖說都是內家樣兒，你且收著吧，也是她的一點心意。」

月徊本來就不是個多精細的姑娘，正常人是不會指望她能親自動手做女紅的。小四托著這鞋墊，呵腰道：「請督主替我謝謝月姐，另替我捎句話，就說小四會盡心承辦好差事，等回京之後一定去瞧她。還有……讓她有空學學針線，別連雙鞋墊子都上庫房討要，沒的叫人笑話。」

梁遇的長眉幾不可見地一挑，臉不紅氣不喘地說：「咱家會替你把話帶到的，你回去預備起來吧，過會子就隨張總旗出發。」

小四爽朗地應個是，壓著帽子快步往值房去了。

梁遇看著那少年身影縱跳著，走進厚重的濃霧裡，心滿意足端起茶盞，優雅地啜了一口。

外面隱隱傳來忍痛的嚎叫，他垂下眼刮了刮杯蓋，倒要看看那些所謂的硬骨頭能堅持到幾時。不過糙人確實耐摔打，等待的時間比預計的更長，最後番子進來回稟，結果並不盡如人意，就算獄卒們下手弄死了一個，也沒能讓另兩個開口。

「廢物！」他唾罵了句，起身往獄裡去。刑房裡血肉濺了滿地，那股血腥氣甫踏進門檻就聞見了。他沒有進刑房，站在甬道裡遙遙打量，剩下兩人一個三十多歲，一個不過二十出頭。他給曾鯨遞了眼色，示意番子把年輕那個送上刑架，自己緩步踱到門前，揚聲道：「咱家再給你最後一個機會，供出亂黨窩藏的老巢，過去的事既往不咎，放你回去和家人團聚。」

可惜年輕人血氣方剛，像那兩個南邳讀書人一樣，寧死也不低頭，豪興地大喊著：「有什麼手段只管使出來，怕死老子也不會進京。」

梁遇笑著，贊許地拍了拍手，「好，這下子機會沒了，你想說也說不成了。」一面叫來人，「把他的舌頭給咱家割下來，扒了他的衣裳纏上布，浸到油缸裡去，咱家今兒要點天燈。」

東廠的手段很多，剜肉敲骨血流成河，都沒有點天燈來得乾淨熱鬧。人被活活燒死，就得經過漫長的煎熬，受刑的人橫豎破罐破摔了，觀刑的人心裡卻會承受重壓。

割舌、裹布、浸油缸，一氣呵成。刑房裡地方小，施展不開手腳，就挪到東南角的空地上去。濃霧是一層好掩護，一般點天燈都在夜裡，今兒白天行事，是為更好地讓同犯看清楚。

那個渾身裹布的年輕人被人從油缸裡提溜出來，像個過油的蠶蛹高高吊在半空中，嘴裡的血淋漓流了滿胸，嗚嗚地，不知在說些什麼。

這時候已經不需要他開口了，梁遇睇著眼，涼聲道：「動手。」

番子得令，舉著火把過去，從足尖開始點燃，火苗一路向上攀升，越燒越旺，那人形在火光中扭曲，像一隻可笑的蠕蟲。

梁遇轉頭一瞥，那個押來觀刑的嚇得面無人色，他笑了笑，曼聲道：「機會只有一次，過了這個村，可就沒這個店了。二十來歲的年輕人，憑著一腔熱血敢下九幽斬閻羅，你這年紀正是上有老下有小的時候，難道也同他一樣莽撞？」

他的聲氣兒幽幽的，不急不躁，絲毫沒有空手而歸的擔憂。僅剩的那個囚犯喘著粗氣，如同一隻倉惶的困獸。梁遇知道他在想什麼，「正人君子」的軟肋他最善拿捏，於是一面看天燈燒得熱烈，一面循循誘哄：「同黨都不在了，誰還能瞧不起你？誰還會唾棄你？識時務者為俊傑，趁著還能說話的時候把話說了，別像他似的，最後想說也說不得。」

人肉灼燒後的焦臭向四面八方擴散，一旁被五花大綁的漢子淚流滿面，渾身篩著糠，面皮脹成了醬紫色。

梁遇並不催促，他有足夠的耐心等他想明白。

果然那漢子哆嗦完，到底下了狠心，「楊媒斜街，抬頭庵。」

在場眾人都鬆了口氣，梁遇瞥了馮坦一眼，「聽見了？」

馮坦打了雞血似的，「小的即刻帶人圍剿，誓將亂黨一網打盡。」

東廠番子集結，官靴踩踏著地面，隆隆有聲。梁遇轉身往衙門口去，邊走邊下令：「曾鯨留下處置這件事，京中亂黨頭目活要見人，死要見屍，絕不能讓他逃脫。咱家先回宮，等著你的好信兒。」

曾鯨領命，躬身送別，再直起身時車輦已經出了衙衕。他回身，咬著槽牙道：「點足人手，不許有半分疏漏。地方都給你們審出來了，倘或再讓人跑了，咱們大家都得完蛋！」

不說攸關生死，至少是攸關前程，辦差的沒人敢掉以輕心。後來就是全城圍捕，當時那夥人正要撤出抬頭庵，沒想到被廠衛斷了後路，蟄伏在京城的七人全數被抓獲，無一人漏網。曾鯨總算能夠坦然覆命了，走進掌印值房，笑著說：「事兒已經辦成了。老祖宗神機妙算，要是再留他們在京中肆意活動，果真要算計到皇上大婚上頭去了。」

梁遇正站在南窗前掛金魚風鈴，聽見曾鯨回稟，淡聲道：「大鄴江山萬里，憑著幾名亂黨就想顛覆朝綱，簡直是癡心妄想！眼下京城的禍患暫且平定了，但皇上大婚期間的警蹕不能鬆懈，謹防紅羅黨的人再度混入京畿。這樁事，終歸要斬草除根，眼下就看派往兩廣的人辦事手段如何了，只有一舉端了賊窩兒，咱家才能高枕無憂。」

曾鯨說是，「二檔頭辦案無數，定不會辜負老祖宗厚望的。不過萬歲爺……怎麼身上又不濟了？」

風鈴鐺已經掛好了，梁遇拿手撥了下，一串悅耳的聲響叮叮噹噹蕩漾起來，他唇角掛了一點笑，慢吞吞道：「年雖過了，天兒還冷著呢，每年冬天都是最易犯病的時候，等過了正月就會好起來的。」

話雖如此，但皇帝身子骨不強健，這也是事實。曾鯨忖了忖道：「那個有孕的宮人，已經送進羊房夾道安置了。照著老祖宗的令兒安排人仔細伺候著，太醫也撥了兩個過去，每日早晚請平安脈。不過這兩天脈象微有起伏，過會兒還要讓胡院使親自過去瞧瞧。」

梁遇「嗯」了聲，「胡院使早前瞧出是位皇子，倘或不出意外，這可是皇長子，地位遠非其他皇子可比。無論如何，孩子落地之前，不能讓那宮人有任何閃失。六個人伺候不夠，就派十個，咱家只要皇嗣長得健壯，旁的一概不問。」

曾鯨是聰明人，只這兩句就已經領悟其中意思了。

皇帝身子骨不好，那麼下一代的皇子必要在娘胎裡作養足了，這是關乎大鄴江山社稷的大事。母體就如容器，於帝王家來說，沒權沒勢沒靠山的宮女子，也只能是容器而已。上頭要的是孩子，如果這容器大補得過了，了不起將來殺雞取卵，是死是活根本沒有人會在意。

梁遇緩步踱回案前，取過手巾擦了擦手，高案上的西洋座鐘指向午初，他整整琵琶袖道：「該上乾清宮瞧瞧去了，這會兒要再不成，就預備傳太醫吧。」

今天的霧尤其濃重，即便到了這個時辰也不見消散。他負手走在夾道裡，一路行來眉睫掛滿了細小的水珠，往前看去便如透過一層水幕，很有沉重之感。

掌印一向很忙，大多時候走路都是匆匆的，唯獨今天，兩雙鞋墊子到這會兒還沒抽出來，每邁一步就走出別樣的滋味。

進得日精門，北望正大光明殿，和平時沒什麼兩樣。他順著迴廊上丹陛，進了東暖閣，一眼就看見月徊還守在皇帝床榻前，邊上宮人不住打熱手巾，她在皇帝手臂和胸膛上不住地擦。聽見動靜方回頭望了眼，有些疲乏地說：「掌印，早上那把清心丸，吃了略好了會兒，到巳初的時候又發作起來。總管讓御藥房的人照著上回的方子煎了藥，我又拿熱水給萬歲爺擦身子，這會兒已經好些了。」

梁遇上前，站在腳踏前輕聲喚皇帝，「主子，還是宣太醫吧，讓他們會診，重擬個方子。」

皇帝對自己也有些灰心，半睜著眼搖頭，「他們不頂事，治不好朕的病。」

梁遇道：「主子別這麼說，原不是什麼大病，要緊靠平常調理。如今過完年了，眼看就要回春，天兒一暖和就會百病全消的。」

皇帝苦笑了下，「但願吧。」

熱手巾又來了，這回梁遇接過去，親自替皇帝擦，一面道：「臣去了東廠一趟，專為審紅羅黨的案子。抓獲的活口供出了京裡潛伏的餘孽，剛才廠衛出動，已經全數清剿了，請主子放心。」

皇帝長出口氣，「剿滅了才好，京裡一向太平，忽然來了這麼一幫子賊人，倒攪得百姓惶惶不可終日。」一邊說邊咳嗽，緩了緩才道：「著令九門加強排查，外地入京的都要核實身分，不能再放那些人進來了。」

梁遇道是，「這些臣都交代下去了，主子只管安心養病。」

皇帝乏得厲害，每次犯病都能要他半條命，說了這麼些話已然累壞了，便閉上眼沉沉睡去了。

月徊這才從東暖閣退出來，跟著梁遇一道進了值房。可她有一肚子不快，進門即說：「宮裡太醫既然治不好皇上的病，為什麼不廣徵天下良醫？他如今還年輕，能夠抵擋住病勢，將來要是有了歲數，哪裡受得住這樣的高熱？」

她回來到現在，從沒對他高過嗓門，這次為了皇帝竟然質疑他，這讓他很不高興。

「廣徵良醫？妳何不昭告天下，皇上有不足之症，讓那些藩王早作打算，早早積蓄兵力直取京師？」他冷眼看著她道：「月徊，哥哥讓妳進宮，可不是為了讓妳反我。妳向著皇上我知道，可妳別忘了，我才是妳的至親。妳別光顧著看臉下菜碟兒，誰親誰疏，妳還分得清麼？」

月徊被他說得打噎，正是因為說著了，讓她很有心虛之感。

原來他什麼都知道，她的那點好色的小癖好，終究沒能逃脫他的眼睛。其實她也沒有刻意隱瞞，就是喜歡好看的人兒，要不碼頭上流浪的孩子多了，她怎麼光挑中了小四！

可是有些事兒做得說不得，月徊惱羞成怒，「您別成心掀我尾巴，我看不看臉，和這個沒關係。要比長相，您比人家差來著？我要真是只瞧臉，就該光聽您的了。我也知道朝政上的事麻煩，可是以東廠的本事，上外頭踅摸個把好大夫也不難啊。您悄悄地找，悄悄地帶進來，不走漏了風聲，不讓外人知道不就成了麼。」

梁遇笑她小孩兒見識，「妳當乾清宮裡住的是什麼人，容妳上外頭隨便找土郎中來？瞧好了倒是大功一件，瞧不好出了岔子，妳就得跟著我上菜市口砍腦袋，妳不知道其中利害？」他動怒生氣，覺得太費力氣，月徊有時候就是個不開竅的性子，說得再多也是油鹽不進。他站在窗前，用力喘了兩口氣，雖說她肯定他的長相優於皇帝，讓他心裡也生歡喜，但扭不過她的想法，就是個麻煩。

「太醫院裡篩選太醫，要經過多少道，妳懂不懂？那些人已然是大鄴最頂尖的醫者了，依著妳，民間搖鈴走街串巷的倒更有手段？」他調開視線，勉強平了平心頭怒氣才又道：「好了，宮裡辦事不求有功，但求穩妥。妳才進來不久，多說也無益，等的時候長了，妳自然就明白了。」

月徊聽了很失望，「不求有功，但求穩妥，那些太醫也是這麼想的，所以不敢用藥，一切以溫補為主。」

她嗆了他一句，他訝然看向她，一時竟有些答不上來。

月徊白了他一眼，憤懣地轉身坐在八仙桌旁，心裡不是滋味。她進宮的時間的確不長，可跟在梁遇身邊，多少也品出了他一舉一動中暗藏的玄機。

一個身子骨結實，理政又有手段的帝王，還會這樣處處依賴他，什麼都想著大伴嗎？自然是不會的！梁遇其實樂見現在的局面，皇帝羸弱，不那麼強勢，這才利於他一手把持朝政。當然他們是至親，她也願意他呼風喚雨，稱王稱霸，但眼瞧著皇帝隔一陣兒就病上一場，發燒燒得迷迷糊糊的，她實在覺得他太可憐了。

那個叫蘭御的人，從小沒有媽，兄弟姊妹間不受待見，被擠兌著長到這麼大。皇帝在她面前偶爾也會說起過去的年月，姑娘家心腸軟，敬畏的同時兼具同情，沒法子像梁遇這麼冷靜，作壁上觀。

然而她的婦人之仁卻令梁遇不滿，她慈悲心氾濫，竟把他放在了皇帝的對立面，她不知道沒有他，就沒有皇帝的今天麼？如今到了有收成的時候了，他尚且為著皇帝呢，就受她這樣猜忌，若是將來情況愈演愈烈，她豈不是要和他反目成仇？

可惜外頭的潑天大案好辦，家務事難纏，他面對她除了頭疼，沒有別的感想。對她生氣？對她拍桌子摔碗？那必是不能的，他只有再退一步，好言好語敷衍：「我已經悄悄派人查訪了，只是那些民間大夫得知是給皇帝看病，沒一個有膽兒的。皇上願意換宮外的大夫，也得遇上那個機緣，就算妳現在逼著我，我也沒法子給妳變出這麼個人來。」

月徊聽了訕訕的，忽然發現自己確實過激了，也覺得有些對不住哥哥，便支吾著說：「我是在床前伺候了半晌，瞧他病得恍惚，心裡有點兒著急了，哥哥別生我的氣。」

梁遇牽了下唇角，這笑淡得像一縷煙，沒有溫度，「著急了……果真姑娘大了，留不住。」

他嘆息著，負手走了出去。後來皇帝榻前都是他親自伺候，月徊反倒插不上手，只得在一旁乾看著。梁遇辦事老道，動作嫺熟，她慢慢明白過來，過去的十幾年裡，皇帝每一次生病都是梁遇在照顧。自己才進來幾天，就生出許多不平來，果真是狗戴嚼子，冒充大牲口。

梁遇不弄權的時候，實在是個可心溫暖的人，他餵皇帝吃藥，皇帝的胸口因咳嗽痛得坐不住，他就讓他靠在懷裡，兩臂圈住他，耐心等他一口口將藥飲盡。

他們之間是有默契的，那是從小培養起來的信任。月徊對哥哥大覺慚愧，自己胡亂打抱不平，枉做了一回小人。

皇帝出了一身虛汗，把衣裳都浸濕了，梁遇著人拿乾淨的褻衣來換，打了熱手巾，又裡外替他擦洗了一遍，一面道：「月徊憂心主子，剛才和臣商量，該不該從外頭尋良醫進來。」

落地罩前侍立的月徊聽他提起自己，心頭頓時蹦躂了下，知道他是成心讓她親耳聽結果。

皇帝精神稍好了些，越過梁遇的臂膀看向月徊，微微一笑道：「外頭大夫雖有醫道高深者，但隨意進宮來替朕看病，只怕不合祖制。月徊的心是好的，瞧不得朕受這份苦，也是朕自己身子骨不爭氣，隔上不多時就要發作一回。」

言下之意很明白了，皇帝並不相信外面的江湖郎中，更願意讓宮裡太醫慢慢調理。

梁遇回頭瞥了她一眼，月徊低著頭，愈發覺得沒臉，自己和哥哥爭執了一回全是白搭，不過自己感動自己罷了。

所以啊，年輕人一腔赤誠，有時候並不一定能討著好處。宮裡的水那麼深，要是沒有他托著，就憑她縱身一躍的莽撞勁兒，早就沒頂了。

梁遇笑了笑，替皇帝掩上衣襟，溫聲道：「今晚臣還替主子上夜，這病症白天見輕，要瞧夜裡怎麼樣。倘或掌燈後不見加重，那必定是大安了。」

皇帝「嗯」了聲，這肺病熬人得很，一犯病就沒白天沒黑夜地犯睏。

他又闔上眼睛，眾人才得休息，半天折騰下來，暮色也漸臨了。

梁遇從暖閣裡出來，身上汗氣蒸騰，經過月徊面前時甚至沒有看她一眼，昂首闊步往南邊內奏事處去了。

月徊沒法子，既然惹得人家不高興了，只要不打算老死不相往來，就得做小伏低些。她噠噠地跟在他身後，小聲叫著：「哥哥……哥哥……」

梁遇不理她，腳下走得愈發快，她委屈地癟著嘴跟進了值房，縮手縮腳站在牆根兒上，虧心地望著他。

「出去。」梁遇眼裡沒她，扭頭道：「我要換衣裳。」

月徊說：「我不出去，我背過身成麼，您換您的，我不偷看。」

梁遇氣結，「我換衣裳妳在這裡做什麼？出去，上妳的萬歲爺跟前伺候病榻去。」

「就不。」她蚊吶似的嘀咕，「我站在這裡，也不礙著您什麼。」

她有時候就是這副滾刀肉的樣子，梁遇斜睨著她，「皇上的話妳都聽見了？」

她說聽見了，「其實把規矩看得太重也不好……」

這個執拗且死不認錯的性子倒是隨了娘，梁遇已經不想同她說話了，「出去。」

月徊這次非但沒出去，還往裡挪了兩步，「我偏不出去，外頭多冷啊，天要黑了您還趕我出去，對得起爹娘嗎？」

理虧的人就會把爹娘拉出來說情，他憤然轉過身去，自顧自開始脫衣裳，解了鸞帶扒下曳撒，又毫不手軟地解開了中衣。月徊一看不成，雖然很想留下旁觀，但道德人倫不允許。她只好戀戀不捨挪到外間，挨著門上垂掛的簾子不住地問：「哥哥，您換好了沒有啊？換好了嗎？」

真是泡不爛砍不斷的混帳丫頭！裡間的梁遇憤然脫下中衣，狠狠摔在地上。天下所有人都值得她去同情，只有哥哥是壞人，一心想著操控皇帝，想弒君篡位。以前他還願意同她說一說梁家因這王朝遭遇的種種不幸，現在還有什麼可說的，她願意防備他便防備他，願意生二心，就痛痛快快生二心吧，全由她。

外面的月徊雖知道哥哥心裡不受用，卻不知道他這一忽兒工夫千般打算，已經自暴自棄起來。她還想著回頭瞧準機會和他服個軟，事兒過去就過去了。

擎等著辦一件事，心就特別的急，他又總不出來，她便自言自語著：「您換好了嗎？換好了吧……那我可進來啦？」

最後悶頭衝進去時，梁遇的中衣還沒穿好，胸膛袒露著，因她的蠻橫闖入頓住了手腳。

情況很糟糕，月徊當然也會心虛，不過哥哥的身條兒看上去真是好，她暗暗地想。

肉皮兒雪白，胸腹上的肌肉一稜一稜地，她一直覺得他瘦，原來並不是，那是結實，沒有肥肉，盡是瘦肉。

梁遇回過神，看見她那種遮遮掩掩、垂涎欲滴，又假裝嬌羞的樣子，腦子裡「嗡」一聲響。忙掩上衣襟，倉惶道：「誰讓妳進來的！」

月徊無辜地搓了搓手，「您換衣裳也太慢了，又不是姑娘……」邊說邊識趣地轉過身，腦子發懵，嘴裡胡言亂語，「早知道讓我留下多好，反正還是看見了……不過您別生氣，我沒撞破您換褲子，換衣裳不要緊的……」

梁遇沒應她，匆匆披上曳撒，扣上鸞帶，心裡的氣悶自不去說了，總之百樣都不順心。等一切收拾好，才慍聲道：「宮門快下鑰了，妳趕緊回他坦去吧，這裡沒妳的差事。」

月徊說不，「我今兒要留下值夜，像上回一樣。」

梁遇見打發不了她，不留情面道：「那就上正殿去，這裡是內奏事處，用不著妳上夜。」

然後她不說話了，拉著臉，哀怨地看著他，看得他發毛，看得他自發別開了臉。是個人都有脾氣，他不打算理會她，索性轉過身整理起書案。如今細想起來，平常就是太縱著她了，縱出她一顆牛膽，對哥哥沒了半點敬畏之心。現在再去糾正，也不知來不來得及，瞧她那股子擰勁兒，想是難了。

心裡不忿，可也未必當真沒有指望，他暗裡還是等著她的反應，看看她究竟有什麼打算。結果等了良久，沒等來她低頭求和，反倒是悉悉索索地，不知在忙些什麼。

他不由回頭看，看見她拾起地上的褻衣抱在懷裡，小聲說：「我給哥哥洗衣裳。」

梁遇一驚，貼身的衣物到了她手裡，那是萬萬不成的。

他慌忙去奪，「妳不必忙，有專事伺候的人清洗……」

她讓了讓，「我給您洗一回衣裳，算我給您賠罪成麼？」

梁遇額上隱隱急出了熱汗，那裡頭不光有褻衣，還有褻褲，她是個姑娘家，怎麼能給男人洗衣裳！

他還要搶，可她愈發抱得緊，扭身閃躲著：「您別見外，別見外嘛……」

梁遇終於認輸了，撫著額頭說：「妳把衣裳放下，只要妳放下，我可以既往不咎。」

月徊眨了眨眼，發現這妥協來得毫無道理，她要給他洗衣裳，他反倒害怕了，為什麼？

衣裳到底被他奪去了，他倉促地捲成一團，揚聲叫來人。外頭小太監是一向伺候他的，見了便呵腰上來承接，月徊眼睜睜看著，納罕道：「您做什麼非不讓我洗啊？我想孝敬孝敬您，難道不好麼？」

他說不好，「天兒太冷，浸到涼水裡頭沒的傷了關節，到老了會作病的。再說咱們都大了，就算要洗，妳也只能給妳男人洗，哥哥的用不著妳操心。」

月徊從不知道還有這種講究，她想了想道：「我沒男人，只有哥哥，還不許我給您洗？」

他沉默良久，才低頭道：「將來終究會有的，妳有妳的活法兒，我也有我的。」

倒是要撇得一乾二淨了，她不捨地朝外看了眼，視線追尋那個小太監，嘀咕著：「早知道我偏洗了多好……我和您一個活法兒到老，別你啊我的。」

梁遇心頭抽搐了下，一個活法兒，怎麼能夠呢……思緒要岔出去，又被他強自收了回來，不該想的不要去想，想多了天理難容，愧對列祖列宗。

月徊呢，還在為哥哥總算不記仇了感到高興，拽著他的袖子說：「我雖然不好意思對您服軟，可錯了就是錯了。皇上瞧病那事，是我不懂規矩，冤枉了您，我該和您說聲對不住。哥哥我錯了，您別生我的氣，我往後再也不犯了。」

梁遇原本負著氣，滿心堅冰等閒不能消除，誰知她一句「哥哥我錯了」，居然輕易在那冰面上鑿出了裂痕。然後輕輕一擊，頓時土崩瓦解——原來他的決心並沒有想像中的堅定。

他嘆了口氣，難堪地轉過身去，「算了，妳也是為著皇上。」

月徊囁嚅：「可我怎麼覺得，我向著皇上您就不高興呢……」

他一怔，「妳的感覺不準。」

然而月徊有她自己的一番見解，笑著說：「咱們到底是一家子，有時候想法是一樣的。您不願意我喜歡皇上，就像我不願意您喜歡皇后一樣。要是世上沒那麼些不相干的人，只有咱們倆該多好，哥哥您說是麼？」

說者無心，但聽者有意。梁遇也思量了她的話，沒有那些不相干的人會怎麼樣，結果是依舊手足情深，他會替她尋一個殷實人家嫁了，然後每年到了爹娘生死祭那一天，兄妹相聚祭拜一回，過後各自散了，見面的日子甚至不如現在多。

有失有得，這就是人生。只是她認為自己向著皇帝，他這個做哥哥的會不高興，雖說確實言中了，但嘴上是決不能承認的。

他忖度道：「妳我兄妹，隔了十一年才重新相認，我知道妳依賴我，我亦是不知怎麼疼妳才好。可人活於世，總會遇見各式各樣的人，沒有誰能捆綁誰一輩子。妳千萬不要誤會哥哥不讓妳向著皇上，妳向著他是應該的。不過帝王家和尋常人家不一樣，不能意氣用事，更不敢一拍腦袋不管不顧……我的話妳明白嗎？」

月徊呆滯地點了點頭，「哥哥如今真愛講大道理。」

梁遇又被她堵住了話頭，窒口之下不想再多言了，順手將筆架上的筆重新歸置好，淡聲道：「時候差不多了，回樂志齋去吧。」

月徊道：「我不打算回去啊，剛才不是說過了嘛，像上回一樣，您上夜，我陪著您。」

梁遇蹙眉道：「上回和這回不一樣，妳不該留在我值房裡。」

她卻執拗，「哪裡不一樣，我瞧明明一樣的。」

她是驢腦子，記不住事，梁遇道：「上回妳是假扮的太監，這回妳是御前的女官，怎麼能一樣。」

月徊覺得哥哥真是太能自欺欺人了，「乾清宮當差的，哪個不知道上回的太監就是我？」反正她是吃了秤砣鐵了心，往外一瞧，恰好月華門慢慢鎖閉起來，她「哎喲」一聲，「下鑰啦，這可怎麼辦，我想走都走不了啦。」

夾道裡隱約傳來打更太監的呼聲：「大人們，下錢糧啦，燈火小心……」整個紫禁城裡的大小宮門此時一齊轉動起來，門臼發出沉重的吱扭聲。巨大的乾清門也被推動著，緊緊鎖閉起來，這皇城自此便正式進入漫漫長夜了。

所以驅趕她半日，最後還是被她得逞了，他看她臉上露出勝利的微笑，轉頭道：「我讓人送妳回去。」

他要往外走，月徊手忙腳亂把他拽住，跺著腳說：「您再趕我走，我可躺下啦！」她真是個說得出做得到的人，十八歲的姑娘了，說話兒就要耍賴，還好他眼疾手快托住了她，「妳再犯混！」

他的恫嚇對她不起任何作用，她就撅著屁股後仰著，「您再攆我走？」梁遇被她鬧得沒轍，用力拽了她一把道：「這麼大的人了，怎麼還學孩子那一套！好了好了，想留下就留下吧，真叫人頭疼。」

她齜牙伸出兩手，「那我給您揉揉？您哪兒疼啊？」

梁遇讓開了，嘆著氣地打量她，「妳這死皮賴臉的性子是隨了誰？娘當年也不像妳似的。」

月徊勸他看開些，「娘是沒在碼頭上掙過飯轍，要不也和我一樣。」

她拌嘴沒輸過，哥哥總算屈服了，不再和她理論。她含笑在圈椅裡坐下，周身散發出一種膨脹的勝利感，細想想，心狠手辣的掌印大人每回和她交手，好像都沒能占上風，不是因為他不厲害，是因為他在乎她。這麼好的哥哥，她還時不時對他起邪念，實在枉為人啊。

所以一方面自責，一方面也沒耽誤想入非非，畢竟梁遇長得是真好看，不管正看側看都無懈可擊，對於情竇初開的姑娘來說，是個很好的愛慕物件。可惜生在一家，她常有這樣的感慨，主要因為認親才一個多月，她嘴上叫著哥哥，想法有時候還是扭轉不過來。譬如現在，靜下心就想起昨晚的夢，夢中的經歷讓她臉紅心跳，再品咂一回，依舊半帶羞愧，半帶痛快。

梁遇暗中留意她，見她一忽兒定著兩眼，一忽兒傻笑，一忽兒正色，一忽兒又偷眼瞧他，不知到底中了什麼邪。

「妳又在打什麼壞主意？」他將批紅的題本裝進匣子，往銅釦上落了鎖。

月徊說沒有，「我就是覺得和您一塊兒值夜很高興。」

又能在他跟前胡攪蠻纏，怎麼能不高興！梁遇嘆了口氣，「皇上不豫，三更的時候再看病況，要是不能臨朝，得及早上朝房傳話去。」

月徊想了想道：「不像上回似的，召到東暖閣來麼？」

梁遇搖頭，「上回是還未親政，落一個病弱的話把不好。如今大局已定，難得叫免一場大朝會，沒人敢置喙。妳這頭，我是能不動則不動，常在河邊走，哪能不濕鞋，不到萬不得已的時候，用不著妳出馬。」

月徊「哦」了聲，「橫豎我都聽您的，您讓我出馬我就出馬，讓我給皇上梳頭，我就給皇上梳頭。」

這麼聽起來，倒像個順從的好孩子。梁遇將案上公文收拾妥帖，正要著人傳晚膳來，回身見她眨眼瞧著自己，便頓了下，問她怎麼了。

月徊有點猶豫，支吾了會兒才開口：「哥哥，您夢見過我沒有？」

他說沒有，「妳天天在我跟前，我夢妳做什麼？」

於是月徊覺得自己可能真有些不正常了，他說得很在理，天天戳在眼窩子裡，她為什麼要夢見他？

梁遇平靜得很，如常喚人進來，如常吩咐傳膳，又打發人上正殿瞧皇帝境況，待一切都安排好，方轉回身道：「妳怎麼忽然問起這個來？難道昨兒夢見我了？」

月徊心頭打突，要是說夢見了，他必要追問夢見他什麼，難道告訴他，自己喪盡天良地把他壓在樹上親了一口嗎？不行，死也不能說，遂打著哈哈蒙混過關，東拉西扯著：「我一向不會做夢……誒，今兒晚上咱們吃什麼呀？」

梁遇沒應她，兀自憂心起來。要說夢沒夢見，他無數次夢見她，不是丟了，就是跟人跑了，心底裡隱隱的擔憂到了夜裡幻化成夢魘，讓他喘不過氣來。原本都是私密的事，他也從未想過說出來，可她忽然問起，他就不免疑心，難道是自己沒留神，讓她窺出什麼來了？

他惴惴地，在門前踱了一圈，又踱回來。再覷她的神色，她裝模作樣左顧右盼，一副叫人信不實的嘴臉。

「月徊，妳是不是有事瞞著我？」他謹慎地問，「這兩日妳怪得很，和以前不一樣了。」

月徊完全是正人君子的模樣，明明心虛得要死，卻篤定地說沒有，「我在哥哥跟前從不藏著掖著，就是忽然好奇，隨口一問。人都說日有所思，夜有所夢嘛……」

彼此都有心事，可瞧對方都光明磊落得很，一時相顧無言，氣氛尷尬。

好在晚膳鋪排起來了，上東暖閣探望皇帝病情的人也回來了，呵著腰說：「回老祖宗話，萬歲爺這會子還睡著。小的問了柳大總管，他說萬歲爺瞧上去比上半晌好些了，睡得很安穩。胡院使並幾位太醫在圍房裡候著呢，倘或有什麼變故，會即刻來向老祖宗稟報，請老祖宗不必記掛，暫且安心吧。」

梁遇「嗯」了聲，把人打發出去了，才讓月徊落座，外頭秦九安又進來，垂手問：「拿住的那幾個匪首裡頭，有一個願意做咱們的暗樁，剩下幾個，老祖宗預備怎麼處置？」

梁遇在小太監捧來的銅盆裡洗了手，接過巾櫛仔細擦著，一面道：「投誠的那個留下，剩下的選個好時候，押到菜市口當眾正法。皇上才親政，正是要立威的時候，拿這些亂黨作個筏子，也好讓百姓們瞧瞧，觸犯律法與朝廷作對，是什麼下場。」

秦九安道是，掰著手指頭一算，「明兒兩位外埠王爺離京，正是上上大吉的好日子。」

梁遇聽了一笑，「擇日不如撞日，那就選在明兒吧。連夜把告示貼出去，消息傳到兩廣，對那裡的亂黨也是個震懾。」他一頭說一頭取過筷子，拿在手上指點了下，「行刑前派人埋伏在法場周圍，萬一有人劫囚，便是意外之喜。」

秦九安領命出去承辦，這下總算清淨了。他瞧了月徊一眼，「怎麼愣著，菜色不對胃口麼？」

飯桌上斷人生死，砍瓜切菜一般簡單，這就是東廠提督的手段。月徊同他獨處起來，只覺得他是哥哥，自己怎麼無恥耍賴他都能包涵。可一旦有外人在場，哥哥就生出另一張面孔，冷酷、殘忍、生人勿進。

月徊把飯碗捧在手裡，怯怯地說：「我聽說您有個諢名叫梁太歲，真叫著啦。」

這個諢名他也聽說過，但他從不在乎別人背後怎麼稱呼他。幹著司禮監的差事，提督著東廠，要是一心經營口碑，墳頭草早就三尺高了。

「我不做太歲，別人就拿我當豆腐。外頭人怎麼說都是逞口舌之快，我能掌他們的生死才是最實際的。」

果然名副其實啊，月徊扒著飯暗想。令人畏懼比任人欺凌要好，既然他理直氣壯，那他說的一定是對的。

「哦，小四已經出發了麼？」先前事多，她沒來得及問他，到這會兒才想起小四那小子，「他有沒有托您帶話給我？」

梁遇道：「中晌的時候就走了，也沒留什麼話給妳，只說讓妳學學女紅，等他交了差事，一定進來瞧妳。」

月徊聽後悵然，喃喃說：「小四這孩子，就是這麼的不討喜。我費了老鼻子勁兒，手指頭戳了好幾個血窟窿，他不說兩句好話，還挑剔我的手藝，真是個餵不熟的白眼狼。」

梁遇並不參與她的話題，悠閒吃著他的飯，桌下的雙腳交疊了起來。

當然月徊有時候也很精細，她得知小四要出遠門，特特趕製了那兩雙鞋墊兒。小四有，哥哥沒有，又透過哥哥轉交出去，只怕哥哥不高興，便諂媚地說：「小四要上南苑去，先緊著他了，等我下職後騰出空來，也做一雙給您……」

一雙？梁遇哂笑，小四兩雙，他卻只配得一雙，她真是偏心得坦坦蕩蕩。

「不用了。」他探手往碗裡舀了一勺湯，慢悠悠邊啜邊道：「我的用度由巾帽局設專人料理，缺什麼上那兒領就是了。」

月徊還想繼續討好，笑著說：「那不一樣，我親手做的，是我的一片心意。」

梁遇抬眼瞥了瞥她，「妳有這份心，哥哥就知足了，用不著趕著燈下做針線，仔細傷了眼睛。再說妳繡的花樣太醜，我不喜歡，省了這道手腳，看看書練練字更好。」

前邊說得挺體貼，像個好哥哥的樣子，後頭就漸漸走偏，漸漸不招人待見了。月徊被他氣了個倒仰，「得，好心當成驢肝肺，不要正好，可省了我的工夫了。」一面說一面狠狠扒了兩口飯，酸言酸語地嘟囔，「別人自小學，有童子功，我能剪出個鞋墊兒的樣子來就不錯了，還挑眼呢！到底掌印大人眼界高，咱們不配，還是小四兒好，窮哥們知道惜福，不像有些人。」

梁遇心情很好，一點都不在乎她上眼藥。腳上的靴子墊了兩雙鞋墊子，先前覺得緊，眼下似乎寬綽起來，已經十分適應了。

她發牢騷，由得她發牢騷，他全當沒聽見。用過了飯往東暖閣去了一趟，見皇帝睡得安然，便放心折回了內奏事處。看看時辰鐘，已然到了人定時候了，乾清宮裡不像司禮監衙門，有多餘的圍房另辟出來住人，只得還如上回那樣讓她睡他的床榻，自己在躺椅裡將就一晚。

月徊嘴裡說著不好意思，上床上得倒挺麻利，然後裹緊被臥探出腦袋說：「哥哥，您薰褥子的香換啦？我還是喜歡原來那種，這種聞著有股腳丫子味兒。」

她是誠心埋汰他，以報一箭之仇，梁遇並不理會她，在垂簾外稍作清洗，就合衣躺下了。

其實心裡還是踏實的，世上唯一的親人就在身邊，雖然和他針尖對麥芒，總算他不是孤身一人。他回頭望她一眼，她那雙眼睛在燈下又黑又亮，他支起身，吹滅了矮几上的彩繪絹燈，屋子裡暗下來，只有案上一盞蠟燭幽幽跳動著。他說睡吧，前半夜能稍稍闔一會兒眼，到了子時還得起身，再去問皇帝病勢。

只這短短一個時辰，卻做了一回夢，夢裡有些分不清真假，看見月徊牽著美人風箏在曠野上奔跑。

風很大，吹得他的鬘積翻飛起來，遮擋住視線，待再往前看，月徊不知怎麼變成風箏飄在天頂上。他心裡焦急，慌忙追趕，忽然線斷了，她在雲層裡掙扎，一下子飛出去好遠，他再也追不上了。他急得心都要裂了，狂亂地喊著「月徊」，喊得過於急切，竟把自己驚醒了。

是夢……他濛濛睜開眼，提到嗓子眼的氣倏地呼了出來，可還沒完全回神，蹲在躺椅旁的人影嚇了他一跳。

昏暗的光線下，月徊的那雙眼睛像夜貓子般發著光，她扒著躺椅的扶手說：「哥哥，這回您可夢見我啦！」

# 第十五章　幽夢驚瀾

「月徊……」他沉浸在夢裡無法自拔，見她出現在面前，微微怔愣了下。

每次都是這樣，他不明白自己為什麼總害怕她會忽然不見。他明明做什麼都有把握，卻總在她身上患得患失，難道是過去了十一年，那種親人走失的恐懼還沒有散麼？在他內心深處，依舊擔心最後會孤身一人，攬住了大權卻無人與他分享。

他說：「對不住，哥哥……」嘴裡囁嚅著，伸出手緊緊把她抱進懷裡。

月徊的身子柔軟，披散的頭髮貼在他臉頰上，刺痛且癢。他顧不得那許多，情願一頭扎進那片黑色的海裡。可是他的行為實在不端，必須找幾句話來注解，便輕喘了口氣道「對不住，哥哥夢見又把妳弄丟了。」

月徊很覺得安慰，先前光是自己夢見他，他卻從來沒有夢見自己，這妹妹當得有點失敗。現在好了，他會擔心自己弄丟了她，說明她在哥哥心裡也很重要。她咧嘴笑著，現在的梁遇不像隻手遮天的掌印督主，脆弱的樣子那麼可人疼的。她抬手捋捋他的頭髮，又撫撫他的脊背，好言安撫著：「別怕，我在這兒吶。」

其實他的恍惚只在一霎，後來便有些隨波逐流了，畢竟這麼深的夜，神智不清醒也是可以被諒解的。倘或放在大白天，這麼做是失態失德，他找不到理由和她親近。只有在這四下無人，心也柔軟的時候，才不必顧忌那些世俗的框架。

為什麼要這樣，他覺得自己大概是瘋了，太監做得太久，昧著良心的事辦得太多，已經不像個正常人了。要說女人，他跟前並不缺，只要一個眼神，這紫禁城裡多少人會對他投懷送抱，他何至於這樣！可就是沒有一個能走進他心裡，他顧忌太多，猶豫太多，他信不過任何人，除了月徊。

然而不是一個爹娘生的，就能放任自己胡來嗎？他對她一向只有手足之情，甚至她從產房裡抱出來，頭一個接手的也是他。爹說「這是你妹妹，你要一輩子疼她，看顧她」，可是事到如今，他在想些什麼，做些什麼？他有什麼面目面對九泉下的父母！

他的身世，還有他心裡的衝動，月徊一概不知道。她以為他是嫡親的哥哥，所以對他不設防，他卻利用身分之便生了逾越之心，該下十八層地獄。

她的手在他脊背上輕撫，帶著一種慈悲救贖的味道。他貪戀，但不敢再沉溺下去了，掙扎再三定住了心神才推開她，垂首道：「對不住，那時候把妳弄丟了，我到今兒也不能原諒自己，害妳在外頭受了那麼多苦。」

月徊並不知道他的百轉千迴，她只覺得哥哥有血有肉，有他的愧疚，也有他的擔當。

她安慰起人來很有一套，極其擅長大事化小，「走丟了也是機緣，沒有我拖累您，您才有今兒。如今我回來，擎等著享福，吃了十一年苦，往後受用四五十年，我可賺大啦。」一面說一面摸摸他的手，「哥哥您別難過，沒想到您夢裡都怕我走丟了，可見我對您實在太重要了。」

她愛往自己臉上貼金，梁遇憂愁過後又失笑。她的手指在他掌心，他虛虛攏著，卻不能握緊。

屋裡昏沉沉，腦子便不清明，他終於還是起身點燃了所有的燈。光線亮起來，照進人心裡，那些不該出現的污垢便被逼退到陰暗的角落，再也不敢露面了。他還是那個威嚴的哥哥，或許有大算計，但不動小心思，不會在妹妹面前亂了人倫，失了體面。

「我去瞧瞧皇上。」他戴上帽子，整了整儀容道：「外頭太冷，妳就別出門了，接著睡吧。」

月徊站在地心，看上去孤零零的模樣，「您看完了趕緊回來，我一個人在這屋子裡有點怕。」

梁遇納罕，「怕什麼？宮裡到處都是人。」

月徊說：「就剛才，您喊我喊得怪瘆人的，現在想起來後脊梁還發寒呢。」

梁遇難堪地看了她一眼，她抓住機會就調侃他，愈發證明不該讓她留在值房裡。反正無話可說，他轉身走出內奏事處。一路向北，半夜的寒風從帽沿鑽進去，灌進交領裡，到這會兒腦子才如淬了火，逐漸冷靜下來。皂靴在青磚上踩踏出清越的聲響，小太監弓著身子挑燈在前面引路，走了很長一段，他忽然停下步子回望。內奏事處的值房深寂一如往常，他輕嘆口氣，不再逗留，匆匆向北走去。

進得東暖閣，屋子裡燃著安息香，這種恬淡的香氣被薰灼後，有種略微甜膩的味道。皇帝並不如他想像的安穩，才吃了一輪藥，半靠在隱囊上，面色有些發黃，不住地咳嗽、喘息。見他進來也是一副懨懨的樣子，勻勻氣息才叫了聲「大伴」。

梁遇登上腳踏看，「主子覺得怎麼樣？」

皇帝慢慢搖頭，「明日的朝會……」

「五更臣上朝房裡知會眾臣一聲，令他們各回衙門辦差就是了。題本陳條照例收上來批紅，主子只管養病，剩下的臣來料理。」

皇帝微微偏過頭，閉上了眼睛，「朕這身子……真叫人討厭。」

一個人屢病，難免自暴自棄，梁遇溫言道：「主子別這麼說，世上哪有人不生病的，您這是小症候，不過修養兩日就大安了。主子勤政臣知道，政務每日間像山一樣堆著，耽擱一兩日，壞不了事的。內閣如今曉事兒，磨平了反骨都是可堪一用的人才，他們能替主子分擔的，就放心交予他們，主子也能安心靜養。」

可是放心……哪裡能放心。皇帝道：「朕才親政，開不得好頭，愧對列祖列宗。內閣那些人……朕信不過，必要大伴替朕多操些心。」

梁遇說是，「主子不交代，臣也會盡力為主子分憂的。」

皇帝鬆了口氣，又朝外間看看，「今兒累壞月徊了。」

梁遇道：「她皮實得很，主子跟前伺候是應當應分的。先前人還在外頭候著，臣怕她犯睏，打發她去值房歇著了，明兒好再進來侍奉主子。」

皇帝頷首，吭哧帶喘地說：「朕福厚，有大伴兄妹隨侍左右。」

梁遇有些惆悵模樣，「月徊這丫頭，瞧著沒心沒肺的，先前還和臣鬧，怪臣不給主子找好大夫。她嫌宮裡太醫個個明哲保身，不敢用藥，白看著主子的病根兒不能消除，臣和她是有理也說不清。不過她對主子倒是實心實意的，雖嘴上不肯承認，臣卻瞧得出來。」

皇帝聽了他的話，微微露出一點赧然的笑，「月徊的心思，朕總也摸不準。今兒聽大伴說了，才覺得她心裡是有朕的。」

梁遇頷首，「她流落在外這些年，旁的沒學成，學了一身江湖義氣。要論正直，這宮裡怕是沒有一個人的心肝及她剔透乾淨。」

哥哥說起妹妹的好來，用不著長篇大論，短短幾句便直中靶心。那個直腸子的好處確實就在於此，對誰都是丹心一片，當然要找人耍性子，哥哥首當其衝。

皇帝愈發顯得遺憾，「可惜朕要迎娶皇后了。」

「徐家姑娘是最合適的皇后人選，先帝爺曾說過，冊立皇后不是為滿足皇帝的私情，是為給天下人一個交代。」他溫聲道：「子時了，主子不宜勞累，有什麼話明兒再說吧，臣伺候主子安置。」

皇帝順從地躺下了，後來入睡，梁遇便一直看顧著，直到五更時分出來，直去了西朝房。

朝房裡文武百官都等著上朝的響鞭，結果等了半晌，等來梁遇的傳話。既然皇帝違和，那也沒有辦法，不論大家心裡怎麼想，嘴上都順勢問聖躬康健，說了許多臣子溫存的話。

梁遇忙於支應，同眾人把臂周旋，這時候戶部尚書從人堆裡走了出來，操著慢騰騰的聲口說：「梁大人，內子托我問太后娘娘安康。再過半個月是娘娘千秋，往年都把親近的女眷召進宮來的，今年一直不得娘娘信兒，不知怎麼安排的？」

梁遇轉回身，一雙驕矜的眼睛，傲慢地掃過孫知同的臉，「咱家也記著太后的千秋呢，前兩日特特兒去慈寧宮請示下，太后的意思是上年年景不好，要用錢的地方多了，今年還是節儉些為宜。加之這程子娘娘鳳體欠安，如今禮佛的時候愈發長，說皇上既已親政，她就不問外頭事兒了，一心做功德要緊。不過離正日子還有幾天，屆時改不改主意，得聽娘娘的意思，倘或有了什麼新的說頭兒，咱家自然打發人往貴府上傳話。」

孫知同悻悻笑了，「既這麼就勞煩梁大人了。不過娘娘違和，內子可是該當進宮請安問吉祥呢？」

梁遇說不必，一字一句咬得極重，涼聲道：「娘娘如今大有修身養性，不見外人的意思。上回兩位王爺磕頭請安的奏請也叫免了，尊夫人若是要面見，那等咱家上慈寧宮回明了，再親自答覆孫大人。」

這話已然很明白了，連王爺都不見，他孫知同算個什麼東西，能越過王爺們的次序去？

梁遇臉上掛著不冷不熱的笑，這笑棉裡藏刀，稍有不慎就會血濺當場，孫知同就算有再大的膽兒也不敢造次，忙道：「不敢勞動梁大人，太后既然不豫，還是叫她老人家安心頤養，人來人往的，反倒鬧得慈寧宮不太平。」

梁遇說是啊，「正是這個理兒，皇上好幾回請安也被跟前嬤嬤勸退了，如今不得娘娘示下，照樣不敢隨意出入慈寧宮。」說罷眼波一轉，含笑對朝房裡眾臣道：「今兒朝會叫免了，諸位且回職上承辦公務吧，咱家話已傳到，這就回去給主子覆命了。」

於是熱絡地一通恭送，他前腳出門，後腳人陸陸續續都散了。

回去的路上楊愚魯道：「太后總不露面，時候一長怕惹滿朝文武起疑。剛才孫尚書話裡很有刺探的意味，想來他們背後未必不議論。」

「刺探？就憑他？」梁遇冷笑道：「早前太后一心要立他的女兒為后，咱家這陣子事忙，沒騰出手來料理他，看來他心裡不服，真是個不識時務的玩意兒！不過他今天唱這一齣，倒提醒了咱家，眼看後宮要擴充，用不了多久東西六宮會填滿人，屆時后妃晨昏定省是定例，太后再避而不見，說不過去。」

楊愚魯說是，「太后今年不過四十三，把那些七老八十的病症套在她身上不合適，如今活死人模樣，難免有人走漏風聲。」

梁遇負著手緩步走在夾道裡，抬頭望望天，太陽透過一層薄霧掛在天上，再沒了不可逼視之感。他長出一口氣，「四月初八皇上大婚，倘或太后這會兒升遐，難免耽誤皇上的好日子，那就得不償失了，所以還得拖延一陣子，捱過了四月初八再說。太醫院那頭，吩咐他們建太醫檔，萬一將來有人拿這件事說嘴，也好有據可查。」

楊愚魯蝦腰道：「那小的這就傳令去，另吩咐珍嬤嬤好生留意慈寧宮內外。」

梁遇「嗯」了聲，「告訴她，凡與太后有關一應事物都擋了，倘或走漏了半點風聲，死的不光是她，還有她兒子和孫子。」

楊愚魯道是，前頭已到月華門上，待把梁遇送進值房便退出乾清宮，忙於承辦差事去了。

梁遇進門看，果不其然，值房裡沒有人，月徊起身後應當直去御前了。他略站了站，便也踅身往北去，先前朝房裡頭有人口頭上呈稟了京畿駐防事宜，他得面見皇帝，聽他的示下。

走到正殿廊廡前，正遇上畢雲從裡頭出來，見了他忙肅容作了一揖，「給老祖宗請安。」

他頓下步子問：「萬歲爺這會兒怎麼樣？」

畢雲道：「喘得沒有半夜裡急了，就是咳嗽不見好，吸口冷風得咳上好一陣兒。」咳嗽纏綿，這也是沒法子的，總要養上幾日才會慢慢見好。他關心的還有另一樁，「月徊在裡頭麼？」

畢雲說在，臉上帶著點心照不宣的笑，細聲說：「萬歲爺有心裡話要和月徊姑娘交代，這不，把小的打發出來了。」

梁遇面無表情地聽著，心道連近身伺候的人都趕出來了，可見這心裡話真是要緊得很呢。自己貿然進去，當然不合適，只得暫且止步，朝暖閣方向望了眼，輕輕蹙起了眉。

皇帝是個中老手，月徊不是。她一向糊塗，恐怕被人占了便宜都不自覺。

暖閣裡頭是什麼境況，他不知道，擺手讓畢雲退下，自己慢慢蹉著步子進了正大光明殿。

一重垂簾，隔開了兩重世界，他想聽一聽裡頭到底說了什麼，無奈門前有宮人站班侍立，就算垂著腦袋不似活物，但當著人面聽壁角，終歸不好。

該怎麼辦呢，他在門前三步之內來回踱，側耳細聽，裡頭說話的聲音稍稍能傳出一點兒，起先喁喁的，大約是些家常話。後來漸次拔高了，他聽見月徊焦急地喊起來：「萬歲爺，您別呀，別這樣……」

他心頭一急，惶恐的感覺直衝進腦子裡，沒及多想便打簾邁了進去。

「臣有奏報面稟主子。」他在落地罩外揚聲道。

裡頭倒有一刻安靜下來，略隔了會兒，聽見皇帝說「進來」。他忙舉步進裡間，見月徊愁眉苦臉站在床榻前，手裡還端著藥碗。一切似乎和他想的不太一樣，只是到了這當口不進則退，便板著臉朝月徊道：「御前的規矩妳不懂麼？做什麼大呼小叫！」

月徊有點冤枉，但不敢反駁，低著頭說是，「奴婢失儀了。可萬歲爺不肯吃藥，要摔了這藥碗，奴婢是急得沒法子，請掌印恕罪。」

梁遇面上雖疾言厲色，暗裡卻鬆了口氣，上前接過她手裡藥碗道：「這裡交給我，妳先出去。」

月徊道是，行個禮退出暖閣，梁遇見她安然無恙，方轉身登上床前腳踏，溫聲道：「龍體關乎社稷，萬萬不能隨意作賤。良藥苦口的道理，臣不說主子也懂，一時違和不要緊的，按時吃藥調理，很快便會大安的。臣要是沒記錯，主子今年春秋十八了，吃藥上頭還要人規勸，可是不應該了。」

梁遇和尋常宮人不一樣，皇帝自小跟上書房師傅學的是大道理，跟梁遇學的則是活著的硬道理。梁遇同他的關係，與其說是主僕，莫如說是師徒，因此即便到了今日，他還是有些畏懼他，畢竟陳年固化的習慣難以更改，梁遇只要不是帶著笑，哪怕聲氣兒柔軟，他也有些剔剔然。

皇帝支吾了下，「朕只是吃膩了藥，這些年朕如藥罐子似的活著，大伴不知道朕有多厭煩。」

「臣怎麼能不知道。」梁遇道：「怪只怪臣太晚到主子身邊，先前那些伺候的人不盡心，才害得主子這樣。可就像月徊說的，正因為過去吃了那些苦，才有後來千百倍的回報，您也這麼想，心境自然就平和了。」說罷將藥碗遞到皇帝面前，「請主子體下，把藥喝了，別讓臣擔憂，也別讓月徊擔憂。」

皇帝無奈，只得接過碗，直著嗓子把藥灌了下去。

梁遇喚來人，伺候皇帝漱了口，又安頓他躺下，自己心裡仍在琢磨一件事，月徊再留在御前，究竟有沒有必要。

把持朝政也罷，拿捏整個紫禁城也罷，說到根兒上還有其他辦法，未必非要賠進月徊去。就在剛才，他的想法有些動搖了，想讓月徊撤出乾清宮，甚至離開這座皇城，回到提督府去。

「臣才從朝房回來，聽了些外埠奏報，說南邊紅羅黨有愈演愈烈之勢，總督衙門辦事不力，難以澈底根治。還有雲中，多處煤窯因雨雪垮塌，死了不少礦工，臣已派人趕往山西善後，主子不必憂心。再者……」他頓了頓道：「太后長久不見外人，這事兒似乎引得朝臣起疑了。臣原想一勞永逸，可再過一程子是您大喜的好日子，怕太后的事出來，衝撞了主子大婚。今兒孫知同問臣，說太后千秋將至，今年是個什麼安排。他夫人是太后娘家人，且往年走得勤，這會兒突然斷了往來，宮外少不得起疑。」

皇帝提起太后就不耐煩，作為嫡母，唯一的好處就是在皇父大漸前諫言，舉薦他當了太子。後來先帝升遐，他即皇帝位，太后真是一天一個么蛾子，這兩年鮮少有消停的時候。如今司禮監為主分憂，澈底解決了這個麻煩，總算叫人安逸了幾天，可病灶不除，始終有人惦記。

皇帝喘了口氣道：「暫且確實不宜動她，那依大伴的意思，該怎麼料理？」

梁遇斟酌了下道：「依臣拙見，暫且把月徊安排在慈寧宮，好歹先應付過太后千秋再說。眼下只垂簾不見人，就說是病了，將來事兒出來才不至過於突然。畢竟太后是先帝皇后，主子要叫她一聲母后，倘或一親政太后便暴斃，外頭傳揚起來不好聽，到底人言可畏，怕有損聖譽。」

皇帝聽說要把月徊調到慈寧宮去，當即便不大稱意，「沒有旁的辦法麼？」

梁遇搖頭，「暫且沒有兩全其美的辦法。」說著又一笑，「臣知道主子不捨，但慈寧宮離乾清宮很近，月徊也不是困在慈寧宮裡出不來，主子想她便召見她，至多一盞茶工夫，人就到跟前了。」

話雖這麼說，可皇帝仍是下不得狠心，猶豫了下才道：「容朕再想想。」便乏累地合上眼睛，不再說話了。

梁遇見狀，從暖閣裡退了出來。月徊還在殿外候著，他連瞧都沒瞧她一眼，經過她面前時撂下一句「跟著來」，便往司禮監衙門去了。

從乾清宮到司禮監有好長一段路，月徊跟在後面，邊走邊道：「我還得伺候皇上呢。」

梁遇沒有應她，她不過是梳頭的女官，閒來餵餵蛐蛐罷了，御前哪裡到了離不得她的地步！

她在後頭追趕，掌印、掌印叫個不停，他聽得有些煩躁，回頭道：「御前各有各的差事，妳不能越俎代庖，這麼做會壞了規矩。昨兒已經伺候一天了，今兒可以歇一歇，我叫人預備吃的，妳用了再睡一覺。我今兒不外出，妳就陪哥哥一天吧。」

既然如此，那還有什麼可說的。月徊高高興興答應了，她如今就是混日子拿俸祿的，在哪兒都算一天。要是正經宮女子，不知過著怎樣的苦日子，哪一個像她，吃穿不愁不受委屈，皇帝看顧哥哥栽培，在這紫禁城裡混得如魚得水。

夾道裡頭宮人往來，見了梁遇都退到一旁俯首行禮。月徊快步追上去，昂首挺胸地，頗有狗仗人勢之感。

進得衙門，遠遠就聽見悅耳的風鈴聲，她跑到值房的南窗前仰望，笑著問：「這是誰掛上去的呀？」

梁遇忙於張羅別的去了，淡然應了聲不知道：「想必有人看見閒置著，順手掛上的吧。」

那倒果真是順手，正好椽子上敲了釘子，正好釘上懸了絲帶下來。

月徊多次出入司禮監，這裡的一切都熟悉了，自己蹬了鞋爬上炕，爬進了窗口的光帶裡，屈身抱著膝頭，把自己蜷成一隻貓。

梁遇回身看她，她臉上一副饜足神情，皮膚作養多時後，被光一照幾乎是半透明的。人就在眼前，心無旁騖地曬著太陽，他也莫名安定下來。外面小太監送吃食進來，他喚她一聲，她懶懶應了，懶懶支起身，揭開盅蓋兒，拿銀匙舀杏仁乳酪吃。

梁遇假作無心地問她：「皇上先前同妳說了什麼？」

月徊對那些不上心的東西，從來不諱言，「也沒什麼要緊話，就是訴訴衷腸，摸摸手什麼的。」想了想道：「還說了，打算在養心殿辟出一間屋子來，讓我做他坦。」

梁遇一聽便不大高興，「養心殿圍房住著那幾個伺候枕席的女官，這會子讓妳搬進去是什麼意思，妳明白麼？」

她哪能不明白，邊吃邊道：「所以我不答應，可皇上說，要讓那幾個女官搬到別處去，那我自然更不能答應了。」

總算她沒有順嘴應承，梁遇暗鬆了口氣，「妳為什麼不答應？」

月徊搖頭晃腦說：「他和皇后眼看要大婚了，將來皇后娘娘進宮，一瞧養心殿圍房住著我一個，那還不得往死裡整治我！我又不傻，替人揹這個黑鍋做什麼，回頭升發沒有我，挨擠兌我頭一個，琢磨來琢磨去，不上算。」

然而皇帝有他的打算，雖未說出來，梁遇心裡卻有數。

進了養心殿，必然是要開臉了。皇帝給不了她皇后的尊榮，但若是她先懷上皇子，那母憑子貴，將來就能平步青雲。

所以小皇帝對她也算真心，能為她考慮的都試圖去做了，但憑著真心把人架在火上，卻是大大的不厚道。皇帝還年輕，考慮得不那麼周全，以為宮裡的女人有聖寵就足夠了，其實後朝傾軋，哪裡那麼簡單。

所幸月徊的市儈救了她一命，她權衡利弊之後，沒有仗著哥哥的牌頭橫衝直撞，這點很讓梁遇滿意。

月徊看見他眼裡泛起一片波光，像這種微風漾水的細膩神情已經闊別很久了，這下子她可以確定，自己是歪打正著了。

其實說句心裡話，不答應皇帝，還是因為自己沒有那份意願。她從來不是個懂得深思熟慮的人，若是不願意，就有各種理由來推脫，恰好這回的推脫和梁遇不謀而合罷了。

她是有些喜歡皇帝，但還不至於喜歡得情願充當他練本事的工具。那四個御前女官地位不尷不尬，司帳雖懷了孩子，也被送到羊房夾道軟禁起來了，她還往裡頭湊什麼熱鬧！繼續維持原樣多好，在皇帝跟前蹭吃，在哥哥這裡蹭住，左擁右抱坐享齊人之福，別提多舒坦了。

想想就很高興啊，她吃罷小食躺倒下來，睇覷著眼說：「多留一日，奇貨可居一日，我又不是傻子。」言罷奸詐地笑了笑，抽出手絹蓋在自己臉上，一面長嘆，「不過宮裡年月啊，實在閒得無聊。要是擱在早前，下了工還能和小四兒一道出去逛集看戲呢，現在，嘖……」聲調漸次矮下去，半晌沒動靜，不久便發出了輕輕的鼾聲。

梁遇嘆了口氣，這麼個沒心沒肺的人，有時候真拿她沒辦法。

他挪到書案後坐了下來，剛打開木匣取出題本，便看見兩個小太監合力，搬著一缸佛肚竹從院子裡經過。那竹子養了有陣子了，竹節圓潤飽滿，形如佛肚，他起身走出去叫「等等」，兩個小太監便頓住步子，垂首站在臺階前聽示下。

他抬手指了指，「搬到隔壁值房裡去。」

兩個小太監領命，將那盆佛肚竹高高供在香几上。

人都退下去了，他負手走到盆栽前，趁著四下無人，抽出匕首砍了兩根竹子。

月徊那廂呢，這一覺睡得挺長，睜開眼的時候，日光早已經偏移到頭頂上去了。不過中晌天氣暖和，窗戶盡可開著，有風吹拂進來，金魚風鈴便輕輕地、纏綿地響。

她拉下臉上帕子，出神盯著那昂首奮鱗的魚形，到這時才看明白，原來每條金魚的姿勢都不一樣，連魚臉上表情都不盡相同。

整串風鈴因風慢慢旋轉，看久了有點頭暈。她又閉上眼，心裡琢磨哥哥不知去哪兒了，先前不是說了今天不外出嘛，怎麼一晃眼，人又不見了……

她掙了下腿，翻個身面朝大門躺著，半睖的視線裡，見有個人影從門上進來，因背著光，看不清長相，但看身形就知道是哥哥。

他到了炕前，彎下腰叫她，「妳起來，我讓妳瞧一樣好東西。」

月徊坐起身，興致勃勃問：「是什麼好東西啊？」

他把炕桌挪開，搬上來一張小竹床，竹床的縫隙間懸著絲線，上頭四仰八叉躺著一個竹節連成的人形。

月徊不明就裡，低頭打量這小人兒，胖胳膊胖腿，覥著個圓圓的肚子，還戴著尖角帽子，手裡擒著青龍偃月刀。她抬眼瞅瞅梁遇，「這是什麼呀？」

他但笑不語，盤腿在她對面坐下，探手牽動小竹床下弦絲，那就地躺倒的竹節人霍地站了起來，一瞬變成了威風凜凜的胖肚將軍。然後便是眼花繚亂一頓奇襲，招式像模像樣，鷂子翻身，黑虎掏心……打得比戲臺上的武生還要精彩。

「好！」月徊啪啪鼓掌，「少俠好身手！」

這種孩子氣的玩意，最能引發人的童心。也許她忘了，小時候他也曾給她演過這個。那時她才三四歲光景，看見小人兒打得熱火朝天，又笑又叫不足以表達她的歡喜，張嘴一口咬了上去，還割壞了嘴角。如今十幾年過去了，她已經長得這麼大了……他手上牽扯著，悄悄抬起眼看她，她笑靨如花，幸好她沒有變，還會為這種小東西動容。

月徊自然也沒想到，梁遇那樣一本正經的人，原來也會做這種東西逗姑娘高興。她心裡有股說不出的感覺，兩個人對坐著低頭看，額與額幾乎相抵，這小竹床就是整個世界。

竹節人打得熱鬧，她卻走神了，其實哥哥比竹節人好看。

她忍不住偷眼瞧他，可沒曾想正對上他的視線，一時大眼瞪著小眼，氣氛有點尷尬。

自己偷看哥哥心安理得，但哥哥竟先她一步瞧著她，這就讓她想不明白了。

可是不能直刺刺問「您看我幹什麼呀」，會破壞了當下的氣氛。她只能矜持地報以微笑，心裡暗忖著，他別不是有什麼開不了口的話要和她說吧！難道要她以色侍君，讓皇帝不思朝政？還是他看上了哪個姑娘，打算把人弄回家過日子了？

不過梁遇的美貌當真無懈可擊，即便離得這麼近，都沒能從他臉上發現半點瑕疵。他是個掰開了揉碎了處處精緻的人，這樣的人兒做了太監，實在是全天下姑娘的遺憾。

所以是否知道真相，決定了是否敢真刀真槍往不該想的地方想。月徊的腦瓜子裡雖然時時緊繃好色的弦兒，但她蹦不出親情的禁錮。她知道哥哥就是哥哥，哪怕再秀色可餐，她也不該生褻瀆之心，否則會挨天打雷劈的。

可梁遇這頭，天人交戰的最後還有退路，即便那退路照樣反了人倫，他還能容自己在逼仄的環境裡轉身。能轉身，便心猿意馬。只是他自律，也知道羞恥，想得再多不過是掩在灰燼下的一點星火，不用誰去阻止，很快就會熄滅的。

到如今，他能做的僅是借著手足情深的名頭，來滿足那點不為人知的私欲。他這刻看著月徊，問心有愧，但並不覺得後悔。她喜歡這種小玩意兒，他就想方設法讓她解悶兒。他知道自己的心思說出來會嚇著她，那就好好遮掩著，做她一輩子的好哥哥就夠了。

「這竹節人，小時候我也給妳做過，妳還記得麼？」

月徊歪著腦袋想了想，說不記得了。很快又覥著臉追加了一句，「可我記得哥哥帶我放風箏，等天兒暖和了，咱們到一個沒人的開闊處，您還帶我放風箏好麼？」

他微微含著一點笑，點頭說好，頓了頓又旁敲側擊提點她，「只要還是女官，我就能帶妳去想去的地方。但若有朝一日妳成了皇上的妃嬪，那我就算有通天的本事，也沒法子帶妳離開紫禁城了。」

月徊對這個毫不擔心，莫說她現在一點兒都不想和皇帝有更深的糾葛，就算臨了逃不開這大富大貴的命運，那也是很久以後的事了，不會妨礙今春和哥哥放風箏的。

她說：「咱們定個日子，也好讓我有盼頭兒。」

梁遇連想都沒想，「四月初七，如果天晴的話。」

那麼長的餌啊，換句話說就是帝后大婚之前，她都得和皇帝保持距離。

月徊雖然粗枝大葉，但她不傻，一口應下了，然後喃喃自語：「以前您很願意讓我當娘娘，如今您改主意啦？」

梁遇垂下眼睫盯著竹節人，他的語氣緩慢，竹節人的動作也相應緩慢，「我只有妳這一個親人了，一旦妳嫁了人，就算嫁的是皇上，就算我日日都能見到妳，我也覺得妳不再是我的了。」

這樣的心裡話，說出來應當沒有什麼吧，應當是人之常情吧！譬如父親捨不得女兒出嫁一樣，長兄如父，不算逾越。

可是月徊的腦子不知是怎麼長的，她脫口道：「那您覺得，我現在是您的嗎？」

那深濃的眼睫顫動了下，月徊看出一點脆弱的味道，忽然覺得哥哥雖然厲害，也是朵需要人呵護的嬌花兒啊。

「是我的……」他啟了啟唇，輕聲說：「是我唯一的妹妹，是我的手足。」

「您瞧您，多捨不得我！」她裝模作樣嘆氣，「咱們認親那天我不就說了嗎，我不嫁人陪著您，您又不要。」

怎麼能要呢，他又憑什麼要？

小竹床下的十指頓住了，小竹床上的竹節人孤身站在那裡，站出了滿身悲涼的味道。

他不願意再和她商議那些了，重新收拾起心情，問她要不要玩兒。月徊到底小孩兒心性，立刻伸出一雙手，說要。

梁遇拿眼神示意，「伸到底下來，把手給我。」

她很快把手探下去，竹床成了一道屏障，視線穿不透，只能暗中摸索。觸到他的手指，即便看不見，也能在腦子裡刻畫出他的纖細美好。

梁遇的指腹柔軟，一點兒都不像會舞刀弄劍的，慢慢引導她，將指節上纏裹的絲線渡到她手上。月徊心頭咚咚作跳，正因為看不見，小竹床下每一個細微的動作，都牽扯著她的神經。

溫柔地，若即若離地碰觸，這種感覺最要命。倘或是一把抓過來，豪興地動作也就罷了，偏是這樣。她悶下頭，忽然覺得有些沮喪，待他把線都纏到她手上，輕輕道一句好了，竹床上的竹節人仍像死了似的，四仰八叉躺在那裡，一動也不動。

梁遇見她興致低迷，崴過身子打量她，「怎麼了？」

月徊搖頭，勉強打起精神動動手指頭，竹節人笨拙而滑稽地在竹床縫隙上遊走，走也走得無精打采。

她的情緒一落千丈，他當然看得出來，便一再地問她，「是不是有心事？願意同哥哥說說嗎？」

最不能告訴的就是他，她泄了氣，仰天躺倒，唉聲嘆氣說：「該用午膳了吧？」

原來是餓了，梁遇懸著的心總算放下來。他也害怕自己剛才的心神不寧被她察覺，更害怕她察覺後會震驚，會生氣。這份兄妹之情原本就來之不易，如果將這齷齪心思暴露在她面前，最後怕是連兄妹都做不成了。

還好，她不是那種心細如髮的人。及到膳食全鋪排好的時候她又高興起來，這個好吃，那個也不錯，殷勤地給他布菜，口齒不清地說：「哥哥吃呀。」

他食不知味，但也敷衍下來了。待一頓飯吃得差不多時，才擱下筷子說：「太后千秋將至，往年做壽都有定例，今年恰逢皇上親政，忽然清鍋冷灶的，怕外頭人起疑。」

月徊「嗯」了聲，她對權謀之類的東西沒有太多考慮，吃著蛋捲，抽空應了聲，「您就說怎麼辦吧。」

他也不晦言，「我想暫且把妳安排在慈寧宮，循序做出太后日漸病重的過程來，日後不拘是崩逝還是不省人事，都好有個說法。」

月徊想起太后的那雙眼睛，心裡頓時愧怍起來，低著頭說：「太后都快恨死我了。」

沒有見識過宮中爾虞我詐的孩子，總有一顆悲天憫人的心，梁遇笑道：「太后哪個不恨？恨皇上、恨我，恨所有慈寧宮伺候的人，更恨先帝。她這樣的脾氣，原不該生活在宮裡，要是個尋常有子嗣的嬪妃，兒子就藩她跟著去了，便沒有這些事了。可惜她德薄，還不惜福，到最後也只能如此。」

月徊吁了口氣，「我也不虧心，早前我沒招惹她，她還派人半道上堵我，讓我在西北風裡罰板著呢。寧得罪君子莫得罪小人，我就是那小人！」

她調侃起自己來倒是不遺餘力，梁遇笑了笑，見她唇邊沾著碎屑，伸手替她擦了。月徊因這動作頰上微紅，赧然又咬了口蛋捲，「那我什麼時候往慈寧宮上值？」

梁遇攏起手，面上有猶疑之色，「皇上還沒鬆口，我料他是捨不得，但大局當前，只管兒女情長總不是辦法。再說慈寧宮離乾清宮不過隔了兩重宮門罷了，又不是隔山隔海，何至於呢。」

月徊的脾氣最爽利，她想了想道：「我去和皇上說，不過就是千秋節這程子的事，只要敷衍過去，大家都超生。」

梁遇盤算的正是讓她離了御前，她要是願意去說，自然再好不過。

於是吃罷了午膳，月徊往他坦換了件衣裳，腦袋上插了御賜的那支金魚簪子，笑吟吟到了皇帝龍床前。

皇帝的精神頭看上去好了不少，坐起身喝了盅燕窩粥，正半倚著隱囊看題本。見她來了，擱下手裡的東西，含笑望向她。

月徊晃晃腦袋，「您瞧，瞧見了什麼？」

皇帝一眼就看見那支簪子，揚著金絲編成的魚鰭，她一搖腦袋，那雙魚眼睛就亂竄。

「好看，那麼喜興兒！」皇帝抬手在她髮上摸了摸，「等朕好些了，再挑一套頭面給妳，讓妳天天輪換著戴。」

月徊說：「我只要這一支，多了就不珍貴了。我戴著它進慈寧宮，給萬歲爺辦差去。剛才我們掌印和我說了，太后千秋要到了，宮裡不聲不響地，反叫人覺得萬歲爺不磊落，苛待太后娘娘。還是讓我去吧，千秋節叫免，也是太后嘴裡說出來更叫人信得實，別人一逕推諉，反而愈發令臣工們起疑。」

皇帝也想過這事，論理是該讓她去的，可她不在眼窩子裡，又覺得大有不便。如今看起來，似乎不能不去，他們兄妹千方百計周全一切，自己反倒拖了後腿，實在有些可笑。

「那就去吧。」皇帝道：「左不過這三五天的事兒，過後妳就回來。」

月徊說好，掩嘴囫圇笑道：「萬歲爺病一回，怎麼孩子氣起來。」

皇帝怔了下，裝出惱怒的樣子，「妳敢取笑朕？」

可惜她膽兒肥得很，甜言蜜語張嘴就來，「就是這樣，才顯得萬歲爺天質自然吶。朝堂上裝得老氣橫秋就罷了，自己寢宮裡頭，犯不著那樣。」

所以這事三言兩語的，就算說定了。皇帝牽著她的手嘆息：「朕實在不願意妳離了朕身邊。」

月徊說沒事，「我腦袋上戴著您的賞賚，進了慈寧宮它給我壯膽兒，就像您在我身邊一樣。」

她很聰明，聰明之處在於不讓皇帝處於劣勢，自發把自己擺在更低的位置，要離也是她離不開皇帝。皇帝自是無話可說，只得答應讓她暫去慈寧宮，她到了那裡也尋事由幹，跟著珍嬤嬤給太后擦身子，換衣裳。

一個全身上下動彈不得的人，活著其實已經沒有太大的意義，吃喝拉撒全不由自己做主，且因臥床太久，整日昏沉沉，不知是夢是醒。月徊替太后換罷了溺墊，心裡也覺得傷感，曾經那麼尊貴的人，如今弄得這樣狼狽，何必呢。司禮監的人確實心狠手黑，但也是沒法兒，總不能讓她在朝堂上大鬧。自己呢，心裡多少有點愧對她，別的地方沒能力彌補，只能伺候起髒活來，愈發盡心些吧。

結果梁遇得知她在慈寧宮替太后把屎把尿，一把摔了手裡茶碗，「誰讓她幹那個的？慈寧宮當下差的都死絕了？」

秦九安嚇得直縮脖兒，戰戰兢兢道：「是姑娘自己搶著要幹的，底下人攔不住。小的已經知會過了，再看見姑娘進暖閣，無論如何要攔在外頭，到底讓皇上知道了也不好交代。」

梁遇寒著臉從玫瑰椅上起身，在地心旋了兩圈道：「給孫家傳個話，就說太后有懿旨，宣孫夫人明兒慈寧宮覲見。這事兒早早辦了，含糊在裡頭不是個方兒。」

秦九安道是，忙提著袍子出門傳話去了。

孫家那頭得了信兒，夫妻兩個面面相覷，待把人全打發出去，孫夫人才道：「你不是說親政大典上有貓兒膩嗎，太后明兒傳我進宮了，這話怎麼說？」

孫知同也納罕，「我買通了司設監的人，說當日太后儀仗沒有透過他們衙門置辦，一應是司禮監經手的。梁遇如今忙於和首揆對柄機要，哪裡顧得上那些細枝末節，既然吩咐司禮監承辦，不正是說明裡頭有文章麼。妳還記不記得，冊立皇后那回，張恒奉命在直隸地界兒上找擅口技者？太后的話究竟是不是她親口所言，暫且不好說，妳們幾十年的姊妹了，明兒聽了自有分曉。」

孫夫人對他的話存疑，「滿朝文武那麼多人，還聽不出話是不是太后說的？都聾了不成！」

孫知同嘖地瞪了她一眼，「那麼大的奉天殿，回聲風聲混成一片，哪裡容得妳分辨！」

孫夫人挨了擠兌，訕訕閉上了嘴，思量了下又道：「你說上回殿上垂簾了，要是明兒去還是不得見面，那該怎麼辦？總不能硬闖進去吧！東廠那群番子辦了多少朝廷官員，咱們要是造次……」

造次即是自尋死路，孫知同當然明白，倘或不是因為皇后人選變得太突然，他也不願意蹚這趟渾水。太后這人雖說任性，但說定的大事不會隨意變卦，也是因著不服氣，才要尋根究底，至少把改立皇后的原因弄明白。

「不得見人也不必硬闖，只要仔細留神，瞧瞧有什麼異樣沒有。」孫知同道，望向外面瀟瀟的天，「駙馬年前又調往江浙了，公主輕車簡從回京，要是腳程快，這兩天應當到直隸了。司禮監能攔眾臣面見太后，攔不住閨女見親娘，到時候殿下要進宮，我倒要瞧瞧梁遇怎麼應對。」

其實孫夫人並不贊同丈夫和梁遇對著幹，畢竟朝中要員的前車之鑑就在眼前。皇上親政是一個分水嶺，親政之前落馬的官員必定是無益於皇帝的，親政之後再出紕漏，那絕對是上趕著送死的。

依著她說，姊妹間再要好，各自嫁了男人譬如前塵盡了，沒什麼利害衝突的尚可以走動走動，要是有了性命之憂，完全可以各人自掃門前雪。孫尚書一心為姑娘沒有做成皇后不平，可在孫夫人看來，做了皇后又怎麼樣，還不是握在梁遇手心裡！如今事都過去了，還偏要翻小帳，她雖不情願，卻實在架不住丈夫一意孤行。

沒法子，只好硬著頭皮在神武門上遞牌子等召見。不多會兒裡頭打發太監過來接應，倒是個生面孔，見了人便滿臉堆笑，作揖打拱說孫夫人來了，「太后娘娘打發奴婢接夫人，請夫人隨我來。」

孫夫人有些納罕，「小公公面生得很吶，是才進慈寧宮的麼？」

小太監「哦」了聲，「奴婢伺候太后娘娘有程子了，尋常當些碎差，偶爾有宮外貴人覲見也讓奴婢代為迎人。」

孫夫人慢慢點頭，「我有好幾個月不曾進宮啦，今年不知怎麼的，娘娘連賀歲也叫免了……」

小太監道：「太后娘娘鳳體不豫，外埠藩王進宮問安都一概減免了。娘娘如今懶動，也不愛多說話，夫人見了就知道了。」

孫夫人聽在耳裡，料想無論如何面總是能見上的，誰知進了東暖閣，依舊是隔簾說話。只有才踏進門檻那刻匆匆瞥見太后身影，然後便見她由人伺候著臥在美人榻上，珍嬤嬤在一旁支應著，放下簾子，請夫人坐定說話。

孫夫人謝了座，端端並著雙腿，兩手壓在膝上，微往前傾了傾身子道：「有程子沒來給娘娘請安啦，老宅子的人也記掛娘娘得很。聽說娘娘不豫，可傳太醫好好瞧過啊？」

孫夫人邊說，邊使勁探頭看，依稀能看見裡頭剪影。榻上的人高臥著，邊上有女官近身伺候，左右簾子闔得不嚴實，微微透出一線光來，太后那隻作養得細膩白嫩的手搭在事事如意織綾被褥上，雖看不見臉，卻知道人是活的。

裡頭傳出一聲嘆息，羸弱的嗓音裡，字字句句都充斥著乏力，「我近來身子一日不如一日，想見故人……說話又續不上氣，越性兒就不見了。太醫來瞧過，只說氣虛血虧，要大大調理……這陣子正吃藥，也不見好……」

孫夫人仔細分辨太后語氣聲口，因嗓門壓得低，一下子也不能斷言，只得另想辦法引她說話。

「今年的天氣，像是比往年更冷了些，娘娘宜善加珍攝，等天暖和些，身上自然會好起來的。」孫夫人道，含笑挪了挪身子，「我今兒進宮，就是想問問娘娘千秋打算怎麼慶賀，回頭也好知會家裡人預備起來。」

太后輕喘了口氣道：「我連坐都坐不住，還慶賀什麼！橫豎不是整壽，算了吧……妳今兒來，怕不是為給我做壽，是興師問罪來了。」

孫夫人聞言陡然一驚，惶惶站起身道：「娘娘怎麼這麼說呢，我是多時不見您，心裡記掛得很……」

「記掛？」太后涼聲道：「我人在宮裡，何勞妳來記掛？你們是因著……因著換了皇后的人選，你們心裡不受用了，想聽我個說法兒。」

太后雖上氣不接下氣，但那股胡攪蠻纏的厲害勁兒還在。當然了，皇后人選變動，確實是促成孫夫人此來的原因，但歸根結底終究是要看一看，太后還是不是原來的太后。眼下算是能確定了，太后不見人，就是越活越矯情無疑。她甚至後悔來這一遭兒，心裡也有些埋怨丈夫，他千不甘心，萬不甘心，最後又怎麼樣。人家太后好好的，興許就是忽然想明白，不願意再拉扯娘家了也不一定。

孫夫人悻悻地，「娘娘在病中，想是憂思過甚了。咱們姊妹自小要好，及到年長各有各的去處是不假，我心裡還拿您當嫡親的姐姐。」

結果垂簾裡頭太后嗚咽哭起來，「我這一輩子，吃虧就吃虧在骨肉無靠。自己肚子不爭氣，娘家子姪又不成器……好在如今跟前有個皇帝孝順我，我何不多替他考慮，保得他，就是保得我自己。」

站在落地罩前的珍嬤嬤聽太后話裡帶了哭腔，忙上前給孫夫人納了個萬福，低眉順眼道：「夫人，我們娘娘欠安，不宜傷情。宮裡頭自上到下，可沒有一個敢惹她不高興的，依奴婢之見，夫人既已問過了安，今兒且先回去吧。」

孫夫人自討了一回沒趣，心裡本就不舒坦得很，既然太后近身的嬤嬤讓她走，那就沒什麼可逗留的了，便向簾內行了一禮，「娘娘仔細作養身子吧，等娘娘身上好些了，我再來瞧娘娘。」

她福身下去，可不知怎麼，隱隱聞見一股奇怪的味道，那是沉水香燃得再濃，也無法掩蓋的臭味。

孫夫人太熟悉這種味道了，但凡家裡有中風偏癱的老人，都會對這種味道刻骨銘心。腐朽、枯敗、瀕死，從骨節裡散發出的濁氣混合著排泄物的惡臭，就算有專人伺候，一天三遍地擦身，都無法將之澈底消除。

孫夫人遲疑了下，抬眼向簾內看去，可惜隱隱綽綽實在無法看清。

珍嬤嬤見狀上前比手，「娘娘該歇覺了，夫人請回吧。」

孫夫人沒法子，只得退出東暖閣。到了外頭有意無意地和珍嬤嬤打聽：「我瞧太后娘娘精神頭兒很不濟，脾氣也和以往大不相同了……」

珍嬤嬤臉上浮起一層淡淡的笑，邊引路邊道：「夫人和娘娘這麼多年姊妹了，還能不知道娘娘的脾氣麼。她向來是這樣的，有些話說得重了，夫人千萬別介懷。至於娘娘病勢，也不瞞夫人，果真是重得很，常是說一句話得喘上好半晌。今兒您進來，她能一氣兒說這些，已經是天大的面子了。」說罷已經到了慈寧門前，便頓住腳，揚聲招呼先頭負責迎接的小太監來。

小太監很快弓腰向上拱手，「尚書夫人請吧，奴婢送您出宮。」

珍嬤嬤衝她福了福道：「娘娘跟前有奴婢盡心伺候著，皇上那頭也派了頂好的太醫來給娘娘瞧病，料著慢慢會好起來的，請夫人放心。」

孫夫人「噯」了聲，「那一切就勞煩嬤嬤了。」又讓了一番禮，方才出宮回府。

孫知同早在前廳等著了，見夫人回來，忙把跟前人都遣了出去，追問著：「怎麼樣？見著太后娘娘沒？」

孫夫人坐在圈椅裡直愣神，喃喃說：「面沒見上，還是隔著簾子說話，聽嗓門兒正是太后無疑，可……我這會兒卻說不準，簾子後頭的人究竟是不是太后。」

孫知同一聽來了精神，切切問：「此話怎講？」

孫夫人瞧了他一眼，「那間東暖閣裡頭有臭味，就像咱們老太太臥床時的味道。你想想，太后那麼乾淨人兒，怎麼能容屋子裡有那麼難聞的氣味？我自己琢磨，看來太后病得不行了，怕是做不得自己的主，叫他們當幌子似的頂在頭裡。他們在後頭提線，拿捏人，藉著太后名義發懿旨，好堵住天下悠悠眾口。」

孫知同「啊」了聲，自言自語著：「我就說了，這事不尋常……自打皇上登基，處處和太后較勁，太后什麼脾氣？哪兒能忍得住這個！」

孫夫人卻有些後怕，「我看這事，咱們還是別管的好。你琢磨琢磨，梁遇那麼精刮的人，這回做什麼安排咱們進宮？別不是有意給咱們下套吧！」

孫知同忖了忖道：「妳放心，咱們自然不去做那個出頭鳥。如今只等著長公主回京，不拘怎麼，皇上還得管長公主叫一聲姐姐呢，姐姐要瞧親媽，做兄弟的能不讓？他們眼下能弄出個『垂簾會親』來，等長公主回來，總不至於『垂簾會女』。只要公主見了真佛，自然就知道怎麼回事了。」

那廂梁遇從紅本庫回來，特特兒繞到慈寧宮。進了正殿就見暖閣裡人來人往，門簾子後頭宮人端著水盆進出，見了他也不敢逗留，閃身往廊子上去了。

他有些納罕，不知裡頭情形，不好貿然進去。又等了會兒，才見月徊綠著臉從暖閣裡出來，也如那些宮人似的不敢走近，離了三步遠道：「先前孫夫人在，太后娘娘溺了一身，這會兒滿屋子都是味兒，您別進去了。」

梁遇隔簾朝裡頭看了眼，哼笑道：「太后娘娘性子果真倔，到了這地步還想盡法子使絆子呢。孫夫人那頭怎麼說？瞧出端倪來了麼？」

月徊道：「臨走的時候同珍嬤嬤打探，說娘娘和以往大不相同了，我看您還是得早作打算。」

梁遇點了點頭，「這事容易料理，只是妳……」他上下打量她，「我讓妳過來，不是幹這種下差的，何必這麼作賤自己！打現在起，不許妳在太后跟前伺候，妳有妳的差事，把屎把尿的，沒的大材小用了。」

月徊見他臉上顏色，也不敢拂了他的意，覥臉說：「我回頭上您那裡吃飯去。」

梁遇說不要，掖著鼻子別開了臉。

月徊很不服，「為什麼？」

「我嫌妳身上有味兒！」他說完，轉身便往外去了。

趕往乾清宮的路上，楊愚魯亦步亦趨道：「老祖宗，孫知同八成已經起疑了。另據探子回報，永年長公主已經到了直隸地界兒上，至多明後日，必定要進京入宮了。」

所以是件麻煩事，七個葫蘆八個瓢，叫人不得太平。

梁遇看向乾清宮的重簷廡殿頂，無數的明黃琉璃瓦在日光下跳躍出成片的金芒，他籲了口氣道：「長主暫且動不得，叫人先盯緊了再說。至於孫知同夫婦，留著後患無窮，還是除掉為宜。不過這回不能再讓廠衛正大光明出面了，一是來不及羅織罪名，二是礙於孫家和太后的關係。這風口浪尖上，越少和太后有牽扯越好。」

楊愚魯遲疑了下，「老祖宗的意思是？」

梁遇輕飄飄瞥了他一眼，「紅羅黨不是現成的麼，藉著他們的名頭辦就是了。橫豎朝廷要剷除亂黨，多一條罪狀，也是虱多不癢。」

說話兒進了月華門，快步往東次間去。皇帝今天已然大安了，正坐在南炕上看書，見他進來，將書倒扣在炕桌上，直起身問：「大伴，慈寧宮那頭怎麼樣了？」

梁遇拱著手，將孫夫人覲見的前後說了一遍，臨了道：「千秋節免辦是糊弄過去了，但太后用這種法子通風報信，卻叫人始料未及。長公主這兩日又要回京，料理孫家容易，料理長公主很難，主子還需早作打算。」

皇帝臉上木木的，手指扣著炕桌道：「朕坐這江山，竟還要看她們母女的臉色，究竟什麼時候是個頭！要是依著朕的意思，乾脆全殺了，一了百了。」

話雖這麼說，真要照著這個實行，卻是沒有半分可能的。越是高坐雲端，越是怕身後流言蜚語不斷，一時的意氣用事不可取，還是得想轍來應對。

梁遇看了看時辰道：「臣有個辦法，既能昭告天下太后病重難以醫治，又能安撫百姓扼殺謠言。」

皇帝登時振作了精神，「大伴快說，什麼辦法？」

梁遇道：「請主子下旨為太后祈福，減免三成雜稅。吃人的嘴軟，拿人的手短，這種策略同樣適用於治理天下。一個人但凡獲利，必不會再扛著大旗大鬧，倘或連這個道理都不懂，便是牲口都不如了。不說那些目不識丁的百姓，就是飽讀詩書的學問人，也照樣如此。」

皇帝恍然大悟，「那就請大伴替朕草擬吧，明早傳播天下，咸使知聞。」皇帝鬆散地笑了笑，「既然昭告天下太后病危了，月徊便可以回來了吧？」

皇帝一門心思全在月徊身上，這樣的心境，說不上是好還是壞。

梁遇掖手道：「主子厚愛臣知道，不過眼下不宜操之過急。且讓月徊在慈寧宮再逗留幾日，以防事態有變，等這事兒過了，主子再召她回來不遲。」

橫豎就是不大願意月徊再回御前去，存心阻撓一日是一日。可那丫頭在慈寧宮手腳麻利成那樣，又讓他覺得十分糟心。先前她說要過他這裡來吃飯，他一口回絕了，這會兒心裡有些過意不去。原想叫人置辦好了再去請她的，沒想到甫進貞順門，就見她背靠廊柱站在滴水下，鮮煥的面孔鮮煥的生命，見了他便笑了，咧著嘴說：「梁掌印，我知道您正念著我吶，用不著打發人去請我，我自個兒來啦。」

梁遇停在院子裡，蹙著眉，歪著頭打量她。她立刻托起雙手到了他面前，翻來覆去

# 第十六章　況味三千

她沒臉沒皮，錯投了女胎，要是個男人，不定多招姑娘喜歡，家裡頭幾進的院落怕也住不下。

梁遇讓了讓，對她那雙手敬而遠之，就算洗乾淨了也讓人心生恐懼。梁掌印素來愛乾淨，身上沾染了一點泥灰都要及時換洗，更別提她曾經替太后換過溺墊，擦過身子了。

「誰說要打發人去請妳。」他昂首從她面前經過，邊走邊道：「慈寧宮裡伙食不好麼，又巴巴兒上我這裡蹭飯吃。」

月徊嗟嗟跟在他身後，厚著臉皮笑道：「也不是慈寧宮伙食不好，是我看不見哥哥，飯就吃得缺點滋味。」

梁遇的唇角輕輕揚了揚，雖說臉上神情倨傲，心裡還是極稱意的。

「哥哥又不是乳腐，怎麼缺了我就缺了滋味？」他轉身在圈椅裡坐下，再望向她的時候，帶著一點無奈的意味嘆息，「梁月徊，妳什麼時候能老實聽話？什麼時候能不出么蛾子？我曾聽人說過，碼頭上混飯轍的油子都懶出蛆來，能躺著絕不站著，妳怎麼是個例外？攬活兒攬得那麼勤快，要是實在閒得無聊，就上我這裡打掃屋子來，我另給妳一份俸祿。」

月徊說成啊，「我最愛給哥哥鋪床疊被了，您要是不嫌棄，我每天早起給您穿衣裳都不帶眨眼的。」

於是嘆息又添一成，彷彿她不和哥哥耍嘴皮子就渾身難受。

梁遇覷眼打量她，她一腿跪在桌前條凳上，半趴著桌沿挑葵花六隔攢盒裡的果脯吃。他以前沒有值房裡頭存放小食的習慣，自打她進來，他就像養貓兒養狗似的，總要事先預備些，供她隨時來找吃的。她胃口好，他就喜歡，含笑看她拿銀針叉起往嘴裡送，這刻便覺得一切未雨綢繆都是值得的。

只是細看之下，視線停在她髮間的金魚簪上，他涼聲道：「妳進宮前，我曾送妳一支玉簪，妳為什麼不戴？」

月徊忙於吃果脯，並沒有往心裡去，抽空道：「您那個太貴重了，不適合我當差的時候戴。像皇上賞的，又靈動又皮實，戴上還能討主子的好兒，自然得先緊著這個。」

梁遇嘴角微沉，「這種簪子全是掐絲點翠，金魚眼睛還鑲著機簧，妳不怕摘下來的時候鉤頭髮？」

月徊說不啊，「姑娘圖好看，鉤幾根頭髮算什麼，為了戴耳墜子還扎耳朵眼兒呢，也沒聽誰說怕疼的。」

所以女孩兒的想法讓人不能理解，他只是覺得氣悶，當初嫌皇帝的賞賜不夠貴重，如今又覺得貴重的東西不便日常佩戴，歸根結底還是衡量那個相送的人。

可是有什麼道理去不滿呢，自己和皇帝原就不對等，地位還可以兩說，要緊一宗是身分……細想之下唯餘苦笑，他不過是她未出閣前，尚且倚重的娘家哥哥罷了。

他低下頭，捏著金剛菩提慢慢撚弄，忽然發現每數過一粒菩提，就多念了一遍她的名字。他甚至很感激爹娘，替他們兄妹取了這樣藕斷絲連的小字，日月徘徊，一生一世都繞不開彼此。他的人生未必能和她捆綁在一起，但這種細微處的牽扯，已經讓他感激不盡。

月徊咂著嘴裡果脯，到這時候才察覺他神色有異，終於蓋上攢盒的蓋子過來瞧他，「哥哥您不高興了？」

梁遇搖頭，「我在琢磨太后的事該怎麼料理，長公主明後日就要進京了。」這卻是個難題，就算她擬聲擬得再像，也不可能冒充太后騙過長公主。

心裡正猶疑，忽然聽見隔簾曾鯨回稟，說兩廣有密報面呈老祖宗。

梁遇抬起眼，揚聲道：「進來。」

曾鯨雙手托著信軸到了梁遇面前，神色晦暗地說：「老祖宗，出事了。」

梁遇聞言展開信件，越看面色越沉重，氣極過後隱隱泛出青灰，咬著槽牙道：「究竟是咱們小看了紅羅黨，還是東廠辦事不力，養了一幫酒囊飯袋？二檔頭辦了那麼多的案子，最後竟折在這群亂黨手裡，說出去豈不招人笑話！」

曾鯨也是愁著眉，束手無策道：「京城到兩廣間關千里，派兵也好，老祖宗鈞旨也好，傳達至當地總要費些手腳。如今二檔頭折了，尚可以放一放，小的是怕兩廣總督衙門渾水摸魚，那咱們就算派遣再多的廠衛，也是無濟於事。」

梁遇站起身，握拳在地心踱步，「兩廣……咱家想是要親自去一趟的。皇上才親政，就有亂黨擾攘，平定拖延得越久，將來越是笑談。況且廣州的幾大珠池，咱家早就想整頓了，趁著這次機會一併辦了，也是為社稷開源節流的一樁功績。」

一旁的月徊聽著，惶然說：「掌印，您要上廣州去麼？」

曾鯨略頓了下道：「兩廣如今亂得很，有匪寇也有亂黨，老祖宗何必涉險。」

梁遇長出了一口氣，「咱家要去，自有咱家的道理。司禮監單是為皇上剷除異己大大不夠，照著那些反賊的話說，朝廷鷹犬只會殺人，哪個幹不得。司禮監要立足大鄴，後世一輩輩傳下去，就得在我這輩兒立穩了根基。」他說著，又寥寥一笑，「再說皇上方才握住了大權，正是一展拳腳的時候，我處處擋在頭裡，只怕讓主子有掣肘之感。咱們做臣子的，原就是錦上添花，為主子跑腿的。兩廣太遠，主子去不得，咱們去得，雖勞苦些，也是為主子分憂。」

這話說得冠冕堂皇，刨開了只有一句主旨，讓皇帝經歷些風雨，方能知道你的好處。錦上添花終歸難以撼動人心，雪中送炭才叫人難忘。皇帝眼下正急於擺脫束縛堂皇做人，要是你樣樣替他處置好了，他只會嫌你霸攬得寬，妨礙他成為有道明君。

曾鯨是梁遇一手調理出來的，一聽就明白他的意思，俯首道：「那老祖宗預備什麼時候出發？」

梁遇算了算，「等皇上大婚過後吧，手頭上的事都有個善了，方對得起主子器重。」

曾鯨道是，「小的去傳令，兩廣餘下的廠衛由四檔頭接手，繼續查辦亂黨。老祖宗且放心，撒出去的人亂不了，必要時調遣南海駐軍就是了，一切等老祖宗親臨再作定奪。」

曾鯨揖手退了出去，剩下月徊眼巴巴看著他，「哥哥，您真要上兩廣？」

梁遇將手串慢慢繞回腕上，「是啊，留在京裡憋悶得慌，正想出去散散。」

「可是……可是……」她費盡地遊說：「司禮監好不容易闖下這麼一大攤子家業，您一走，不怕有人斷了您的後路嗎？」

梁遇寒著臉說：「我人雖不在，司禮監照舊在我掌握中，天底下敢斷我後路的人還沒生出來呢。」

這下月徊愈發急了，「您走了，那我呢？您要把我一個人扔在宮裡？」

梁遇總算調過視線來瞧她了，蹙眉道：「妳頭上戴著皇上親贈的簪子，皇上待妳也是一片真心，留在宮裡怕什麼的，自有皇上看顧妳。」

「可皇上要成親了啊，回頭還有各路娘娘裝滿東西六宮，到時候我就是眼中釘肉中刺，沒了您我怎麼辦？您這一去，回來我已經被人整治死了，又該怎麼辦？」她說著，抱住他的胳膊，「您好不容易把我找回來，不是為了送我去和爹娘團聚的吧？我瞧您也挺疼我的，我要是死了，您不哭啊？」

說了這麼一長串，就是為了留下他。要說哭不哭，她死了，他怎麼能不哭。不單哭，也許還會肝腸寸斷，因為他對她的情是雙份的，比任何人都要熱烈。然而去兩廣卻也是勢在必行，是為將來長遠利益考慮。歸根結底小皇帝這一路走來太順遂，需要經歷些波折，才會澈底離不開他。別瞧眼下大伴長大伴短，天底下沒有一位帝王願意受制於人，慕容深亦如是。否則便不會極力拉攏月徊，不會對她做出如此一往情深的姿態來。

他下意識抽了抽手臂，可惜她抱得緊，死也不撒手，他無奈道：「我會交代下去，讓他們仔細照應妳。」

月徊說不，「我不和您分開。」

這話他是愛聽的，其實他也不是沒有動心思，想帶她一起走。就此離開紫禁城，去往兩廣的這段時間內也許會發生些什麼，他隱隱期待，又覺得十惡不赦。如果現在把真相告訴她，她會怎麼取捨？還會如先前一樣，全心全意地信賴他嗎？

他嘆了口氣，「兩廣我是去定了，妳剛才也聽見了，東廠的人不頂用，好好的二檔頭竟折在裡頭，我要是不出馬，鎮不住總督衙門。妳只管安心留在宮裡，我快則三個月，慢則半年，必定會回來。」

月徊一琢磨，三個月也好，半年也罷，反正她都不能接受，沒什麼可商量的。

「我要跟您上兩廣，打亂黨。」她倔強地說：「您非得帶上我不可，要不我就要賴。」

天底下能把耍賴說出口，且說得那麼臉不紅氣不喘的，只有梁月徊了。可他卻喜歡她的放肆，因她這一句話，心裡的清夢又漫溢上來，壓也壓不住。

他以退為進，為難地說：「妳是宮裡女官，沒法子跟我上南邊去……」

「宮裡頭當差的全在您手裡捏著呢，您和我說什麼沒法子？」月徊虛張聲勢，說得有鼻子有眼，「我活到這麼大，就沒見過比您更有辦法的人。您要是打定主意不帶我，就說明您要使壞心眼子，要背著我找嫂子。」

這是哪兒跟哪兒，她胡攪蠻纏起來亂打一耙，他見識得多了，漸漸也就習慣了。

「沒有嫂子，別見天胡說。」他轉頭瞧了她一眼，「往南邊去可不及在京裡，眼下天兒冷，再過陣子天暖和起來，南邊愈發熱。回頭蒼蠅蚊蟲漫天飛，到處臭氣薰天，這樣妳也願意？」

月徊說：「願意啊，連您都受得了，我一個泥腳桿子，什麼陣仗沒見過，我有什麼受不了的。」言罷歪過腦袋，在他胸前嗅了一口，「再說哥哥香著呢，只要緊跟您，外頭再臭也臭不著我。我當初進宮，面兒上是奔皇上，實則是奔您吶，要是沒有您，我在這宮裡一天都待不下去。」

這話倒是屬實，沒了他的庇佑，只怕她會被人整治得連根頭髮都不剩。若是他獨自往兩廣去，把她一個人留下，半年後回來還能不能見著她，或是見著了又是怎樣一副光景，都令他不敢設想。

「妳果真要跟我一道去？」他必要問明瞭，才敢決定下一步應當怎麼走，「若是皇上執意挽留妳，妳怎麼辦？」

月徊連想都沒想，「上回親政大典上我可是立過功的，那時候賞賜記了帳，這會兒討恩典還來得及嗎？」

梁遇慢慢笑起來，眉眼間纏裹著一層妖冶迷離的光，啟脣道好，「就這麼說定了，不許反悔。」

其實心裡早就有這樣的準備，如果她不願意跟著一塊兒走，大大方方說「我等您回來」，他反倒不知所措。如今好了，從她嘴裡聽出堅定的決心，他很願意領她走出紫禁城，上外頭去看看大好河山。以前她跑單幫，到處逗留，但無人可依，無錢可使，不管去哪裡都有欠缺。現在他在，她大可以滋滋潤潤地，喜歡什麼想要什麼，都能被滿足。

只是這情，終究不知該怎麼料理。

晚間宮門將下鑰時，他出了趟宮，路上經過孫知同府邸，遙遙看見火光衝天，大街小巷盡是奔走看熱鬧的百姓，人聲鼎沸恍如過節。

他打簾朝外看了眼，嗟嘆著，「孫家這場大火，怕是要燒到後半夜去了。」

駕轅的曾鯨笑道：「老祖宗說得是，瞧這火勢，就算宮裡激桶處派人來，也難以撲滅。」

事兒辦妥就好，梁遇放下簾子，「走吧，去盛府。」

他心裡的彷徨，總要找個人細說一番。他們兄妹在這世上只餘盛時一個親人，這位二叔幫過他太多忙，也知道裡頭緣故底細，他沒有第二個人能討主意，只有他。

盛時因上了年紀，腿腳不靈便，及到傍晚時分便洗漱預備睡下了，忽聽門房傳報梁遇來了，忙披上衣裳迎了出來。

「怎麼這會子來了？」盛時引他進上房，一面問：「晚飯用過了麼？我打發人預備一桌，咱們爺倆喝一杯？」

梁遇攙他坐下，只說還有事忙，然後便悶著半晌沒言聲。

他這模樣平常少見，盛時審視他再三，猶豫著問：「日裴，是不是月徊出什麼岔子了？」

梁遇聽他提起月徊，心頭微微蹦了下，到底搖頭，垂眼道：「不是月徊出了岔子，是我……我出了岔子。」

他出岔子，那可是攸關性命的大事，盛時吃了一驚，惶然問：「究竟怎麼了？你平常是個爽利人，今兒說話竟積黏起來。」

梁遇攏起了雙手，垂在袖外的琥珀墜角貼上皮膚，冰涼一片。

不是他積黏，實在是有些話不好開口。他低著頭，斟酌再三才道：「二叔，早前我一心想讓月徊進宮，想讓她登高侍主，將來誕育龍子，好替咱們梁家正名，好為梁家平反。世人總有私心，我眼下雖扶植皇上，但要論親疏，自然日後扶植外甥更盡心。原本一切都在計畫之中，月徊進宮做女官了，皇上不管出於什麼原因，尚且愛重她，可我……忽然發覺這樣安排並不妥當，月徊不該進宮，更不該攪進這潭渾水裡。」

盛時聽了，慢慢頷首，悵然說：「你爹娘的遭遇固然令人痛心，可事兒已經過了十幾年，搭進一個你，確實不該再讓月徊摻合進去。只是月徊也大了，她知道自己要什麼，進宮與否也應當由她自己做主。如今你有什麼打算呢？想把她摘出來麼？你先前說皇上愛重她，只怕這件事沒那麼容易。」

他壓在膝上的手緊緊握了起來，「就算不容易，我也要想法子辦到。我過陣子要上兩廣剿滅亂黨，她剛才還纏著我，無論如何要跟我一起走，我已經應下了。有些事不破不立，困在這紫禁城中難逃宿命，要是走出去，興許能破局也未可知。」

打從梁遇十四歲進宮時起，盛時就一直看顧他，這些年來從沒見過他有這樣的神情。倒也不是激進或大澈大悟，是一種焦慮，彷彿他正害怕什麼，盡心想要改變，卻又無能為力。

「去兩廣……你是要奉命剿匪的，一路上多凶險，恐怕帶著她多有不便。」盛時道：「倒不如留在宮裡的好，皇上近日要大婚，後宮裡頭有了當家娘娘，皇上就算要抬舉她，還需先經過皇后。」

「我不放心。」他道：「把她擱在哪裡我都不放心，必要帶在身邊才好。」

盛時噎了下，一時竟有些看不明白了。論理兄妹之間感情再親厚，誰也沒法子伴誰到老，終有要放手的一天。他眼下緊緊揪著，自己上哪都要帶著月徊，這麼下去不是個長久的方兒，叫人說起來既不好聽，也不像話。

歸根結底，若他們是親兄妹倒也罷了，奈何不是，可又有那麼深的羈絆，這份感情細究起來令人忐忑。梁遇是實實在在的大忙人，今天特意趕在這個時候登他的門，想必並不單是要說這些吧！

然而盛時不敢問，黃河水再洶湧，有堤壩擋著尚且循規蹈矩。一旦堤壩決口，那萬丈濁浪會呈何等滔天之勢，真真叫人不敢細想。

他是有意含糊過去，奈何梁遇並不打算就此作罷。他目光灼灼望向他，叫了聲二叔道：「我對月徊……」

「你對月徊感情頗深，我都知道。」盛時打斷他的話，「當初你爹娘是指著你好好看顧這個妹妹，才在罹難之際把月徊託付給你，他們雖走了，也走得安心。你可想過他們為什麼那麼信任你？是因為他們至死將你看做親生骨肉，在他們心裡，你和月徊就是至親手足，有了你，他們便兒女雙全了。可惜後來月徊走丟了，這些年我瞧著你，為找回妹妹煞費苦心，想必你對她很覺得愧疚。如今人回來了，好好彌補這些年虧欠她的吧，要處處愛惜她。月徊太苦了，在外頭漂泊了十一年，這十一年裡沒有遇上歹人，全鬚全尾兒地回來已是造化。今後的日子就由你這個做哥哥的多心疼她了，總算她還有至親，不是孤身一人活在這人世上。」

梁遇聽他一字一句地說，雖沒有重話，背後含義卻極深，大有耳提面命之感。是啊，一日做了兄妹，這一輩子都是，他怎麼有臉往別處想，尤其在盛時眼中，他還是半殘之軀。

他羞愧得無地自容，抬手扶住額道：「是，二叔教訓得是……我感念爹娘養育之恩，一時一刻不敢忘記。」

盛時長出了口氣，興許自己是操心得太多了，不明白如今年輕人的心思。他只知道故人唯留下月徊一個嫡系血脈，不說旁的，人倫第一要緊。他活到如今也五十多了，還記得小時候那陣兒有養兄妹做夫妻，被人唾罵如過街老鼠。時至今日，他不願意看見日裴月徊也變成那樣，這種事到了世人口中終究不堪，凌君夫婦去了那麼多年，不能死後還叫人戳脊梁骨。

「日裴，你今年二十六了吧？」盛時和煦地笑了笑，「長久一個人不是辦法，找個合適的成個家吧，你爹娘也不願意你孤身一輩子。」

梁遇有些難堪，垂首道：「如今職上差事太多，暫且來不及想那些，等過陣子吧……過陣子還是得找個人的。」

盛時點了點頭，「我這一生只養了一個兒子，你和月徊對我來說，就如同自己的子女一樣。我希望你們各自成家，將來成雙成對的，等我百年的時候下去見了你們的爹娘，也好有個交代。」

梁遇說是，雖灰心至極，但多年官場浸淫，早練就了一身隱忍克制的功夫。他站起身時甚至還笑著，和聲道：「我近來要籌辦皇上大婚事宜，等過了四月初八就得去兩廣，恐怕不得機會再來瞧二叔了。今兒算是先和二叔辭行吧，請二叔保重身子，等我回京，再和二叔痛飲一場。」

盛時道好，望著梁遇，心裡很覺不捨。人人都道司禮監掌印風光，東廠提督拿捏整個官場，朝中沒有一個大臣敢和他叫板，可說到底，他也是個苦孩子。早前兩袖清風還罷了，如今又生出了不該有的心思，苦難上更添苦難。這內情恐怕月徊未必知道，他的滿腹心事能和誰說，最後只有爛在肚子裡。

「時候不早，我該告辭了。」他邁出門檻，回身拱了拱手，「二叔留步。」轉身的時候笑意從唇角褪盡，慢慢風化，變成了堅硬的冰殼。

其實今天不該來的，來前他曾期待什麼？期待盛時說月徊苦他也苦，兩個人作伴溫暖餘生麼？都是奢望啊，絕無可能的。他也設想過，如果爹娘在，得知他對月徊起了不該有的心思會怎麼看待他，或許會打斷他的腿，把這個餵不熟的白眼狼趕出梁家吧！

他踽踽走在夜色裡，眼下還有倒春寒，風也是涼的，可他不覺得冷。曾鯨在一旁喚他，他充耳不聞，只是一個人漫無目的地往前走。在回宮之前，他得消化掉這些不好的情緒，尤其在月徊面前，不能讓她看出端倪，更不能讓她發現他這個哥哥有多不堪。

發乎情止乎禮，這才是正道。他自嘲地笑了笑，怪自己昏了頭，以為不是嫡親的兄妹，就可生非分之想……他原也知道不該，原也盡力在克制，然而和她相處愈久便愈晃神。到現在猛然驚覺，深陷其中的人只有他自己，月徊是個傻子，每天樂呵呵的，只知道聽哥哥的話。

聽哥哥的話，可惜哥哥有私心。他仰頭看天上，月亮已掛在中天，長庚星可以伴月，他卻註定不能，到最後日月永不相見，是他們最終的命運。

曾鯨一直驅車跟在他身後，忽然見他頓住了腳，忙拉韁停車，小心翼翼道：「老祖宗，時候差不多了，咱回宮吧。」

他輕吁了口氣，「回吧。」轉身登上了腳踏。

坊間的街道不平整，車輪碾壓過去車身左右晃動，一角懸掛的風燈也隨之輕搖。梁遇的面孔在光影往來間忽明忽暗，最後只餘乏累，慘然閉上眼睛。

車輦到了神武門前，宮門早就閉闔了，曾鯨上前遞了牙牌，裡頭緹騎迎出來，恭恭敬敬叫督主。梁遇點了點頭，負手穿過深幽的門洞，進司禮監時，他心裡暗暗希望月徊還在，還眼巴巴等著他一道吃完飯。可惜，值房裡頭空空的，他在門前微頓了頓腳，彷彿有些難以接受她不在的事實。

秦九安慣會抖機靈，上前一步道：「皇上剛才打發畢雲傳話，請姑娘過養心殿用膳去了。」

梁遇「哦」了聲，重整精神邁進值房，一面吩咐：「把兩廣這幾年的各項卷宗都給咱家調來，還有雷州、廉州幾大珠池的采珠記檔，也一併取來。」

秦九安領命，匆匆出去承辦了。值房裡只剩曾鯨在旁伺候，他上前來，輕聲道：「老祖宗，小的知會膳房預備起來了，您略進些吃的，再處置公務不遲。」

梁遇倚著圈椅的扶手問：「先前月徊說，想跟著一道去兩廣，這事兒你怎麼看？」

曾鯨忖了忖道：「月徊姑娘依戀老祖宗，想是不願意和老祖宗分別，這份心境是可以體諒的。不過依小的之見，南下此行到底有風險，雖說老祖宗動身必前呼後擁，有廠衛扈從，可事兒總架不住個『萬一』。再說老祖宗原先讓姑娘進宮的初衷是什麼，到了今時今日，可是打算更改了？」

梁遇被他問得噤住了，竟有些答不上來。

是啊，原先定下的事，輕易就被推翻了，不知從什麼時候起，他也變得婆婆媽媽起來。這麼下去似乎不成事，該狠心的時候就得硬下心腸，他的語氣變得像煙一樣淡，「她頑劣，我也常拿她沒法子，既這麼，讓她留在宮裡吧。多派幾個人小心看護著，別叫她闖禍，也別讓人欺負她，一切等我回來再說。」

曾鯨應了個是，「老祖宗放心，不論御前還是司禮監，沒有一個人敢給姑娘小鞋穿。至於日後進宮的妃嬪們，自己根基尚不穩固，也不至作死為難御前女官。」

梁遇點了點頭，隨手取過一本黃曆來，「下月就是帝后大婚，各司籌備得怎麼樣了？」

曾鯨只說老祖宗放心，「都依著您的吩咐按規矩辦事呢，早前先帝爺那麼大的事兒都承辦下來了，這回自然順遂。」

也是，白的換紅的，多過幾回大禮罷了，算不上什麼難事。

梁遇道：「明兒孫家的事就出來了，讓錦衣衛派個千戶過去瞧瞧，敷衍一下就成了。」說罷擺了擺手，把人打發出去了。

值房裡澈底安靜下來，他一個人坐在燈下，腦中空空心頭杳杳，不知月徊在養心殿怎麼樣了。小皇帝重權也好色，那丫頭傻乎乎的，別著了人家的道。

左思右想不踏實，從值房裡走出來。今兒月色不錯，天地間籠罩著一層濃厚的深藍，他向養心殿眺望，宮苑深深哪裡看得到盡頭……

「來人。」他無情無緒地叫了聲。

對面廊廡上的司房撫膝上來，「聽老祖宗示下。」

他沉默了下方道：「著人上彤史那裡去一趟，看看今晚由誰進幸。」

司房得令，壓著帽子快步跑出了衙門。他一直站在簷下，直到膳房往里間排膳，才不得不返回值房。

這一頓下來食不知味，沒人坐在對面大呼小叫著「哥哥吃這個」，他的膳用得不香甜。已經太久了，孤單了太久，忽然生命裡迎來一個特別鬧騰的人，像空寂的屋子裡點滿了燈，一旦眼睛適應了光線再陷入黑暗，便完全沒了方向，抓瞎了。

外頭有腳步聲傳來，他抬頭看過去，司房磋著碎步進來回話，說：「小的問明了彤史，彤史說萬歲爺五日前點了司門，後來幾日都是『叫去』，今兒也是的，並沒有點誰的卯。」

曠了五日，卻傳月徊一道用膳，恐怕別有用心吧！

他自己想得心火大焚，可冷靜下來再掂量，都已經決定把她留在宮裡了，他一去千里又顧得上多少？皇帝哪日要幸她，又有誰能阻止？等他回來物是人非，唯有道一聲活該。

通往六宮的宮門全下了鑰，一道道開啟難免興師動眾，他只能七上八下熬過今晚。

第二日上南朝房前特特兒拐到慈寧宮，自己心急火燎，卻見月徊正在東圍房裡悠閒喝粥。見他來了忙起身，看看天色，一頭霧水，「您這麼早，上這兒幹嘛來了？」

梁遇仔細審視她，見她神情坦然，懸著的心才放下來，只道：「沒什麼，今兒防著公主要進宮，妳別在這兒了，回司禮監去。」

月徊道：「我不去司禮監了，回他坦收拾東西吧，到時候好帶著上南邊去。」

她是歡天喜地的，一心想著要出宮，結果換來梁遇的一句話：「南邊甭去了，還是留在宮裡吧。」

月徊霎時被澆了一盆冷水，剛想追問為什麼，他也不搭理她，轉身朝宮門上去了。

月徊眨著眼睛琢磨，哥哥又使小性兒了呀，昨兒不是說得好好的嗎，結果睡了一晚，忽然改主意了，這讓她覺得十分想不通。

珍嬤嬤也進來用吃的，見她發蔫便問：「月姑娘這是怎麼了？身上不舒坦麼？」

月徊說沒有，「掌印剛才進來說了，今兒防著長公主進宮，讓嬤嬤多留神。」

珍嬤嬤「噯」了聲，「長公主是我瞧著長大的，當初在閨中時是個溫吞性子，後來下降駙馬，跟著走南闖北的，第二年進宮給太后請安，卻像變了個人似的，心眼子見長。這回八成是聽說了什麼，才特特兒從江南趕回來，是要多留神才好。」一邊說邊等小宮女盛粥給她，扭頭問，「皇上今兒昭告天下娘娘病重了，姑娘還留在這裡？」

月徊遲遲「哦」了聲，「我一會兒收拾了上乾清宮去。」

外頭晨光熹微，剛從魚肚白裡透出半絲金芒來。月徊苦悶了一陣子，插腰站在院兒裡遠望，忽然發現自己進宮幾個月，連半個朋友都沒結交上，光認得哥哥和他身邊幾個少監了。

她垂頭喪氣，慢吞吞轉了兩圈，又垂頭喪氣走出慈寧門。手腳勤快的姑娘總是很招人喜歡，珍嬤嬤含笑目送她走遠，才喝了兩口粥，外頭上夜的宮人到了換班的時候，整整齊齊一隊人進來，掌班的大宮女站在簷下吆喝，揚聲指派差事灑掃庭院。她擱下碗，站在窗前督查，所有人忙碌得有條不紊，這情形，還和太后康健時一樣。

說起太后，如今吊著一口氣，除了吃就是溺，整晚也不得太平。五更裡擦洗過後換衣裳，還要不時翻身，謹防長了褥瘡，這份煩累也夠人受的。珍嬤嬤倒有一點好，始終念著舊情，雖說為兒子前程害了太后，也發願盡心伺候太后到死，因此好些事不假他人之手，都是自己親力親為。

忙活一早上，這會兒閒下來眼皮子發沉，草草吃了兩口就倒進躺椅裡了。本想瞇瞪會兒，有小宮女進來叫了聲嬤嬤，「月徊姑娘的鞋墊兒落在值房了，奴婢送過去吧！」

宮裡的規矩嚴苛，各宮伺候的不得管事首肯，不能隨意進出。小宮女兒都是十五六歲光景，正是關不住的年紀，得嬤嬤一聲應，歡天喜地抱著鞋墊兒就往宮門上去。誰知剛要邁腿，迎面撞上了人，還沒看明白，就被推得滾下了臺階。

這當口闔宮都在打掃，裡外全是人，鬧出了這樣的動靜，立時沸騰起來。

珍嬤嬤聽見人聲忙支起來看，一看之下大驚失色，見永年長公主帶著長隨站在甬路上，粗略數數，總有十來人。

挑在這個時辰進宮，看來是有備而來啊。珍嬤嬤忙迎出去，滿臉堆著笑納福，「哎喲我的殿下，您可算回來了！」

永年長公主生了一張漂亮的小圓臉兒，一雙眼睛眼尾上揚，和皇帝有幾分相像。早前是個溫厚的脾氣，後來見識廣了，眉眼略顯犀利。珍嬤嬤一直覺得她不像個公主樣，眼下再一瞧，竟養出了幾分帝王家的清貴氣象。

長公主睨了她一眼，哼笑道：「這個不長眼的丫頭，險些衝撞了我。嬤嬤是怎麼管教宮人的，把她們調理得毛腳雞模樣，見了我一個個挺腰子站著。怎麼的？反了天了？」

這頭正說話，長公主帶來的人便轟然關上宮門。早前預備通風報信的小太監沒能闖出去，也被困在慈寧宮裡。

珍嬤嬤心知不妙，可也不得不敷衍，賠笑道：「殿下大人有大量，這些宮人才進宮不久，一個個直眉瞪眼的，回頭奴婢狠狠責罰他們。」邊說邊揮手，「還愣著做什麼，快給長公主殿下請安！」

於是眾人跪倒一大片，長公主拿眼掃了圈，涼聲道：「果真都是新人，除了嬤嬤，竟連一個老人兒都不見。我記得母后跟前還有金夏兩位嬤嬤，這會兒人在哪兒？見我來了，怎麼也不出來相迎？」

那兩位嬤嬤就是上回罰月俪板著的，早給司禮監收拾得連渣兒都不剩了，上哪兒淘換出她們來！如今宮門被堵上了，只盼著外頭站班的人給梁掌印報個信，要不可得壞事了。至於自己呢，為今之計只有盡力拖延時間，珍嬤嬤道：「娘娘慈悲，念著那兩位嬤嬤上了年紀，放她們出宮了……」

長公主聽後又是一聲哂笑，並不理會她，舉步便朝正殿去。這世上母女的心都是相通的，她人雖常年在江浙，但宮裡還有母親，她時時關心京畿動向。年後皇帝親政，孫知同說太后有異常，飛鴿傳書知會她。她得了信就往京城趕。結果前腳才到神武門，後腳就聽說太后病勢垂危，皇帝大張旗鼓減免稅賦，為太后祈福。

一切都太巧了，太后才四十出頭，平常連傷風咳嗽都沒有，怎麼就病勢垂危了？她急得肝膽俱裂，也不顧身後珍嬤嬤在聒噪什麼，悶頭便闖進東暖閣。

一見太后，連叫幾聲母后都不見回應，她的眼淚頓時落下來，跪在腳踏上嚎啕大哭起來，「母后，您這是怎麼了？我是晴柔啊，您睜睜眼，瞧瞧我吧！」

然而任她怎麼哭喊，太后都是渾渾噩噩的樣子。眼倒是睜了，只是眼神飄忽不能凝視，一霎兒便又閉上了。可若說她人事不知，似乎也並不是，長公主看見她眼角有淚滴落，這眼淚裡究竟包含了多少委屈和心酸，別人參不透，做女兒的一看便明白。

珍嬤嬤上前來攙扶，哀聲道：「殿下，病來如山倒，皇上已經派了最好的太醫……」豈知話還沒說完，就被她揚手推開了。

長公主朝她直咬牙，「嬤嬤別急，母后究竟是什麼病症，總要有個說法兒。宮裡太醫不成事，我府裡的大夫醫術高超，讓他瞧一瞧，自然見分曉。」

珍嬤嬤目瞪口呆，眼睜睜看著長公主的隨從裡頭走出個人來，捲著袖子上前替太后診脈。她焦急不已，切切說：「殿下，宮裡規矩殿下忘了，怎麼能私自帶外男進宮……」

長公主狠狠瞪住她，「妳這老貨，打量我不知道，妳吃裡扒外幹了什麼好事！母后跟前老人兒一個個都不見了，宮裡清一色的生面孔，二十多年的皇后太后，可不是才進宮的小妃嬪，身邊怎麼只餘妳一個？妳別急，且等著，診不出什麼來便罷了，要是診出個三長兩短，我自然揭了妳的皮！」

她是帝王家血胤，骨子裡的那份尊榮驕傲足以令人敬畏。珍嬤嬤被她唬住了，和殿裡眾人面面相覷，一時幾十雙眼睛齊齊看向那名大夫，只見那大夫擰著眉頭舔著唇，先說氣血再說經脈，最後得出結果，系外力損傷所致。

長公主鐵青著臉，「外力損傷？好啊，大鄴的太后竟被人殘害至此，我倒要問問皇上，究竟他的孝道在哪裡！」一面指著那大夫道：「給我仔細查驗，說出個子丑寅卯來！」

外面的大夫和宮裡的不一樣，宮外醫百樣人，看百樣病，多壞多惡的手段都見識過。觀太后病勢和症狀，幾乎不用多做思考便道：「回殿下話，以銀針入風池啞門一寸六分，病患立時四肢麻痹，口不能言。因針極細，不會留下傷口，也無法查清來由，早前是邪門歪道見不得光的害人手段。」

長公主聽完氣湧如山，含著淚問：「還有法子治好麼？」只要能治好，就能說話，就能昭告天下皇帝謀害太后，能令天下人共誅之。

遺憾的是這種損傷永久且不可逆，大夫悵然搖頭，「藥石無醫。時間越久，神智只會越昏聵。」

長公主站在那裡，仰天嚎啕起來，一聲聲母后叫得淒厲，「我知道是誰害了您，是梁遇那奸佞，還有他妹子！」

長公主畢竟是長公主，她懂得權衡強弱。沒有太后親口作證，不能將矛頭直指皇帝。但梁遇是皇帝大伴，只要梁遇落馬，皇帝也就跟著臭了一半。其實以司禮監和東廠如今的勢力，同梁遇抗衡無異於以卵擊石，可眼睜睜看著親生母親被害成這樣，天底下哪個做子女的能善罷甘休！

「那個叫梁月徊的，現在哪裡？」長公主厲聲問：「那賤婢藉著一條嗓子冒充太后，假傳懿旨，今兒不交出這個人來，我斷不能依！」

珍嬤嬤心裡暗暗打鼓，月徊能學太后聲口這件事，長公主是怎麼知道的？這要是捅出去就是潑天大禍，回頭月徊勾著梁掌印，梁掌印再牽連皇帝，那可要亂成一鍋粥了。

「殿下，宮裡沒有這號人，您是從哪兒聽來的閒話呀……」

可惜長公主不好糊弄，示意左右架住珍嬤嬤，「嬤嬤別急，我自有靈通消息。妳是我娘做姑娘時帶進宮的，這麼多年的主僕，妳可真下得去手。聽說妳兒子近來高升了，誰許了妳好處，皇天菩薩看著呢。賣主求榮可不是做人的道理，趁著我還願意叫妳一聲嬤嬤，願意和妳好好說話，妳就和我交個底吧。我知道，憑妳的膽子至多是幫凶，可要是妳還藏著掖著，仔細最後他們把髒水全潑到妳身上，到時候妳渾身長嘴說不清，少不得是個株連九族的下場。」

長公主也算知道拿捏人的心思，可惜這分量遠不及梁遇那頭重。珍嬤嬤既然為了兒子投靠梁遇，這時候左右搖擺就是自尋死路，她懂得這個道理。

珍嬤嬤長嘆了口氣，「殿下，您憑著外頭江湖術士三言兩語，就牽扯上那麼多人，裡頭輕重利害，您想過麼？」

長公主見從她這裡逼不出真話來，也不費那個口舌了，轉而拽過一個小宮女，「梁月徊在哪裡，說！」

小宮女支支吾吾，問不出所以然，她忽然覺得澈骨悲涼，這紫禁城早不是她記憶中的紫禁城了，這慈寧宮也不是她生活過的坤寧宮。所有一切都是陌生的，像闖進一個未知的世界。

長公主鬆開了手，寒聲道好，「你們不說，我自去找皇上。這時候朝會還沒完，我要是腳程快點，趕得上和滿朝文武打個照面。」

大鄴朝沒有後宮不得干政的規矩，當初她年幼，先帝帶她上過早朝，見過外邦使節，每年宮中大宴都有她一席之地，那個御門聽政的奉天殿，她走起來輕車熟路。

從慈寧宮往南，一路上宮門不少，大內禁軍也不少，每道宮門都有錦衣衛把守。她出降三年了，這些錦衣衛不知換了幾造兒，都不認得她，因此過門禁遇上阻礙，那些不長眼的東西敢攔她的去路，她把牙牌砸到他們臉上，「我是永年長公主，誰敢碰我一下，我跺了他的爪子！」

就這麼，她一路過關斬將進了右翼門。皇帝御門聽政就在前頭奉天門，這時候日頭正升起來，那闊大的廣場上沉澱著薄薄的霧氣，從這裡已經能清晰地看見眾多肩披朝陽而立的身影。

她是豁出命去了，一定要為母親討個公道。然而正想上前，一旁的中右門裡走出個人來，一身朱紅的曳撒濃烈如火，瞇著長而秀的妙目，那臉那身形，比三年前更風流了幾分。

他一向以柔和面貌待人，即便到了這時候，依舊保持優雅的格調，揖手道：「殿下回京，怎麼不事先打發人知會臣一聲，臣好出城相迎。」

長公主冷冷審視他，「梁廠臣，我要見皇上，請你為我引路。」

梁遇臉上露出為難的神情，掖著手道：「眼下還沒散朝，臣是聽人回稟說殿下進宮了，特地告假抽身出來的。殿下要見皇上，再略等會子，臣先伺候殿下往乾清宮，至多喝上一盞茶，皇上就回來了。」

他溫言煦語，美目流轉，可長公主不吃他那套。

「廠臣何必惺惺作態，太后遭人毒手，傷了風池啞門兩大穴，這麼大的事，你執掌司禮監竟不知道，叫我怎麼信得實你！今兒我必要見皇上，當著滿朝文武的面見皇上。我奔波千里趕回宮，為的就是替我那苦命的母親主持公道，把那害她的小人，一個個就地正法。」

長公主紅著眼說完，也不管梁遇阻攔，舉步就要往前朝去。

一旁隨侍的楊愚魯和秦九安忙上來賠笑，「殿下……殿下，朝堂有朝堂的規矩，殿下自幼長在宮裡，不會不明白這個道理。」

長公主是正宮娘娘所出，正經的金枝玉葉，氣性兒自然不比尋常公主。見他們伸手碰觸，銳聲叱道：「起開！你們是什麼東西，也敢近我的身！我是大鄴長公主，是皇上御姐，你們生了牛膽不成，竟是要犯上作亂，和我動手動腳起來！」

楊愚魯和秦九安平時雖風光，但在長公主面前不過是奴才秧子，別說他們，就連梁遇都不在她眼裡。遭她呵斥，頓時有些畏縮，伸出去的手攔也不是，縮也不是，一時都顯得訕訕然。

「殿下出降日久，好不容易回一趟京，原以為是為探望太后，沒想到是存心尋皇上的晦氣。」梁遇臉上溫和氣韻一霎兒消退了，唇角還掛著笑，可那笑容卻鋒利如刀，「殿下是鳳子龍孫，但也別忘了如今江山由誰主宰。君是君臣是臣，殿下雖貴為長公主，也不能亂了分寸。」

他一字一句說得極有分量，長公主冷眼看他，哂笑一聲道：「果然三十年河東，三十年河西。廠臣當初來宮裡時，上坤寧宮向太后諫言時候，可都不是這樣語氣。眼下水漲船高了，取汪軫而代之，成了司禮監掌印，提督東緝事廠，果然底氣兒愈發足，在我跟前也講起大道理來。」

原本兩個人就沒打過交道，也沒有任何交情，因此說起話來針尖對麥芒，原是預料之中的。

長公主斜了梁遇一眼，眼中輕蔑呼之欲出，「孰是孰非，等我見過了皇上自有論斷。廠臣橫加阻攔，究竟是不欲讓我見皇上，還是不欲讓我見臣工？」

梁遇淡聲道：「殿下，臣說過了，要見皇上請乾清宮等候；要見臣工，殿下出宮後挨家挨戶拜訪，全憑殿下喜好。這會兒君臣議政商量國家大事，殿下不宜露面，更不宜打斷朝上奏對。不知臣這樣說，殿下聽明白了沒有？」

長公主被他回了個倒噎氣，心下恨得咬牙。

看樣子今兒想越過他上奉天門是不可能了，她是先帝和太后的掌上明珠，何嘗受過這種委屈。太監都是水火不進的油子，要是硬碰硬突圍，他們可不像錦衣衛，講究個男女大防不敢造次。淨了身的哪算得男人，到時候推推搡搡，自己吃了暗虧，反讓他們得意。

越性兒不理會他，要指控的罪證也犯不上和他說，太監抹得下臉，皇帝總要顧全聖譽的。於是揚聲高喚：「皇上，永年長公主遙祝皇上江山萬年，龍體安康。」

那樣巨大的廣場，全用對縫墁磚鋪就，丹陛丹墀又以漢白玉為主，尤其御門上，回聲遠比中朝響。長公主這一嗓子，果然驚動了皇帝和滿朝文武，日光下的眾人都朝這裡看過來。大鄴朝還沒有擅闖朝會的先例，如此反常舉動，必定會引得在場眾臣矚目，那麼太后病勢的起源，自然也會有人暗中揣測。

長公主大為滿意，可是梁遇卻不高興了，面上浮起森冷的笑來，「殿下不顧體面，意氣用事，就不為駙馬和小殿下考慮麼？」

長公主悚然看向他，沒想到他竟會提起她的丈夫和兒子。先前是憑火氣闖到這裡，如今隱隱生出一絲擔憂來，但尊嚴不容她卻步，她挺直了脊梁道：「怎麼？廠臣這是在威脅我麼？」

本以為他總有避諱，至少口頭上不敢承認，誰知他竟倡狂至此，直言說是，「殿下生於皇城長於皇城，司禮監和東廠臭名昭著，殿下難道不知道麼？不過殿下終歸是先帝血脈，是皇上至親，臣等食君之祿，也要顧全帝王家臉面。長公主殿下還是聽臣一句勸，先回乾清宮，再從長計議。太后娘娘已然如此了，殿下可別顧此失彼，到時候既救不了太后，又害了駙馬和小殿下，那可就得不償失了。」

長公主聽他這麼說，心頭急跳之餘也終於能肯定，太后就是被他們害的。她扭過頭冷笑，「梁遇，你自詡聰明，能控制整個紫禁城，卻不知道我慕容氏樹大根深，除了我，還有那些就藩的王爺們。我今兒進宮，知道前途凶險，自然要給自己留後路。宮外有人掐著時辰等我出去，倘或過了時辰，便往各埠送我手書，讓這一輩兒和老一輩兒的王侯們都來評評理。」

可惜這種伎倆，壓根兒鎮唬不住梁遇。要是這位長公主夠聰明，就該裝懦弱裝純質，放低身段乞求皇帝，讓她將太后接到公主府邸養病，再從長計議。無奈龍生龍鳳生鳳，長公主的性子有部分隨了太后，思慮得雖周全，但並不長遠。

「殿下不妨猜猜，是您的信使跑得快，還是廠衛攔截的腳蹤兒快。退一萬步，就算僥倖把信送到各路王侯手裡，等他們通氣兒商議完了……」他微微偏過頭，在她耳邊笑著說：「駙馬和小殿下墳頭的草，怕都三尺高了。」

長公主大驚失色，「你……」

梁遇直起身子，謙恭地比了比手，「殿下，請吧。」

長公主沒法子，狠狠咬住唇，轉身走出了右翼門。

梁遇抖了抖曳撒，如同將心裡的不滿都抖落在地了似的。臨出門給楊愚魯使了個眼色，然後嘆了口氣，舉步隨長公主身影邁入了夾道。

長公主走得很快，一個女流之輩單槍匹馬進宮來，其實也怪為難的。別瞧京城皇親國戚紮堆兒，臨到出事的時候，都是各人自掃門前雪。公主出降便隨駙馬四海遊歷，宮外並沒有結交三兩知己，也沒有締結聯盟，因此她氣勢再足，歸根結底還是一個人，為了太后硬著頭皮鬧上一鬧，卻也孤立無援。

長公主的馬面裙，隨著她的步伐在晨風中纏綿拂動，公主的身形很美好，只是挺得再直的脊梁，也扛不住社稷的千鈞重壓。進了乾清宮後便不再說話，寒著臉端坐在南窗下。宮人端茶上來伺候，她也沒有去接，要不是眼睫還在掮動，真要以為她入定了。

這位姑奶奶火花帶閃電地進了乾清宮，月徊才伺候完蠅蠅從配殿出來，見柳順愣著眼在廊下鵠立，上前叫了聲總管，「怎麼了？」

柳順殺雞抹脖子朝西暖閣努嘴，「長公主殿下進來了，我瞧著臉色不好。剛才我上前請安，給撅回姥姥家去了。」

月徊心裡蹦躂了下，暗道長公主果然興師問罪來了。正打算探頭看一眼，迎面遇上了哥哥。

梁遇面色不佳，蹙眉問她：「不是讓妳去司禮監麼，妳怎麼在這兒？」

月徊心說你不讓我跟著上兩廣，我不得攪合攪合，給自己創造機會嗎。當即翻眼看屋簷，「我正打算去呢，這不是沒來得及嘛。」

梁遇沒轍，「那妳現在就去，別留在這裡。」

月徊無賴地笑了笑，沒應他的話。

這時候皇帝因長公主前朝那一聲喚，不得不散朝回乾清宮來。御輦抬到丹陛前，自己提著袍角拾級而上。御前的人紛紛在廊下俯身恭迎，月徊也趁著梁遇分身乏術的當口，機靈地混進了人堆裡。

皇帝早不是當年羸弱的楚王了，他臉上掛著笑，進門便叫了聲皇姐，「什麼時候進京的？怎麼不及早打發人進宮報信兒？」

所幸長公主懂得審時度勢，沒有立刻讓皇帝下不來臺，勉強牽了牽嘴角道：「皇上政務如山，怎麼敢隨意驚動。橫豎我輕車簡從，來去不費周章，因著母后千秋快到了，原打算進來為她賀壽的，沒曾想母后病重，我府裡正好有個良醫，便帶他來替母后瞧病。」

皇帝哦了聲，「宮裡太醫不少，皇姐何必興師動眾。」

長公主接了口，「太醫醫術精湛是不假，可母后病得蹊蹺，太醫診不出的病症，興許外頭大夫就診出來了。」

她的話很有隱喻，皇帝踅身在御座上坐了下來，「那診出什麼了麼？」

長公主本欲質問皇帝的，但想起梁遇先前的話，加上進京就聽說了孫知同府上慘案，心裡畢竟有幾分忌憚。再說眼下也拿捏不住把柄，太后被害的事雖不情不願暫不去說他，另一樁事卻也要皇帝一個說法。

「大夫說觀母后脈象，症候是外力施加所致，不是有人下了黑手……就是不留神自己碰了磕了。不過皇上，我回京之前聽了個傳聞，說這宮裡有善口技者，冒充母后假傳懿旨，這件事您聽說過麼？」

皇帝面上無波無瀾，「這是哪裡來的閒話，皇姐這樣聰明人兒，怎麼還信這個！」

梁遇在一旁含蓄笑道：「這話當初太后娘娘也和臣說起過，後來著令張首輔查遍了直隸地界兒上的酒樓茶館，都沒找見這個人。殿下的消息不新鮮了，案子也早結了，這會兒再翻出來舊事重提，實沒有必要。」

長公主傲慢地瞥了他一眼，「廠臣別急，我能在皇上面前提起，自然有我的道理。」一言罷轉頭看向皇帝，「既然直隸地界上都找不見，皇上就沒有想過，人可能在宮裡？我聽說有個叫梁月徊的丫頭，當初在碼頭上跑單幫，學了一身的好本事。眼下人在哪兒呢？廠臣可別護短，把人叫來，讓我也見識見識。」

好在西暖閣外的人撤了一大半，裡頭說些什麼，不會輕易被宣揚出去。梁遇呵腰道：「殿下這話臣卻不明白了，不知可是臣哪裡做得不足，冒犯了殿下，所以今兒殿下要來質問臣？」

長公主的那雙大眼睛，看人的時候透出銳利的光，「廠臣何必顧左右而言他，我只問你，這宮裡有沒有一個叫梁月徊的宮人？」

梁遇才要回話，皇帝幽幽道：「皇姐今兒來，不像是為探望母后，倒像是為了向朕興師問罪啊。兜了這一大圈，分明是在暗指這宮裡藏污納垢。皇姐口口聲聲都是『聽說』，究竟是聽誰說的，總要有個對證才好。」

長公主略沉默了下，按捺住心頭激蕩方道：「皇上，咱們是十幾年的姐弟了，雖不敢說多親厚，總算身上都流著先帝的血，到哪裡都是至親無盡的骨肉。我如今只想勸您一句，近忠臣遠小人，別叫那起子別有用心的蒙住了眼，做出什麼有違祖訓的事來。我今兒是冒著大不敬之罪見您的，自不敢無的放矢……」她說著，緩緩吸了口氣，「司禮監的駱承良被打發到山西做礦監去了，據說廠臣尋親的差事就是由他承辦的。他有個乾兒子叫董進，陪著前往山西的路上逃脫出來，投奔了我，所以廠臣帶著妹子潛進咸若館的事我知道，梁月徊在咸若館裡冒太后之名召見張首輔的事兒，我也知道。如今我什麼都可以不追究，母后的病因也能放在一旁，我只求皇上一件事，殺了梁月徊，永絕後患。她今兒敢假傳懿旨，明兒就敢矯詔，他日生了大逆不道之心，後果不堪設想。」

這話正戳中了皇帝的心事，長公主畢竟不蠢，這世上哪個人不利己，她懂得照準人心薄弱處狠擊。

皇帝對月徊存著七分喜歡，三分忌憚，這種感情著實有些複雜。原先自己心裡還只是暗暗思量，眼下忽然有人拿到明面上來說，又產生新一輪醍醐灌頂之感。他也猶豫，只是面上不動聲色，雖然最後不會當真殺了月徊，但藉由長公主之口說出他內心的顧忌，對梁遇也是個警醒。

長公主見皇帝不吱聲，知道他一路走來全靠梁遇扶植，這時發難總有過河拆橋的嫌疑。橫豎已經到了這步，越性兒惡人當到底。在她看來皇帝雌懦，背後出主意實行的人是梁遇，梁遇才是最可殺的。

「梁廠臣，還不將人交出來麼？」長公主似笑非笑道：「你弄了這麼個人進宮，究竟是何居心？聽說你那妹子什麼人都能學，將來你們要是合謀，那滿朝文武豈不被你們兄妹玩弄於股掌之間？」

本以為事情到了這樣地步，梁遇裡外不是人，皇帝也容不得他了。沒想到見慣了大場面的人，對這樣陣仗波瀾不興，「欲加之罪，何患無辭。駱承良從沒收過乾兒子，宮裡也沒有叫董進的小太監。殿下到底從哪裡踅摸出這麼個人來，意欲陷害臣，矇騙皇上？」

長公主沒料到他會倒打一耙，頓時有些發急，「梁遇，你可別睜著眼睛說瞎話。這紫禁城幾萬的宮人侍衛，你要是有膽兒，咱們當著滿朝文武的面把人傳來。該是我的錯，我自會領罪，但若是董進指證確有其事，你須得給太后一個交代，給天下人一個交代！」

話說到這兒就夠了，這世上最不想鬧得朝野皆知的人就是皇帝。梁遇轉過身，向皇帝拱了拱手，「一切但憑主子定奪。」

皇帝長出了一口氣，站起身道：「皇姐，妳聰明一世，糊塗一時，驚動滿朝文武，折損的是誰的顏面？朕知道妳心裡憋著火，太后病重想找個人撒氣，可妳不該隨意捏造人證，誣陷忠良。」

他一向溫馴，早前因為沒有生母周全，在那些兄弟姊妹間低人一等。長公主大概沒想到，一個人翻身掌權後會有那麼大的轉變，狠得起心腸，也下得了死手。

皇帝的那雙鳳眼瞇出冷冽的光，從她身上調開了視線，揚聲喚來人。

殿外立時便有禁軍進來聽令，一身鎧甲拱手作揖，發出細碎的聲響。

「長公主神思錯亂，衝撞朕躬，著令拘押公主宅邸嚴加看管。宗室有罪，交東廠及錦衣衛衙門嚴審，勿因長公主是帝王家血脈，便草草結案。」皇帝寒著嗓子道，悲憫地望向長公主，「皇姐這次不該回來，妳是出降的公主，進宮省親尚可，試圖攪亂大局，便罪無可恕。朕向來秉公，從不徇私情，就算妳與朕同出一父，朕這回也救不得妳。」

終是胳膊擰不過大腿，長公主又哭又喊，震得乾清宮內外嗡聲作響。

月徊眼瞧著錦衣衛把人押出去，到這時候才敢探出腦袋，見縫插針說：「皇上，長公主殿下進宮前八成留了後手，這事兒也不只她一個人知道。為保萬全，奴婢還是出宮避避風頭吧，等過上一年半年的，再進來伺候皇上。」說罷做出個似哭似笑的表情，以表示極大的遺憾。

# 第十七章 竹案問情

又在裝模作樣，梁遇知道她的伎倆。不過這丫頭聰明是真聰明，一旦他下了套，她就知道怎麼使勁撐開，撐得能裝下皇上。

皇帝瞧了她一眼，不知該怎麼回答。就如她說的，這件事未必沒有後話，再把人擱在宮裡，一個長公主好料理，要是接下來真有以老賣老的長輩進來諫言，那麼到了騎虎難下的時候，只怕當真留不得她。

月徊朝門外瞅瞅，確定沒人了才慢慢挨過來，小聲說：「皇上，您信長公主那些話嗎？說我們兄妹將來會聯起手來坑您，把我們說得要謀朝篡位模樣。」

這種話，其實換了梁遇絕問不出口，內秀的人慣會肚子裡頭打仗，你來我往暗自揣測較勁，寧願疑神疑鬼，也不肯擺在明面上。月徊就不一樣了，她直得像根通條，大眼睛忽閃忽閃瞧住了皇帝，一心要等他一個准話。

皇帝笑道：「剛才朕的處置，妳也看見了，要是真想藉著這個由頭打壓你們兄妹，大可放任長公主去鬧，朕作壁上觀，回頭自有漁翁之利。可是朕沒有，朕知道妳和大伴對朕忠心，誰親誰疏，朕分辨得清。」

月徊說就是，「長公主那麼有身分的人，怎麼還學市井里拉老婆舌頭，使挑撥離間那一套！我和哥哥都是依附您的，您好了咱們才能好。總不見得禍害了您，咱們自己做皇帝……」

梁遇心頭頓時一跳，厲聲喝道：「月徊，不許放肆！」

月徊經他一個高聲，嚇得蹦了蹦，皇帝卻打圓場：「她是話糙理不糙，有些東西堆在心裡頭日久，慢慢就養成壞疸了。還是這樣好，把話說明白，心裡就通透了。橫豎朕念著大伴的好處，但願大伴待朕亦如是。」

梁遇鬆了口氣，俯身道：「臣的心，主子還不明白麼，司禮監也罷，東廠錦衣衛也罷，經營得風生水起都是為了主子。臣是孑然一身，如今只有這一個妹子，握住了再大的權又有什麼用。不過感念主子信任栽培，粉身碎骨一輩子報效主子罷了。」

月徊在一旁虔誠地點頭，「我是江湖上長大的，一身匪氣承蒙皇上不棄。跑江湖的人沒別的，就是講義氣，衝著咱們的交情，我也得一輩子為您。」

所以這兄妹倆表忠誠的話，聽上去真局器，真舒心。皇帝頷首道：「月徊剛才說的朕也思量了一回，長公主鬧到右翼門上，接下來大有好事之徒尋根究底。」

梁遇道：「主子放心，長公主抵達京畿當日，臣就指派人手嚴密監視公主府了。那個董進，只怪底下人辦事不力讓他逃脫了，番子怕擔責，只說他失足落下懸崖摔死了，沒想到他投奔了長公主。」說著頓下來，忖了忖道：「至於長公主的處置，還要聽主子示下，她畢竟是先帝骨肉，依主子意思，留還是不留？」

小皇帝關鍵時仍舊缺乏決斷，如果手段夠狠，永絕後患最為穩妥。畢竟長公主知道得太多，只要罪證做得足，責令自裁無人敢置喙。

可惜皇帝還要保全名聲，瞻前顧後了一番道：「朕當初克承大統，是仗著太后的保舉，眼下要是處決了長公主，只怕身後經不得人議論，朕就成了不仁不義之徒。還是把人留下吧，圈禁起來，不令她和外人接觸。等關上個十年八年的，她煞了氣性兒，再放她出公主府就是了。」

梁遇雖覺得這個法子擔風險，但皇帝既然開了口，也沒有辦法更改，便揖手道是，「一切遵主子的令兒處置。」

旁聽了半晌的月徊，對皇帝不發令怎麼安排自己感到百爪撓心，她又掖著手叫了聲皇上，「我呢？皇后娘娘就快入宮了，我還是回避回避，等風頭過了再說吧！」然後抿唇一笑，笑得十分純良，「我聽說掌印要上南邊去，剿匪我不行，我去給您管珠池吧。早前我在碼頭上也幹過這個，把差事交給我，我對這個在行。等今年珍珠採收完，我現給您把南珠帶回來，那時候宮裡娘娘多了，個個要做首飾做頭面，有了現成的，能省許多挑費呐。」

梁遇聽了大覺倒灶，看來蟈蟈生意成了副業，她又瞄上珍珠了。今早他發話不讓她跟著走，可見並未打消她的念頭。此路不通她會換條路，長公主進來鬧這一場，誰知竟成全了她。

皇帝不知道她肚子裡的彎彎繞，心說避避風頭也好。長公主既然指名道姓了，就算沒有證據，傳出去她也是眾矢之的。

只是有些不捨，「南邊亂，氣候也不像京城……倘或真要去，千萬得仔細。」一面問梁遇，「決定幾時走了麼？」

梁遇垂著眼道：「主子大喜過後就走。兩廣總督衙門壓不住紅羅黨，臣心急如焚。要是再讓那群亂黨流入京城，不知要掀起多少腥風血雨來，到時候再去填窟窿，又得大費周章。」

皇帝點了點頭，梁遇這一走他暫失了膀臂，但能憑著自己的真本事治國，也讓皇帝躍躍欲試。

「這事大伴定下了，就只管去實行吧。不過那些亂黨是光腳的不怕穿鞋的，大伴千萬要小心，無論如何不能涉險。」

梁遇道是，藉著承辦長公主一案從乾清宮辭了出來。才走進夾道，便聽見身後傳來噠噠的腳步聲。

他沒有回頭，先前事忙，個人的難題都擱到了一旁，如今事態平定下來，那種彷徨無依的感覺又回來了。對於月徊，他現在該整理心思，讓自己還原成哥哥的樣子。儘量別去想身世，想得越多陷得越深，畢竟她剛回來那會兒，他們兄妹也手足情深著，只是因為自己得知了內情便生邪妄，弄得如今進退維谷。

月徊對他的掙扎一無所知，她只管在邊上絮叨：「哥哥，有樁事我想不明白，東廠暗哨不是遍布天下嗎，為什麼長公主能順順利利進京，又順順利利進宮？她既然知道了內情，以您平時的辦事手段，她應該活不到今兒才對啊。」

梁遇負著手往前走，邊走邊道：「衙門裡的事，不是妳該過問的。別打聽，打聽了我也不告訴妳。」

可她善於分析呀，自己琢磨了半天，得出一個靠譜的結論來，「她能通過重重關卡見到皇上，只有一個可能，是您有意放她進來的。但您這麼做是為了什麼呀，瞧瞧剛才，磨了那麼多嘴皮子，還讓她在皇上跟前說出那些話來……哥哥，您是不是想藉長公主之口，把那層窗戶紙捅破？越性兒說破了，才好有解釋的機會，對不對？」

三月裡的風，吹在臉上慢慢不覺得冷了，帽下鬃繩尾端垂掛的珠子，隨他的步伐在背後相擊發出簌簌的清響。他嘆了口氣，將視線落在無窮盡的蔚藍上，要說瞭解，其實她當真很瞭解他，他在這皇城中幾經沉浮，怎麼能讓威脅堂而皇之直衝到面前！她先前的猜測全說中了，長公主不過是個打頭陣的，他就是想藉機看看皇帝的態度。當然更重要一點，是為讓她出宮，尋個順理成章的好藉口。

盛時的那番話，著實讓他退卻了，但並不妨礙安排她回提督府。他是個私欲太重的人，即便自己不再奢望和她如何，也不想讓皇帝染指她。他只要月徊一直在他身邊，這種心思低劣至極，處心積慮斷送妹妹的姻緣，怎麼有臉說得出口。然而一邊自責一邊痛快，從這種痛苦撕扯裡發掘出奇異的快樂，他知道，自己已經瘋魔了。

他的唇角噙著不易察覺的笑，只問：「妳什麼時候出宮去？」

月徊對插著袖子說：「您不出宮，我出宮幹什麼？我等皇上大婚，喝了喜酒再跟您上廣州去。」

「我說過了，讓妳留在京城。」

月徊這次打算和他對抗到底了，不以為意道：「您說的不算數，皇上說的才算數。他答應讓我上廣州收珍珠的，我得辦好我的差事，才不負皇上賞我發財的恩典。」說著大手一揮，「沒事兒，您走您的，我走我的，我不會礙著您的。算算時候，小四走了快三個月了，不知道什麼時候能回來。我琢磨著可以等等，等他回京再陪我上廣州去，這麼著路上好有個伴兒，也不至於寂寞。」

她說完，得意地「嘿」了一聲，好像真有這個打算，梁遇哂笑，「那妳怕是得再等上幾個月了，那些扈從去時輕車快馬，回來可帶著個千金萬金的寶貝。去時只花兩個月，回來就得花上四個月。」

月徊的擔憂頓時又跳到了別處，抬頭看向穹頂，喃喃說：「天兒暖和了，不知道小四帶了春天的換洗衣裳沒有……」

他已經不想聽了，也不搭理她，快步走進司禮監衙門。

月徊見他這樣，心裡很有股不服氣的味道，匆匆追了上去，站在值房地心兒說：「您今兒怪得很，昨天明明都商量好的，說話就變了，到底是什麼緣故？您昨兒出去見人了？見的是什麼人？有人在您耳朵邊上吹風，說妹妹不該帶在身邊，就該揀個高枝兒嫁了，是不是？」

梁遇並不理會她，淡聲說：「我這裡還有公務要處置，妳先回樂志齋去吧。」

月佪頓時感覺到他拒人於千里之外的涼薄，有些悲淒地說：「您以前可不會趕我走，還留我吃便飯呢。」

梁遇取筆蘸了朱砂墨，翻開題本道：「不是我留妳，是妳自己偏在我這裡蹭吃蹭喝。今兒我事忙，沒工夫支應妳，過會子還要出去一趟，妳一個人留在這裡幹什麼？」

「可之前不是您讓我上司禮監來的嗎，這會兒又打發我？」

梁遇噎了下，「先前長公主來鬧，我怕她傷及妳。現在人都被押走了，妳安然無虞，可以回他坦了。」

月佪生來有股梨膏糖般的擰勁，她說賴就賴，絕不動搖。在屋子裡到處轉悠，外間是梁遇辦公的地方，梢間作為下榻之用。她殷勤地說：「您忙您的，也別打發我，我先歇會兒，再給您打掃打掃屋子。天兒暖和啦，您這屋裡老關窗，一點兒綠都沒有。回頭我上花園給您折一支桃花來，養在美人觚裡，不知多好看！」

梁遇見轟不走，也沒辦法，只得靜下心辦自己的差事。

期間楊愚魯進來回稟，說拷問了公主府上長隨，找出了藏匿在大佛寺的董進。董進自是不能留的，尋了個亂葬崗一刀處決了，剩下公主府也不難羅織罪名。

「孫知同家的案子，是披著紅羅黨名頭辦的，到時候只說長公主和孫家不和，串通紅羅黨剷除異己就是了。要是按著大鄴律例，王子犯法與庶民同罪，但念及長公主是慕容氏血胤，且皇上仁厚特令寬宥，這才圈禁長公主。」楊愚魯道：「小的是想，就此留下個釦兒，日後哪位皇親國戚敢和老祖宗作對，長公主就是他們的上家。這劑藥百試百靈，管叫那些人不敢造次。」

梁遇聽了點頭，「牽扯上皇上，不拘是不恭還是衝撞，於皇上都沒有裨益。就這麼辦吧，手腳麻利些，要是再有疏漏……」他抬眼瞥了瞥他，「咱家可不輕饒你。」

駱承良被發送到礦上去的事兒就是楊愚魯承辦的，中途跑了個董進，雖是下頭番子失職，但罪過全在督辦的人身上。楊愚魯當即鼻尖上沁出熱汗來，諾諾道是，「是小的監管不力，疏忽了……」

月徊在裡頭聽著，心說人在高位上，就得這麼不講道理。這司禮監真不是個好地方啊，陰謀陽謀一大套，幸好哥哥對她還不錯，除了偶爾陰晴不定，大多時候還是十分體貼的。

後來人果然出去了，前呼後擁地，大抵是為收拾先前的爛攤子。月徊也不見外，在他值房裡受用了他的午膳，吃飽喝足開始盤算，怎麼在這一塵不染的屋子裡留下點痕跡。

她舉著雪白的擦布到處擦拭，但是很讓她失望，這擦布的乾淨程度堪比她擦臉的巾帕。既然灰塵不用打掃，她就把視線落在他的床鋪上。她對梁遇的被窩一直有種奇異的好感，寶藍色攢金絲雲紋的錦緞是上佳的料子，借著視窗的日光看，隱隱有流光。

好是好，就是顏色太深，應該換得清淡點。不如和她一樣，換一床金絲柳葉紋樣的吧，又乾淨又利索。

想好了就得行動起來，和小太監說了，讓他去巾帽局領掌印的所需，自己跪在床沿上卸下羅帳，捲起墊褥。

褥子掀起來了，床板上整整齊齊壓著四隻鞋墊。月徊覺得似曾相識，盯著它們看了很久。

這蟒……繡得可真像蜈蚣啊！

不過這鞋墊原本是托哥哥送給小四的，怎麼會在他褥子底下？

看看這針腳花樣，宮裡的繡娘應該做不出這麼醜的來。那這鞋墊是怎麼回事？梁掌印那麼大義凜然瞧不上的東西，一轉頭就昧下了？

月徊滿腹狐疑，把鞋墊擱在一旁的矮几上。小太監搬了簇新的褥子進來，她還是盡心給他鋪床疊被，白底柳葉的花式，才能顯出掌印大人出淤泥而不染嘛。

帳幔當然也得換，換上白羅綺紗帳，拿銀絲絞珠的掛鉤掛好，掌印的床榻這回可就像姑娘的一樣細膩溫軟了。

只是這鞋墊子，還是十分困擾她。月徊坐在南炕上，翻來覆去地盤弄，心說哥哥八成覺得很心虛吧，要不怎麼藏得這麼隱祕呢。這個人吶，嘴上強硬，其實小肚雞腸，嫉妒心極強。還好是個男人，要是托生在了帝王後宮裡，一定是個橫行六宮的奸妃吧！

不過哥哥這麼彆扭，她心裡還是挺高興的。雖說裡頭難免摻雜了一點尷尬，總算哥哥還能把這麼差的手藝當寶貝，著實不容易。至於到底為什麼把鞋墊兒留下，大概還是因為他不喜歡小四。且一琢磨乾弟弟有，憑什麼親哥哥沒有，所以這就搶來擱在他褥子底下了。

這鞋墊裡頭加了油綢，只有大冬天能用，如今天兒暖和了，壓得時候一久，他自己也給壓忘了吧！不巧得很，今兒又落進她手裡了，等他回來她得好好問問，為什麼給他做雙新的他不要，偏要搶小四的。

這麼問肯定讓哥哥下不來臺，月徊笑得很歡快，就是要下不來臺才有意思。她這回也要臊一臊哥哥，誰讓他死活不肯帶她上兩廣去！

只是閒來無事，時候過起來可真慢。她趴在窗口看天上太陽，日影一點點移過來，有風吹拂，窗口的金魚風鈴在頭頂上叮噹作響。她又開始琢磨，之前說好的事，為什麼他又反悔了。昨晚隨侍的人是曾鯨，恰好今天他出門沒點曾鯨的卯，她看見曾鯨從對面廊廡下走過，忙探脖兒叫了聲「曾少監」，一面招手，「您來……」

曾鯨不知道她的花花腸子，聽見了便斜插過庭院，停在窗外問：「姑娘什麼示下？」

月徊笑了笑，「不是我的示下，是掌印的示下。他說昨兒落了一方私印在外頭，剛才還在屋子裡團團轉呢，您幫著想想，是不是落在外頭了？」

外頭是哪裡，完全就是套話。原本曾鯨辦慣了案子，這點子小心思沒法讓他上當。怪就怪梁遇的私印太要緊，那種東西要是丟了，接下來會引發無數麻煩。況且她又是梁遇妹子，就憑這身分，也讓曾鯨不設防。

「昨兒就去了盛大人府上，再沒去別處啊……」曾鯨冥思苦想，忽然回憶起來，「離開盛府後，老祖宗獨個兒走了一段路，那時候天才擦黑，別不是那當口上弄丟的吧！」

月徊心頭暗喜，裝腔作勢說：「興許就是！是哪條衚衕您還記得嗎？」

「豐盛衚衕啊。」曾鯨說：「那條衚衕東西筆直，要是真落到那裡，恐怕早叫人撿走了。」

曾鯨如臨大敵，月徊卻暗自偷笑，「豐盛衚衕盛家，那是個什麼人家啊？以前我聽掌印說起過，後來給忘了。」

曾鯨哦了聲道：「算是老祖宗的舊相識，盛大人早年是宗人府經歷，對老祖宗有知遇之恩。如今因病致仕了，老祖宗不忘舊情，得了閒總去探望他。」

月徊長長「哦」了聲，「我倒沒覺察，原來咱們掌印是那麼念舊的人吶！盛大人家沒有兒女麼，哪裡用得上他隔三差五探望。」

曾鯨看了她一眼，忽然發現她有探底的嫌疑，但口中仍應著：「盛大人只一個兒子，眼下在邊關帶兵呢……既然老祖宗的印丟了，我這就召集廠衛，就算把京城翻個底朝天，也得把印找回來。」

月徊虛頭巴腦說：「要不還是再等等吧，沒準兒掌印已經派人去找了呢。也或者他不想弄得人盡皆知，就想悄悄行事……」說著齜牙笑了笑。

曾鯨古怪地打量她，「姑娘別不是和我鬧著玩兒的吧？」

「哪兒能呢。」月徊心虛地說：「橫豎您等掌印的信兒，他要是不提，那八成是有他自己的主意，您就撂下差事，不用管了。」說罷縮回脖子，靠著東牆繼續瞎琢磨去了。

豐盛衕衕盛家，早前的宗人府經歷，上那兒能談起她，且談得改了主意，看來那位盛大人和梁遇的關係非比尋常。梁遇多疑，沒那麼容易相信別人，除了因她是親妹妹，在她面前不避諱外，對誰能掏心挖肺？這位盛大人若是只對他有知遇之恩，以梁遇的脾氣，大不了栽培人家獨子當上大將軍，再逢年過節給人家送點金銀，哪兒會漏夜趕過去討主意，討完了第二天還上慈寧宮，對她出爾反爾。

可見這盛大人是個厲害主兒，往後不能再讓哥哥去了，他會離間他們兄妹的。她的要求一點也不高，就盼著和哥哥沒有芥蒂地共存下去。譬如老話說的，世間百毒，五步之內必有解藥，桔子吃多了上火，橘子皮卻能去火。她和哥哥拉扯互補，一輩子過起來那麼快，眨眼就完了。

梁遇回來得有點晚，差不多掌燈時分才進衙門。那時候天上僅剩一點紅色的暮雲，他的曳撒也是紅的，朱紅上又鑲了金絲的通臂袖襴，舉手投足間金芒流轉。站在院子裡指派接下來的差事，那些太監們得了令，潮水一樣退下去，他又獨自站了會兒，方轉身走進值房。

進門頭一眼就看見她，似乎有些意外，「妳怎麼還沒走？」

月徊氣不打一處來，但還是忍住了，十分可惡地指了指裡間，笑著說：「您瞧啊，我替您把被臥都換了，換得乾乾淨淨的，連羅帳都換了，您覺得這色兒怎麼樣？」

然後梁遇的臉色就變啦，他怔忡了會兒，愕然轉頭看她，「誰……讓妳換的？」

月徊裝得一臉純質模樣，「我就是覺得天兒暖和了，再睡藍綢的被面不好看，這才給您換的啊。」說罷「哦」了聲，抽出身後四隻鞋墊來，「您別怕，床上的東西丟不了，我給您收著呢。」

梁遇的臉終於綠了，平時那麼威風八面的梁掌印，這會兒像淋了雨的蛤蟆，眨眨眼，再眨眨眼，月徊「喲」了聲，「您眼睛裡進水了？」

他實在是沒想到，藏在褥子底下都能被她掏出來，這人是屬狗的麼？那四隻鞋墊就像明晃晃的罪證，讓他覺得羞慚，讓他感到狼狽。當初意氣用事把鞋墊留下了，受用過，消了氣，人也漸次冷靜下來。他曾不止一次盯著炭盆想，要不要把鞋墊子扔進去，扔進去便一了百了了，可惜到最後也沒能狠得下心。

既然捨不得銷毀，就得小心翼翼藏匿，誰知還是被她翻出來。早知如此應該關進匣子裡，落上鎖再扔了鑰匙，這樣就萬無一失了。

可惜避無可避，他只得想辦法留住尊嚴。臉頰到耳根子這一線滾燙，他有些氣短，所以依舊得裝得從容，正色道：「我早說過，妳的繡工太差，這麼醜的鞋墊送不出手，所以命人上巾帽局取了上好的鞋墊送給小四。至於這兩雙，總是妳的一片心意，還給妳怕傷妳體面，只好暫且存在我這兒。哥哥能為妳做的不多，這些不過是細枝末節，妳也不必太過感激我，畢竟妳我是至親手足，為妳百樣周全，都是應該的。」

月徊被他說得發懵，心道難道是自己誤會了，錯怪了他？

低頭看看，這鞋墊的花型確實不好看，針腳疏朗，足尖還有點歪，送出去真怕嚇著小四。也罷，沒送就沒送吧，不過口頭上還是得呲打他兩句，「哥哥您往後別這麼盡心為我了，悄悄留下我送給別人的東西，要不是咱們從一個娘肚子裡來，我會以為您偷著喜歡我呢。」

又是扎人心窩的口沒遮攔，可她扎得對，扎得他不得不去反省，是不是自己做的過於明顯，已經讓她察覺出不正常來了。

梁遇一腦門子官司，有些慌亂地說：「怎麼會，咱們是兄妹，我怎麼會……妳別胡思亂想。我是失而復得，才格外珍惜妳，妳記住這點就成了。」

月徊當然不會盼著親哥哥能喜歡上自己，那些話也全是調侃，見他尷尬正便於她趁火打劫，「既然您珍惜，那就帶我上兩廣。」

她的目的明確，從來不愛拐彎兒，梁遇無可奈何，別開臉道：「正是因為珍惜，才不帶妳上兩廣。妳要是跟我走，遇到的變故會比想像的多，我不能害了妳。」

他沒法把話說破，其實他很想告訴她，到時候她最大的危險也許不是南方的驕陽似火，也不是亂黨的行刺突襲，而是他。有些感情壓得越嚴實，爆發起來越洶湧，他不知道自己能忍多久，所以儘量離她遠一點，等一切都過去了，還可以是心貼著心的親兄妹，不會傷害任何人。

月徊真覺得有點失望了，心裡因這鞋墊燃起來的小火苗被他一口氣吹滅了，她嘆息著點點頭，「您要是實在不願意帶上我，那我也沒法兒。不過您的心思我可真看不透啊，一會兒想讓我做娘娘，一會兒又把我摘出來。您要是讓我好好和皇上處著，沒準兒我和他已經秤不離砣了。可您又吩咐我收著心，您是既要餛飩又要麵，世上沒您這麼彆扭的人，真的。我可不想理您啦，您自個兒待著吧，我回樂志齋去了。」

她說完，從他身旁擦肩而過，走出了掌印值房。心裡不舒坦，就像小時候想吃糖母親不讓，渾身上下透著難受。氣得過了，眼淚不知不覺流下來，走到宮門前迎面碰上了秦九安，秦九安「喲」了聲，「姑娘怎麼哭鼻子了？」

月徊很難堪，抬袖狠狠擦了下，「我長沙眼啦，少監您可小心點兒！」

她理直氣壯淌眼抹淚，大步走出了衙門，對過值房裡的人清楚聽見秦九安的話，聽說她哭了，心裡大大地不忍起來。

既要餛飩又要麵，說的的確就是他。以前他辦事都有條理，可一旦牽扯上她，他就變得拖泥帶水，連自己也討厭這樣的自己。秦九安多事，進來特意回稟，說「老祖宗，剛才月徊姑娘哭啦」。他還得在下屬面前裝得泰然自若，「嗯」了聲道：「小孩兒心性，不必理她。」

手裡提著筆，心裡空空的，她今晚又沒留下吃飯，回了樂志齋應當有吃的吧！點燈熬油似的，一個人茫然進了晚膳，又茫然呆坐了一個時辰，忽然聽見一陣揚沙般的聲響落在窗紙上。他靠過去，微微推開一條縫，外面下起細雨來。

南牆根兒上常年靠著一把油紙傘，他取過傘走了出去，外面上夜的司房忙迎上前聽令，他漠然道：「點一班人，今晚巡視東西六宮。」

大夥兒都不太明白，掌印為什麼挑在下雨的時候夜巡，可這本就是一月一回的定例，不過平常都由隨堂太監承辦，這回換成了掌印自己。

於是今晚當值的十二個人整理了儀容，列隊撐著傘挑著燈籠出了衙門。從玉粹軒起一直往南，繞過奉先殿上東二長街，再橫穿御花園，打西一長街往南，拐彎往西由西長房往北至城隍廟前，這就算走完了，可以順著宮牆返回司禮監衙門。

這宮裡太監，一個個都練足了腿上功夫，紫禁城原本就大，尋常人一圈下來腿顫身搖站都站不穩，只有他們，健步如飛一點兒不含糊。只是秦九安有眼力勁兒，經過御花園時對梁遇道：「老祖宗，今晚天色不好，下著雨呢，一圈兒下來沒的弄濕了您的靴子。要不您先在園子裡歇會兒，小的帶人往西路上去，過會子折回來，再進園子接您。」

梁遇沒有說話，欒志齋就在前面，透過傘骨上連綿墜落的雨簾，能看見圍房裡杳杳的燈火。

他不發話，自然就是默許了，秦九安呵了呵腰，領著眾人換了條道兒，往西去了。花園的小徑上就剩他一個人，滿耳都是沙沙的雨聲，滿眼都是扶疏綠葉間的一星燈火。

不知她睡下沒有，這時候去安慰她哭的那一鼻子，似乎有點晚了，可不去心裡又著實牽掛。

他在雨中站了好一陣子，青石路上的雨水緩緩流淌，緩緩洇濕了鞋底。他遲疑又遲疑，到底還是舉步向圍房走去。

人到了廊前，停在臺階下，她的下榻處和尋常宮人不一樣，這圍房雖稱作圍房，其實更像耳房。

桃花紙上有個人影移過來，燈火映照下身形纖纖，正是月徊。慢慢那影子變得越來越大，鋪天蓋地般，最後噗地一聲，吹滅了燈……

簷下一盞料絲燈在他身後悠然旋轉，他的身影避無可避地，投在了她的窗紙上。

月徊吹滅了蠟燭原要去睡了，猛然看見一個黑影投在桃花紙上，寬肩窄腰戴著烏紗，一看就是梁遇。

她心頭蹦躂了下，這麼晚了，他跑到這兒來幹什麼？月徊緊緊盯著那身影，他也發現了，慢慢地，悄悄地移動，似乎想挪出料絲燈投射的範圍。然而這圍房很小，廊前可供移動的範圍也很小，他往左挪一挪，影子在窗上，往右又挪一挪，影子還在窗上。然後他抬起手撓了撓額角，看樣子有點發愁。

月徊先前因「沙眼」，哭得眼皮子發酸，從司禮監回來就情緒低迷，飯只吃了兩菜一湯。可是現在看見他出現在窗外，這口氣忽然就消了，心說哥哥還是知道疼人的，怕自己辦事太絕，氣壞了她，特來給她認錯了。

因為外頭亮，屋子裡暗，月徊放心地移到窗前，就這麼和他隔窗對站著。終於那人影不動了，她甚至聽見他幽幽的嘆息聲，於是炸著嗓子說：「早知今日，何必當初！」

窗上人影沒動，她看不見他的表情，不過料想哥哥眼下肯定悔斷了腸子。月徊有些得意，「只要您鬆口帶上我，先前的過結可以既往不咎。」

結果那人影轉身要走，她氣極了，打開窗戶大喊一聲「梁掌印」。

他回頭看了她一眼，看見她氣湧如山，兩眼噴火，想必這回是要和他大鬧一場了。誰知那張臉轉變起來速度驚人，前一刻還烏雲密布，轉眼笑得像花兒一樣，好聲好氣說：「別走呀，買賣不成仁義在，進來坐坐嘛。」

梁遇略沉吟了下，衝著她的態度，還是舉步邁進了屋子。

這小小的臥房，甚至是空氣裡的味道，都充斥著一種姑娘式的柔旖。他進來之後倒有些彷徨，四顧了一番，看見她的床榻，上面的被褥和她後來給他布置的一模一樣。

他心裡升起奇異的感覺來，總覺得月徊是察覺了什麼。這就是做賊心虛，她尚且杏花微雨，他早已驚濤駭浪了。

不過月徊即便有雨，也是裹著泥漿的。

她變戲法一樣，從桌下掏出一壺酒，轟然擱在桌面上。

「來，喝兩杯。」取過茶盞一人倒了一杯，「正想喝酒找不著伴呢，恰好您來了。」

梁遇直皺眉，「好好的，喝什麼酒？」

月徊說：「喝酒還要看日子啊，想喝就喝了。這是上回皇上賞我的，外埠的葡萄酒，我覺得好喝，他就送了我一壺。」她一邊說，一邊端起茶盞呡了一口，「您說說吧，下著雨呢，您上我這兒幹嘛來了？」

梁遇修長的手指捏住了杯子，淡聲道：「司禮監每月都要夜巡東西六宮，正巧到了御花園，聽秦九安說妳得了沙眼，特來看看。」

月徊的那點難堪又被他勾了起來，心說到底是掌管東廠的，輸人不輸陣。

「沒什麼，我有迎風流淚的毛病，時不時犯上一犯，現在已經好了。」她又灌了一口，揭開攢盒的蓋子，從裡頭挑虎皮花生吃，「說真的，我以為您來找我，是打算改口帶我上廣州了。」

梁遇垂著眼，燈影下濃長的眼睫像蝴蝶的翅膀，堪堪停在顴骨上。微微的一點輕顫，生出羸弱的美態，就如現在，除去一身錦衣華服，像個不染塵埃的方外人。

男人和花兒一樣，也有千百種不同的況味。譬如皇帝，在沒有腦滿腸肥一身油膩之前，都會保持青澀的少年味兒，因為那雙眼睛天生會騙人，讓人看不穿底下污濁。而梁遇呢，他早已經跳出了少年的行列，很難想像他這樣的境遇下，還能長得如此筆管條直一身正氣。雖然臉是漂亮了點，但他漂亮得不顯女氣，就能讓人忽略他的不完美，甚至對他的不完美，產生一種說不清道不明的窺伺感。

所以說自己可能有點不正常，月徊嘆著氣，悶了口酒。半天不見他有動靜，抬起眼說：「您怎麼不喝呢？怕我在酒裡下藥啊？」

梁遇聽她這麼說，只得低頭喝了一口。他不常喝酒，但這酒容易上口，細品之下還有些甘甜，不由多喝了一杯。

很奇怪，他來時低落，但見到她，她總能調動起快樂的氣氛，傷感便不再傷感了。

他轉過頭，看見帳幔掛鉤上吊著他做的竹節人，窗前的笸籮裡插著一隻繡了一半的鞋墊，雖然照樣看不出到底繡的是什麼，但也心念微動，知道是繡給他的。

他有些動搖了，一手撐著臉頰，調過視線問她：「妳當真那麼想跟我去兩廣？」

月徊說是啊，「我就是覺得這紫禁城困住我了，要是實心跟著皇上倒也罷，不實心，那該多難受。」

「妳就實心跟著我？」他含笑問，一雙眼眸在燈下百轉千回，說不盡的萬種風情。

月徊想都沒想便點頭，「有您在我還擔心什麼，不怕有人欺負我，也不怕沒吃沒喝。」

也就是一霎兒的光景，他忽然改了主意。也好，跟著就跟著吧，把她安置在提督府，一要擔心他不在的時候小四回來勾跑了她，二要擔心和他不對付的仇家盯上她。太多的不可測，讓他放不下心，既然她也堅持，那就隨緣，走一步看一步吧。

他輕吁了口氣，「準備好行李，要帶的東西都帶上，四月初九就動身。」

月徊原本已經不抱希望了，猛然聽他鬆口，愕著兩眼把嘴裡的酒咽了下去，「我沒聽錯吧？」

他笑了笑，「在來這兒之前，我確實打定了主意不帶妳去的，但瞧妳這麼執著，我也不忍心辜負妳。妳要是實在想去，那就去吧，只是前途莫測，是好是歹，最後都要妳自己承受。」

月徊聽了，鑑於他有反悔的先例，不敢放肆高興，小心翼翼又確認了一回，「您這回說話算話？」

梁遇輕輕頷首，「算話。其實把妳一個人放在京城，我也提心吊膽。」他抬起眼打量她，她的每一寸髮膚，每一道眼波，都讓他移不開視線，「妳知道我十四歲後的日子，是怎麼過的麼？這偌大的紫禁城到處都是人，可又處處透著冰冷。早前我不過是個不起眼的火者，寒冬臘月裡連個炭盆都沒有，凍得睡不著，一個人裹著一條破棉被哆哆嗦嗦縮在床角，一熬就是一宿……每回入夜我都怕，我害怕天黑。」

月徊是頭一次聽他說起以前年月，雖然她也知道必定像一本淒涼的書，讓人不忍卒讀，但沒想到從他嘴裡說出來，又是另一種震撼。

月徊能夠感同身受，當初自己還不如他，到處竄衚衕，碰見個破缸就往底下鑽，還得和狗搶麻袋。但即便她的經歷已經慘絕人寰，她也依舊有多餘的善心來同情他。她伸手和他碰了一下杯，「那您現在還怕一個人過夜嗎？怕就說出來，有我呢，我陪著您，還能給您捂腳。」

梁遇的目光柔軟，「如今高床軟枕，還怕什麼。就像妳說的，早前吃足夠的苦，現在享多多的福……但也害怕再把妳弄丟，那麼多年，孤苦伶仃一個人，夠了。」

月徊悵然點頭，「我就說您離不開我，真讓我說著啦。來，哥哥喝酒……」她敬了敬他。

梁遇揚起脖子，美酒入喉，那玲瓏喉結便纏綿地滾動。

確實是離不開，他心裡暗暗想，十一年的虧空，不是幾個月就能填補的。即便在身邊，也一刻不停地想念，世人都說梁遇心狠手辣，但卻不知道，天下第一癡情也是他。

他不常喝酒，今天多喝了兩杯便上頭，借酒蓋住了臉，喃喃說：「月徊，我好像有些醉了。」

月徊還和他打趣，「沒事，醉了就住在我這裡。」那是萬萬不能的，住下就壞事了……明天流言四起，還怎麼做人！他發懵的樣子很有趣，動作變得很慢，慢慢眨眼，慢慢搖頭。然後伸出手，掌心向上，輕聲叫：「月徊……」

月徊粗枝大葉，半天才弄明白，原來他想和她牽牽手。於是把手放進他掌心，鼓勵式地說：「哥哥別怕，我在吶。」

他的唇角微揚，慢慢握緊她的手，自顧自地說：「就這麼，永遠不放開。」

月徊很感動，覺得今天的哥哥格外溫柔。她用力回握他，「您不放手，我也不放手。」

他臉上笑意又添了幾分，迷濛的眼睛看向她，說她是個傻丫頭。

她真的什麼都不明白，那句「看臉能過一輩子」也是假的，耍嘴皮子而已。她可能永遠想不明白，哥哥怎麼能生出那樣齷齪的心思，其實他自己也想不通，自己怎麼會是這樣的人。

他在自怨自艾，月徊卻在嘀咕：「您這酒量，還是場面上人物呢，也太不成就了……不過酒量不好的人，據說心眼兒好。」

心眼兒好？他撐著臉頰，垂下手腕子描摹茶杯的圈口，曼聲說：「這是誰編出來蒙人的！我的心眼兒就不好，早年間……十一年前，我還沒進宮那會兒，為了達成目的，算計過一家子。」他打了個酒嗝緩緩說：「我先設下陷阱，引那家的孩子入套，然後再把人撈出來，我就成了那家的救命恩人。救命恩人，自然得想盡辦法周全……可後來我得了勢，把那一家子滅口了，妳說我是好人麼？」

他仰著頭笑，鳳眼流光，笑出了一股子邪乎勁兒。

月徊聽得後脊梁發涼，所以他終究是個為達目的不擇手段的人。可他就算再壞，她的胳膊肘還得往裡拐，忙撿起一粒花生米塞進他嘴裡，「十一年前的事了，還記著幹什麼！你們司禮監殺人滅口的勾當幹得多了，又不是你一個人的罪孽。」

「就是我一個人的。」他垂下腦袋，邊嚼花生邊嘆氣，「這輩子幹的頭一件壞事，到死都會記在心上。」

月徊看慣了他殺伐決斷的樣子，現在變得這麼多愁善感，真讓她有點不習慣。

「您往後還是少喝酒吧，酒後吐真言可太嚇人了，換個別的愛好吧，哪怕脫衣裳也成啊。」月徊很真摯地說。

他又哈哈笑起來，「我脫了衣裳，怕嚇著妳。」這已經真的神志不清了。

月徊提起酒壺搖了搖，也沒喝多少啊，兩個人半壺，就把他喝成了這樣，梁掌印在酒桌上真是不中用。人都糊塗了，恐怕也回不了司禮監了，實在不行就讓他住在這兒，自己另尋個下榻的地方。

這頭正琢磨，外面傳來秦九安的嗓音，隔著門說：「老祖宗，時候不早了，小的接您回去。」

月徊起身過去開門，笑道：「少監您來得正好，我得了壺好酒，和掌印小酌了兩杯，沒想到一來二去的，他就醉了。您趕緊把他攙回去，外頭還下著雨呢，別讓他受了寒。」

秦九安忙上來查看，見他神色迷離，訝然說：「哎喲我的老祖宗，您怎麼喝成這樣了！」一面說一面把人扶起來，又揚聲喚外頭。立時攙扶的、打傘的，一大幫子人，靜而無聲地簇擁著，把掌印帶出了樂志齋。

真是啊，這麼多年了，還沒見掌印喝醉過。秦九安暗自感慨，前頭人挑著燈，後頭人撐著傘，剛把他扶上青石路，冷不防那個醉酒的人推開了他。秦九安怔了下，見掌印又還原了平常模樣，因不屑讓他架著，抬起手撣了撣肩上衣裳。

秦九安回過神來，「老祖宗，您沒醉啊？」

梁遇沒理睬他，要是這就醉了，只怕早死了八百回了。

他昂首率眾過了門禁，徑直返回司禮監，腳下步履匆匆，心裡尚且是滿意的。酒真是個好東西，多少不敢說的話，多少不敢做的事，都能藉它發散出來。月徊迷糊，不懂得去探究，不探究便止步不前。他隱隱覺得失望，她上輩子八成是棵榆樹，沒有人提點她，把內情送到她面前，她永遠都是個四六不懂的模樣。

因盛時的話，自己心裡揪了好幾天，到頭來都是庸人自擾。她要跟著去，他應下來，就這麼簡單，陰霾一下子全散了，有什麼難？

踩踏過水窪，不因磚縫裡擠壓出的污水濺濕了袍角而不悅，進得值房時甚至帶著笑，接過小太監呈上來的手巾，擦了擦織金繡蟒上停留的水珠，轉頭吩咐曾鯨：「明兒傳話給彤史，讓她打聽清皇后娘娘的月信是哪一日。大婚講究吉利，當晚不能出岔子。要是日子撞上了，讓太醫院開藥把信期挪一挪，或前或後，錯開了要緊。」

曾鯨道是，覷了覷他臉色，笑道：「老祖宗今兒高興？」

他「嗯」了聲，「在月徊那裡喝了一壺好酒，喝得痛快了，自然高興。」

他向來喜怒不形於色，今天這樣喜上眉梢，倒是很久沒見了。曾鯨琢磨著，明兒得上月徊姑娘跟前去問問，那壺喝了能讓人高興的好酒是打哪兒來的。要是功效果然顯著，多備幾壇，將來當差的日子也能好過些……

轉眼便進了四月，四月草長鶯飛，是個欣欣向榮的時節。

皇帝大婚，近在眼前，逢著大喜的日子，宮裡提前半月就開始張燈結綵了。空氣裡也彌漫著一股喜興的味道，橫豎不管皇帝對這樁婚事的滿意和期待有多少，先帝升遐後，宮裡就沒有正經舉辦過大宴。這回是沖喜了，熱鬧上幾天，一個新的朝代彷彿從這天才開始，對於皇帝來說總是一個好的轉折。月徊暫且還留在御前給皇帝梳頭，從鏡中也常瞧見他意氣風發的模樣，果然年輕人幹勁十足，只盼著大婚過後成人，狠狠施展一番拳腳吧。

那隻叫蟈蟈還在南窗下的草籠子裡鳴叫，皇帝對月徊的心似乎也沒有太大的變化。

梳篦在髮間穿行，他扭過頭，握住了月徊的手，「妳打定主意跟著大伴走了？」

月徊說是啊，「掌印說了，少則三月多則半年，一定能平定那些亂黨，回來向皇上覆命的。」

皇帝微嘆：「大伴為朕南北奔走，朕心裡大覺有愧。」

月徊笑著說：「別呀，咱們這些人不就是為主子效命的嗎，您有差事交代他，他這司禮監才掌管得心安理得。反之要是大家都閒著，閒久了多無聊，總得找點事幹。」

皇帝心裡很稱意，嘴上卻還是表現出了諸多不捨，「這兩日事忙，大伴幾次進來，朕都不得空和他細說。回頭妳轉告大伴，他出征剿匪的這段時間內，司禮監也罷，東廠也罷，一切按原樣打理。朕知道，這朝堂上沒有哪位臣子是打心底裡賓服朕的，朕唯一能信任的，只有大伴。」說罷戀戀看著月徊，「還有，朕對妳的承諾也不變，那個位子給妳留著，妳要早去早回。」

月徊想了想，「您說的那個位子，是貴妃？您還打算讓我當貴妃吶？」

皇帝淡淡笑著，「朕金口玉言，怎麼能隨意更改？」

月徊道：「宮裡的位分多了，貴妃只有一位，您就這麼給了我，將來要是遇上更叫您喜歡的人，那可許不成人家了。」

皇帝仍舊含著笑，他天生長了一雙多情的眼睛，瞧起人來雲山霧罩的，「朕這一輩子，最喜歡的人就是妳。朕敬妳，心疼妳，所以妳日日在朕身邊，朕也從不越雷池半步，足見朕看重妳。」

一位曾經大大方方把小字告訴她的帝王，從某種程度上來說確實是很有誠意的。月徊當然也願意受他這份情，畢竟世上沒有比皇帝更好的下家了，不管成與不成，先預定著，反正不損失什麼。

不過要說喜歡，情竇初開時愛慕了一陣子，那種感情來得快，去得也快。小皇帝雖然是天字第一號，除了最初滿足了月徊小小的虛榮，到現在基本已經不剩什麼了。對皇帝的感情像兌了水，越喝越淡，只是面上還要敷衍，表現得十分感激皇恩蕩漾。

至於皇帝，因為目前為止仍只有那幾位女官，沒有新鮮的補充，對其他女人缺乏想像。都說少年時的感情最真摯，他覺得和月徊之間應該是如此。不過情和社稷仍要分開看待，他需要梁遇為他披荊斬棘，但未必願意和梁家分享江山。貴妃的位分是用以圈住梁遇的，只要月徊沒有孩子，不管將來他們扶植哪一位皇子，終究逃不開慕容氏。

當然了，這種事深埋心底，不能與人說。他溫言軟語安撫月徊，將來即便這上頭虧欠她，恩寵上自然補足她。月徊心思單純，考慮得不多，許她個貴妃位，就像許了她一件新衣裳，她樂呵呵的，僅僅是高興，沒有狂喜。

日子過起來飛快，皇帝大婚實在繁瑣，原先說好了初七出去放風箏的，最後也沒能成行。

月徊倒也不急，反正來日方長，比起南下，放風箏算什麼！到了初八入夜，她還混在人堆裡看熱鬧，看著徐皇后從午門進來，抱著寶瓶一步步穿過紫禁城的中軸，走進了乾清門裡。

這種殊榮，只有每朝帝王的元后才有福氣消受，月徊事不關己，皇帝跟前的那三位女官，卻看出了滿心哀愁。

司門嘆息：「皇后娘娘進來了，主子往後還記得咱們嗎？」

司儀一向很悲觀，「咱們這號人，不就是大宅門裡的通房丫頭嗎，將來怎麼樣，全看主子的意思。了不得給個選侍，要是膩了，發還司禮監安排，沒準兒送到浣衣局去也未可知。」

司寢站在高高的萬壽燈下，看著那赤紅色的隊伍逶迤流淌進坤寧宮，喃喃說：「最苦不過咱們仨，伺候一場什麼都沒落下，還不如那丫頭。」

那丫頭指的是司帳，算算時候，她肚子裡的小娃娃到現在差不多六個月了。能得個孩子是好事，將來母憑子貴，也是條出路。

她們愁雲慘霧不可開交，帝王家薄幸，歷朝歷代供皇帝練手的女官們，能晉位份的並不多，但每一輩兒都不信邪，都覺得自己能得聖寵。月徊在邊上聽著，插了句話：「您幾位也別急，皇上今兒才大婚，等皇后進了宮，接下來才好給宮人晉位份。」

那三位女官臉上露出悵然的神情來，「皇上大婚，跟前伺候枕席的女官就得撤了，再過上一陣子，皇上還記不記得咱們，且兩說呢。」

月徊心說還好自己沒像她們似的，這一天天的，為自己將來的前程溫飽操心，多叫人心煩！

不過她倒是願意幫著出主意，「光是發愁可不頂用，皇上是辦大事的，不會親自操心那些，要是底下人不安排，沒準兒到最後真就忘了。妳們眼下能指望的不是別人，是皇后娘娘。皇后娘娘才進宮，正是掙賢名兒的時候，妳們想轍去求她。娘娘抬舉了妳們，一則能顯得自己大度，厚待宮人；二則將來六宮大肆填人的時候也有個幫手，沒有不答應的道理。」

真是分析得頭頭是道，不愧是梁掌印家的人。

三位女官一下子有了主心骨，原先還怕皇后娘娘忌憚她們，有意壓制她們，琢磨著往後要繞著皇后走呢。沒想到經月徊一提點，發現了別樣的道理。

「皇后娘娘一看就是聰明人，這會兒和妳們過不去，將來進宮的多了，個個都過不去？」月徊搖頭晃腦繼續說：「不能夠，妳們在皇上跟前兩年了都沒遇喜，皇后娘娘一定喜歡妳們。」

說得三位女官又尷尬，又服氣。

這是實情啊，皇上不管後宮事，將來宮裡都聽皇后娘娘指派，比起她們，司帳反倒更招人恨。皇后娘娘眼下還蒙在鼓裡，等司帳一臨盆，要生的是男孩兒，那可了不得，皇長子啊，司帳甭想過好日子。

月徊雖說沒當上妃嬪吧，當初看了許多宮闈祕辛的話本子，博覽群書用處大著呢。三個臭皮匠也能供出一個諸葛亮來，那三位被醍醐灌頂，立刻回去商議對策去了。

月徊站在夜風裡，鬆散地負起了手，坤寧宮前一排萬壽燈，照得殿宇煌煌如白晝。

皇帝這會兒該進去過禮喝交杯酒了，這婚宴辦起來真不容易，不管帝后也好，底下聽差的也好，都受了大罪了。

「妳剛才胡言亂語了一通，不怕將來惹禍？」身旁有金玉之聲響起，頎長的身形邁進月徊視野裡來，在她身旁站定了。

月徊說惹什麼禍啊，「我這是曉以利弊，她們總不能上皇后跟前照原樣說一遍，那不成傻子了。」

梁遇別有深意地打量她，「妳背著皇上是一張臉，面對皇上又是另一張臉，皇上知道麼？」

月徊扭頭衝他一笑，「宮裡幾時缺聰明人兒？皇上喜歡我的憨直就夠了。」

這就很好，懂得投其所好，不是一味謹小慎微，就能得皇帝青眼的。梁遇遠眺坤寧宮，喃喃問：「妳現在什麼想頭兒？心裡難受麼？」

難受倒也談不上，月徊說：「皇上這大婚，來得太晚了。要是再往前挪上三個月，我大概還會悄悄哭上一鼻子，現在……沒那興致了。」

多有意思，都說女孩兒更長情，沒想到月徊是個異數。梁遇道：「看不出來，妳是個喜新厭舊的人。」

月徊很謙虛，「哪裡，我這是知情識趣。再說喜新厭舊，我見天關在宮裡，也沒那機會遇見新的。」邊說邊覷著臉瞅他，「我這人吶，不為五斗米折腰，唯獨愛琢磨人的長相。長得不好看的，就算簇新的也沒用，還不及『舊』的呢。」

她滿肚子彎彎繞，有小聰明不用在正經地方，喜歡話裡夾裹點什麼，常能撩撥人心。

當然，也許是因為自己身子歪了，心也歪了，才會覺得那是撩撥。往常她也愛打趣，也正大光明誇他長得好，她才回來那陣兒，或者說他不知道自己身世的時候，從不覺得這話有什麼不妥，但後來立場有變，聽什麼都像有弦外之音。

其實男人長得漂亮，不是什麼好事。他當初入宮拜師傅，盛時親自挑了熟人託付，饒是如此，還常能遇見那些下作玩意兒，或是嘴上輕薄，或是動手動腳掐屁股的。沒有大權，漂亮的臉就是禍根。如今大權在握，且找回了好色的妹妹，這張臉又變得有用武之地起來。至少能鎮唬住月徊，不至讓她看見個稍有顏色的，就像旱死了似的被拐跑。

他身心舒爽，「我已經把後頭的事都交代曾鯨了，明天一早就動身。」

月徊應了聲，「您打算留曾少監在京裡主持嗎？」

梁遇頷首，「他辦事穩妥，又是我帶出來的，眼下翅膀沒硬，還可信得過。」

所以啊，他真是誰都提防著，月徊見他事事倚重曾鯨，以為他至少對曾鯨是放心的，原來並不。這樣也好，小心駛得萬年船嘛，厲害角兒就得一手開疆拓土，一手霸攬住大權。她也知道，他當年是除掉了前任掌印才上位的，司禮監慣有奪權的老例兒，一不留神就會重蹈汪軫的覆轍，他自然寸步留心。

前面坤寧宮鼓樂大奏起來，月徊嗟嘆著，「皇上這是挑開皇后的蓋頭了吧！」

梁遇沒有說話，調轉視線看了她一眼。

燈火倒映在那雙烏黑的眸子，如浩瀚天宇一星璀璨。她心裡當真不遺憾，倒也未必，她只是懂得審時度勢，知道後頭厲害人物多了，她跑得快，就能保持常勝。

他臉上神情漸趨柔和，問她：「今晚打算喝一杯麼？」

月徊搖搖頭，「喝什麼呀，上回那壺酒，早讓我喝完了……」說罷「咦」了聲，「您不忙嗎？那麼多事要您操心，怎麼上這兒和我拉起家常來了？」

梁遇心說還不是怕妳傷心麼，現在看來多慮了。一個有閒心教別人怎麼晉位份的傢伙，小情郎娶了別人固然遺憾，但絕夠不上傷心。

「養了那麼一大幫子手下，就是為了萬事不用親力親為。」他夷然說著，「皇上有了皇后，妳成了孤家寡人，我這個做哥哥的不能看著妳落單，好歹要來瞧瞧妳。」

月徊有點感動，「還是我哥哥好。」夜風習習裡嗅見了一點酒香，不由探過去聞了聞，「您又偷著過乾癮兒啦？」

這人說話，總是著三不著兩。梁遇道：「什麼過乾癮，前頭有賓客，皇親國戚們都在奉天殿宴飲呢，我才從那兒過來，不免要喝兩杯。」

月徊斜眼打量他，眼神裡充滿不屑。以他現在的清醒程度，怕是只喝了半杯，不能更多了。男人到哪時都要面子，她算是知道了他的死穴，酒量奇差，拿捏住這個，將來肯定有用得上的時候。

「砰」地一聲，朝賀的二踢腳引路，蹦上了半空。接著午門前開始放煙花了，大串大串地連成片，姹紫嫣紅眼花繚亂，把皇城上的夜都點亮了。

至於後頭帝后合房那些事，就不是他們該過問的了。皇帝得在坤寧宮連住三天，當然要是住出滋味來了，住上三五個月也沒什麼。

皇帝唯一的好處就是自律，前一天大婚鬧到丑時，第二天照樣五更起來。月徊今兒已經交了差事，梳篦重回梳頭太監手裡。她收拾好行裝，特意到皇帝跟前卸任辭行，壓著兩手蹲了個萬福，「皇上，我今兒出去了，有程子不能伺候您呢，您要保重龍體。」

皇帝眼下有淡淡的青影，看著真是操勞得過了，但仍舊深情款款牽住她的手，「月徊，朕等著妳回來。」

月徊笑了笑，還沒回話，外面傳來宮人給梁遇請安的動靜。皇帝就勢放開了手，轉身迎上前兩步，切切叮囑：「剿滅亂黨要緊，大伴的安危更要緊。倘或遇上了坎坷，千萬煞煞性兒，再從長計議。」

梁遇對皇帝的性情可說瞭解透了，越是這麼說，越是要他立軍令狀的意思。於是向上拱手，朗聲道：「紅羅黨不滅，臣絕不還朝。主子政務巨萬，好歹保重身子，只管高坐廟堂，等著臣的好信兒。」

君臣兩個，海誓山盟般依依不捨了半天，看得月徊直犯睏。後來終於辭出來了，這時候天剛濛濛亮。

清早的風還涼著，宮牆的瓦楞和牆根兒積攢著露水，喘上一口氣，心肺格外清涼通透。

月徊像孩子似的，不敢喧嘩，就是縱跳小跑著，回頭壓聲兒說：「哥哥我真高興，咱們要出遠門兒啦。」

出遠門兒確實令人歡喜，從一個活膩味的地方走出去，才知道外面天大地大，不止足尖這一畝三分地。

梁遇把胸膛裡的濁氣都呼了出來，短暫離開也有逃出生天之感。月徊的快樂感染他，見她腳下輕快，笑著招呼：「慢點兒跑，仔細摔了！」

# 第十八章 晚來風急

梁遇出行，那陣仗，真如皇帝出遊般聲勢浩大。

月徊有幸見過先帝的最後一次南巡，那時她才十一二歲光景，跟著漕船上江浙，到了碼頭頭一件事，就是領取官府分發的衣裳。地方官員要功績，要裝富庶，不得人人有飯吃，人人有衣穿嘛。他們這些跑船的衣衫襤褸還到處亂竄，官府唯恐聖駕到時穿了幫，特特兒叮囑了，就穿著這身新衣裳看熱鬧去，讓皇上記著咱們錦繡江南。

月徊拉扯著小四先占了有利地形，不往人堆裡擠，挑高處往下看。因為御道上會拉黃帷幔清路，只有地勢高處官兵們管不上，他們就能從從容容遍覽全貌。

頭一回看見那陣勢，真是叫人覺得震撼，烏泱泱的錦衣衛和禁軍，禁軍穿甲，錦衣衛一色朱紅的飛魚服繡春刀，倒不是說皇帝老子的車輦不夠豪華不夠大，就是他們站得太高了，看下去像螞蟻運貨。那九龍輦是螞蟻隊伍裡頭得來不易的吃食，就那麼前後簇擁著，在螞蟻大軍裡翻滾。

至於梁遇領兵南下呢，雖不及皇帝張揚，人數減了，但更精。錦衣衛、司禮監、東廠，還有宦官監軍十二團營裡抽調出來的人手，錦衣華服浩浩蕩蕩，這就是皇帝賞賜的體面。

只是北京到兩廣，路途實在遙遠，走陸路八百里加急得跑上一個半月。要是走水路，得從天津出發入海河，再轉大沽口進渤海，經山東、江浙到福建……月徊光是聽他們規劃行程，腦子就直發懵了。

「還得瞧今年雨水怎麼樣，春天老愛下雨，倘或水位暴漲，行船易迷失航道，也要耽擱時候。」楊愚魯把這一線的水點陣圖放在了梁遇面前，「不算上那些，船隊行程大致在四十至六十日之間，加上北京至天津的腳程，至多七月底八月初，也就到了。」

梁遇聽得皺眉，「耗時太長，船隊除了必要的補給，日夜不能停航。從北京到天津三岔河，走上那麼多天不像話。」

楊愚魯為難地瞧了瞧月徊，「要是騎馬，路上實在顛簸，怕老祖宗受苦……」

這話說得很委婉，但月徊聽出來了，分明是覺得帶上她不便於他們長途奔襲啊。哥哥沉吟起來，逢著這種事他就得沉吟，大概也犯嘀咕，為什麼要給自己找這種不自在。

月徊一挺腰，輦車搖晃，她也跟著搖晃，「咱們這就下車騎馬。你們別顧忌我呀，我又不是嬌姑娘，上山下河我也不含糊。」

梁遇看看她那身板，就算吃過苦，也是姑娘的身架子，從北京到天津兩百多里路，騎馬她受不住。

「算了，還是慢慢走吧。」他捲起水路點陣圖，隨手交還楊愚魯，「陸路上耗些時候不要緊，等上了船，日夜兼程把時候補回來就是了。」

然而平叛刻不容緩，珠池採收也刻不容緩，月徊說：「楊少監，您給我弄身司禮監的衣裳吧，我這要是換上，別說騎馬，騎走騾都能日行千里。」

原本出來就不是享福的，其實比起坐在車裡和梁遇大眼瞪小眼，她情願跨馬揚鞭，看一看外頭風光。

梁遇聽她又說大話，順勢道：「那就給她一套司禮監的行頭，再給她一頭走騾……」

月徊乾瞪眼，「我就這麼一說，您還當真呢。」

秦九安看他們耍嘴皮子，掌印那麼厲害的人物，遇見了這位也沒話說。月徊姑娘就是有這宗好，皮實耐摔打，還心境開闊。照說她是梁家人，又有聖眷，她該是那種怎麼撒嬌都不夠，怎麼驕縱都有人捧著的，可她並不。她就這麼土裡來泥裡去，喝得了龍膏酒，也咽得下二鍋頭，擱在哪兒都是個發光的大寶貝。

最後當然遵照掌印吩咐，置辦了一套司禮監的衣裳給她。衣裳長了裁短一點，不指著她自己能做針線，隨行的中也有巾帽局的人，扔到那兒大致改改，就給姑娘送了過去。

這一路沒怎麼停靠，旱地上行車，車軲轆在黃土隴上硬滾，日子並不好過。越是這樣就越盼著快點兒登船，月徊拿了公服預備換上，可她沒有單獨的車輦，逢著這個時候就有點難辦。

梁遇察覺了，「妳等一等，我先迴避……」

可是前後那麼些隨行的人，他這一迴避，隊伍就得停下。讓大家眼巴巴兒看著梁掌印等女人換衣裳，那說出去多不好聽！月徊很大度，擺手說沒事，「您待著吧，自己手足，有什麼好避諱的。」

梁遇遲疑之間，見她三下五除二脫了衣裳又脫馬面裙，不由慌神。

月徊見他眼神閃躲，反倒大笑起來，「您怕什麼，裡頭不還有中衣嗎。」一頭說，一頭把胳膊抻進公服袖子裡。捏著衣襟晃一晃，身長倒還好，就是這身腰過於寬綽了。且司禮監隨堂們的公服所用鈕子也花哨得很，想要扣上十分不容易。

梁遇見她高高扯起領褖，使勁瞪著兩眼瞧領釦，那模樣死不瞑目般瘮人，便伸手過去幫忙。一面道：「肩背是太大了些，等到了天津讓他們重改。」

月徊搔首弄姿，賣著乖地說：「天爺，我真好福氣，還能叫梁掌印伺候我穿衣裳吶！」

梁遇說是啊，「世上只有兩個人配叫我給他穿衣裳，一是皇上，二就是妳。」

於是她愈發得意，捋了捋鬢髮，探手去拿窗口矮幾上的烏紗。窗口有光，穿過她腕上碧璽，在手背上灑下五彩的光。他一時頓住了，心裡大覺感慨，終於她不必再戴著皇帝賞的髮簪，不必再張羅玉米麵餵那隻叫蟈蟈了。興許皇帝那隻蟈蟈會送去給皇后伺候，至於皇后怕不怕蟲，那就不知道了。

他出神，月徊叫了聲哥哥，「您想什麼呢？」

他說沒什麼，取來鸞帶給她繫上，一面叮囑：「外頭世道亂，不知道別人用的什麼心思，妳就跟在我身邊，不許亂跑，老老實實的，聽見了？」

月徊點頭應了，頓了頓問：「咱們這回走，能路過敘州麼？」

敘州是爹娘的老家，生於斯埋於斯，那片土地留存了太多的記憶。梁遇沉默著，搖了搖頭，半晌才道：「咱們往南，沒法路過那裡……妳想爹娘了？」

月徊赧然笑了笑，「我常覺得，有爹娘在，咱們還是孩子。沒了爹娘就得吃很多的苦，上外頭也是孤苦伶仃的，無依無靠。」

「呀」地一聲，他替她扣好了腰帶上的機簧，姑娘家腰細，束得底下曳撒層疊，像裙子一樣。他把她鬢邊垂落的髮繞到耳後，接了她手裡烏紗帽仔細替她戴上，淡聲說：「沒有爹娘，妳還有我。在哥哥跟前妳也是孩子，只要我活著一日，就護妳一日。」

月徊說成吧，「只是您自己當不成孩子了，非得頂天立地，連個能撒嬌的人都沒有。」

梁遇失笑，「妳當我是妳，還撒嬌！」說罷目光楚楚看向她，「有妳知道心疼我，就夠了。」

哥哥這句話說得很輕，輕得像在人心上撓了撓癢癢。月徊微怔了下，怔完一琢磨，又沒什麼不妥，便咧著嘴應承，「我當然得心疼您，就算您吆五喝六，殺人如麻，您不還是我哥哥嗎。」

胳膊折在袖子裡，大概就是這意思。梁遇嘆了口氣，在她肩上拍了把，「好了，梁少監，往後妳踏遍大鄴疆土，巡狩天下吧。」

月徊想了想，「這話不中聽，我要踏遍疆土，風流天下。」說得梁遇直愣神。

宮裡沒意思，只有皇帝一個男人，哥哥是哥哥，其他太監又不健全，限制了月徊遊歷的樂趣。現在好了，能上外頭去了，只覺美色和錢財將來都會多如糞土，想想那種日子，就讓人心花怒放。

衣裳換好，不必慢騰騰趕路了。再行十里，前頭有個小皇莊，到了那裡整頓車馬，莊頭牽來一匹青驄，賠著笑說：「廠公大駕，必要好馬才能配得上您吶！莊上今年買馬，得了這麼一匹，嘿嘿……不瞞您，原是馬販子送的，小人自個兒捨不得騎，今兒孝敬了廠公，也是小人的意思。」

梁遇是真佛，平常在京裡，等閒看不見。如今下降到個小莊子上，那可是千載難逢的巴結機會，自然不能放過。

莊頭點頭哈腰，把馬送到梁遇面前，梁遇摸了摸馬脖子，那虬結的肌肉底下，湧動著一團旺盛的生命力，實在是匹好馬。

梁遇偏頭吩咐秦九安，「把馬洗刷乾淨，給月徊。」

秦九安道是，掌印對姑娘的偏愛真是沒話說，有好的要先緊著姑娘。人都說太監淨了茬，沒有那麼多的七情六欲，其實真不是。因壓制得久了，心裡又隱有遺憾，疼起人來那可不是鬧著玩的，昏君不過如此。

當然這話借個牛膽兒也不敢說，不過私下瞎琢磨罷了。馬牽下去又刷洗一遍，裝上了轡頭和馬鞍，再牽回來時油光鋥亮一身皮毛，擱在日頭底下能發銀光。

月徊看著這馬，感慨萬千。以前她騎過驢，也騎過走騾，尤其驢，遇上脾氣不好的，騎著不走打著倒退，別提多糟心。這馬呢，看看矯健的四肢，活像上了發條一杵就飛跑。她扭頭瞧梁遇，「您呢？」

梁遇對馬也有要求，但眼下不是在京裡，隨便挑一匹差不多的就成了。

底下番子牽來一匹栗紅色的馬，他接過楊愚魯遞來的金絲面罩戴上，有些倨傲地說：「馬好不好是次要，要緊看騎術。」然後揚袍跨馬，下裳繁複的豎襇開闔如傘面一般，韁繩一抖，馬蹄颯踏眨眼縱出去老遠。

月徊不服氣，還跑不過他了？當即跳上馬背就追，結果事實勝於雄辯，她無論如何揚鞭都追不上他，明明只差一丈遠了，卻又被他遠遠拋下。月徊耳畔風聲呼嘯的時候，腦子裡還在胡思亂想，這種境況是不是就像男女間感情的較量，你追我趕著，只要前面那人不肯放慢步子，後面的人就永遠追不上。

當然這樣的好處是大大縮短了耗時，壞處就是一天下來，月徊幾乎騎斷了腰。

北直隸地界上，每八十里就有一個皇莊，將入夜前在武清駐紮下來，月徊覺得兩條腿已經不是自己的了。她哆哆嗦嗦，腿顫身搖，梁遇站在門前看著她時，她還得裝得雲淡風輕，搖著馬鞭鬆快地從他面前經過，打招呼恭維：「還是您的騎術好，妹妹我甘拜下風啦。」

她走進廳堂裡，梁遇的目光追隨她，正面看上去倒還好，從背後看上去不是那麼回事，走道兒腳後跟都不著地了。

他嗤笑，打腫臉充胖子，太好面子吃虧的是自己。他也不去戳穿她，帶著身後眾人走進莊子，幾百號人頓時把這小皇莊擠得滿滿當當。莊子上當值的都炸了鍋了，伙房裡蒸饅頭的屜子堆得像山一樣高。這回來的都是大爺，莊頭和莊工內外奔走，揮汗如雨，那些錦衣衛還要扯嗓子鬼喊，這冷落了八百年的武清莊，一時有種重返陽世之感。

前頭吵吵鬧鬧，後面的廂房隱約能聽見那些呼聲。月徊挪步覺得兩股生疼，她以前雖也有騎馬的時候，但總沒有試過這樣長途跋涉。剛才硬裝，現在進了屋子一個人，立馬一瘸一拐，兩條腿像上了刑似的。

還有這腰……拿手一碰，齜牙咧嘴。這時候就很後悔，出發前梁遇說讓她帶兩個丫頭的，她覺得不需要，畢竟自己這些年摸爬滾打，從來沒人伺候。可是逢著這種境況又尷尬，想讓人給摁上一摁都不能夠。

這時外面傳來梁遇的聲音，篤篤敲著門說：「月徊，我送吃的來了。」

月徊「哦」了聲，「門沒插，您進來吧。」

梁遇進門見她端端坐在床上，也沒說什麼。把托盤裡頭的菜一盤盤放到桌上，「預先打發人報了信兒，莊子上人手少，還是來不及置辦，粗茶淡飯的，將就用吧。」

月徊斜眼一看，既有醬肉又有地三鮮，無論如何稱不上粗茶淡飯。

她跑了一天，這會兒饑腸轆轆正餓得慌，可惜腰不頂事，它不聽使喚。梁遇問她怎麼不過去，她還要顧全面子，「我暫且吃不下，先擱著吧。」

結果胃裡唱了一齣空城計，梁遇聽得真真兒的，似笑非笑道：「到底是吃不下，還是站不起來了？」

月徊起先還繃著，後來不行了，哭喪著臉說：「我腰疼，八成是上回板著落下的病根兒……您給我摁摁。」

梁遇嘆息，「早說多好，寧願走慢些，在安次打尖兒。」

月徊說不成，「我不能讓您看輕我。」

就是這股子執拗勁，寧願多吃些苦頭。梁遇沒法子，提袍登上腳踏，才要坐下來，聽見她叫「等等」。

「怎麼了？」他打量她的神色，「實在不成，叫個大夫來？」

趴下的月徊回了回手，指向桌上盤子，「拿個饅頭來給我，我先墊吧墊吧」

有人幫著鬆筋骨，自己趴著吃饅頭，這樣日子還是很愜意的。

哥哥手法不賴，用力均勻，想是早前貼身照顧皇帝練就的。這是他第二次給她按腰，上回板著大頭朝下，被罰得頭昏腦漲，沒顧上細品有多受用。現在腦子不糊塗，便能感覺到他每一寸的移動，每一個精準的落點。疼是真疼，但疼中又帶了點暢快，月徊狠狠咬口饅頭，歪著脖子閉上了眼睛，「您多給我按按，明兒我還能再跑八十里。」

梁遇說行了，「別逞口舌之勇了。妳以前沒趕過遠道兒嗎？」

月徊說沒有，「我騎馬給人送過貨，也就是豐臺到門頭溝那麼遠，主家兒還特別心疼走騾，不叫打鞭子，得慢慢騎著。」

梁遇聽得直皺眉，「這麼著妳也敢揚鞭一氣兒跑幾十里？」

月徊說：「不是您先跑的嘛。」

「我……」梁遇回頭一想，還真是自己先跑的，一時竟答不上她的話。不過這會兒也不是拌嘴的時候，得教她點訣竅，才不枉吃了這回苦。於是拇指抵在她的脊椎上，輕輕壓了下，壓得她跟兔兒爺呱嗒嘴似的，一下子叫喚起來。

他也不理她，逕自說：「全身的分量不能壓在腰上，得往上提。人也不能硬坐在馬鞍上，馬在疾馳的時候妳得腿上使勁，把自己撐起來，人要微微懸空，這樣就算有顛簸有閃失，也來得及應對。」

月徊聽完才明白，她是一屁股實敦敦坐住了馬鞍，這才顛得渾身幾乎散架。

她唉聲嘆氣，「您怎麼不早告訴我呢，等我殘了您才說話，這不是成心坑我嗎。」邊說邊指指下半截，「我屁股也疼，嗳，最疼就數那一處。」

可是梁遇的手卻徘徊不下，只停在腰窩往上那片，再沒有更進一步的行動了。

月徊問怎麼了，她不大忌諱男女大防那套，因為跑船時經常是男人打扮，有時候扭著腰了，傷著腿了，也叫小四給她按按。

可梁遇卻說不成，「那裡不能摁。」

月徊覺得奇怪，「小四能給我摁，您怎麼就不能？咱們那麼親的親人啊，您就忍心讓我忍著疼。」

「別老拿小四和我比，憑他也配！」他蹙眉道：「他是個沒讀過四書五經，不知道禮義廉恥的混混，眼下有我栽培才稍稍像個人，妳老念著他做什麼？」

月徊知道哥哥不喜歡小四，見他又出言擠兌小四，當下就不稱意，嘟囔著抱怨，「自己做得不及人家好，還有臉說人壞話。」

梁遇被她呲打得氣惱，怪她什麼都不明白，就知道給他上眼藥。

如果他是她嫡親的哥哥，他就不會有那麼多的避諱，那麼多的困擾。他只是害怕自己的那點齷蹉心思輕慢了她，她不知道，僅僅是摁了一回腰，他生出多少綺思來，懸著的半口氣化成熱浪升上臉頰，只是她看不到。

果然人到了這樣年紀，有些本能壓不住。如果沒有她，他也許會孤獨終老，但她來了，他心裡渴望又敬畏，不敢褻瀆。從某種程度上來說，他有些懼怕這傻乎乎的孩子，害怕她的眼睛，害怕她直龍通的心思，害怕她衝口而出的話。

果真她又拿話激他，不就是在那不敢遐想處摁一摁，小四能做，他怎麼做不了！他勻了勻氣息，將兩手壓上去……不同於那楊柳細腰，又是另一種感觸，讓人不安，讓人臉紅心跳。

「噯，您的手法好！」月徊讚嘆不已，「到底是拿皇上練過手的，我何德何能，何德何能啊……」話裡很有小人得志的味道。

手上觸感不敢細品，只是經歷了這一回，心頭某根弦絲被撥得嗡然有聲。盛時的話開始搖搖欲墜，其實他並不在乎外頭怎麼看他，橫豎太監沒有一個好東西麼。他只是顧忌月徊的處境，顧忌九泉下亡父亡母的看法，單這兩點，就阻斷了他所有的想頭。

然而這尋常不過的皇莊小廂房，粗製的家什簡陋的擺設，還有桌上平平無奇的油燈，交織出一個奇幻的世界，讓他有些忘乎所以。從脊背到腰臀這一線密密地按壓，姑娘纖細的身軀在他掌下舒展，那是一種別樣的體驗，名正言順滿足他的衝動，他一面愧怍，一面狂喜著。

「如何？」他俯下身子問。

她綿長地「唔」了聲，「舒坦透啦。」

月徊閉著眼，饅頭滾在了枕頭旁。不知什麼時候起她已經忘了吃，光顧著享受哥哥的體貼，享受這得來不易的親近了。

真好，長得漂亮，手握大權，還會伺候人，這種男人哪裡去找！雖說有了殘缺，但她心裡並不拿他當殘廢看，畢竟那些豬頭狗臉還一身臭毛病的男人，除了多塊肉，給他提鞋都不稱頭。將來不知哪個女人能有這樣福氣，哥哥以後還是會找個伴兒的吧？她想起這些就不高興，自私地巴望著他永遠乾乾淨淨的，別讓那些女人玷污他，反正這世上沒人配得上他。

不過他那雙手帶來奇異的感受，纏綿迂迴在她背上施為。她終於生出了妹妹不該有的羞赧，心頭擂鼓般急跳，腰頓時不痠了，屁股也不痛了。只覺一蓬蓬熱氣湧上來，這四月天，熱得叫人受不了。

「哥哥您受累，歇一歇吧！」月徊趴在枕上，盯著面前紗帳的紋理說。

背上那雙手停下來，卻沒有挪開，隔了好一會兒才聽見他問：「好些了麼？」

月徊胡亂敷衍：「好多了，真的好多了……」

於是那雙手往上挪，落在她的腰上，略了用了點力氣幫她翻轉。月徊正心虛著，被他這麼一帶，只得面朝上仰臥著。這就有些尷尬了，他們一坐一躺，一上一下。梁遇在燈影裡溫潤如玉，沒有稜角，他看著她，看了半天，最後明知故問：「妳臉紅什麼？」

月徊噎了下，抬手摸了摸，「這不是臉紅，是趴得久了血上頭。」

他聽了，一手撐著床板，那雙眼睛生了鉤子般，輕聲問她：「我和小四，究竟應不應該放在一處比較？」

月徊的心都快從嗓子眼兒裡蹦出來了，心說哥哥這好勝心實在太強了，為了和小四一較高下，連美色都能出賣。

瞧瞧他，頰上薄薄一層桃紅，月徊和他重逢了那麼久，他一直是個八風不動的脾氣，連臉色都可以控制得宜，真不明白他是個什麼怪物。對於他的臉，她當然是極滿意的，但要是一直這麼巴巴兒盯著看，她也會緊張的。

月徊立時就服了軟，「不該、不該……您和他不一樣，他還是個孩子，孩子明白什麼，在背上走馬似的，也沒個章程，就是亂摁。」

他點了點頭，「往後記住了，別事事總拿小四來比較。他不過是個野小子，和妳一塊兒吃過兩天苦，妳還認他是弟弟也由妳。可妳得記好了，他是外人，和妳不同心。對外人就該有個對外人的樣子，別親疏不分，哥哥可是要生氣的。」

月徊惶惶愕著兩眼，點頭不迭，「知道、知道……小四是外人，哥哥是內人，我到死都記在心上。」

她不過腦子信口應承，梁遇臉上警告的神情忽然淡了，極慢地浮起一點暖色來，偏過頭嗤地一笑，「什麼內人，這詞兒是這麼用的麼，成天胡說！」

好了好了，他不板著臉一本正經，月徊就覺得自己能喘上氣來了。她甚至調整出一個很愜意的睡姿，撐著腦袋說：「哥哥，咱們這回南下途徑那些州郡，會有好些人來巴結您吧？就像前頭那個皇莊上的莊頭給您送馬似的，後頭會不會有人給您送美人啊？」

梁遇認真思忖了下，「少不得。」

「少不得？」她立刻酸氣撲面，「那您打算怎麼應付？」

他失笑，「應付什麼？送了便送了，這一路上沒個女人不方便，留下做做針線也好。」

月徊撐起身，對他的說法大為不滿，「哥哥您瞧瞧我……」她把自己的胸口拍得邦邦響，「我是女人啊，您看不出來嗎？」

他像是頭回發現真相似的，果真仔細看了她兩眼，「妳是女人？」邊說邊搖頭，「妳和別的女人不一樣。」

他意有所指，月徊蒙在鼓裡，反正覺得自己被侮辱了。

「怎麼不一樣？我也有屁股有腰！」她大呼小叫，「我今年十八了，十八的姑娘一枝花，您不誇我就算了，還說我和別人不一樣，我是缺了胳膊還是少了腿啊？」

她聒噪起來真是要人命，分明心頭湧動著纏綿的情愫，被她這麼一叫，全叫沒了。

「好了好了……」梁遇招架不住，「我的意思是妳也沒帶個貼身的丫頭，要是真有人送姑娘，妳就留下，留在身邊伺候也成。」

「然後好天天兒在您跟前晃那大胸脯子。」她怨懟地說：「您就是不吃，看著也香。」

梁遇被她堵得上不來氣，「妳這丫頭，存心胡攪蠻纏？」

她說就是不成，「我不要人伺候，自己一個人能行。」

「行什麼，像現在，有個丫頭在身邊，不也方便點嗎。」

「沒什麼不方便，有您。」

這下子梁遇真沒話說了，她執拗起來雖氣人，但對哥哥的那種獨霸的心思真是路人皆知。

梁遇態度緩和下來，「那妳到底是什麼意思？一概拒之門外，是麼？」

她說是啊，「這樣顯得您高風亮節，別像那個汪太監似的招人笑話，我是為您的名聲考慮。」

他慢慢點頭，輕輕嘆息，「我明白了，往後身邊除了妳，不留一個女人。」

月徊咽了口唾沫，發現這話聽起來彆扭，但又莫名舒心。她強烈地唱反調，不就是為了這個麼。

她還在渾渾噩噩，梁遇的暗示也只能點到即止。有時候看著她，心裡難以言說地悲哀，明明人就在眼前，卻要謹守最後的底線，邁出一步退後兩步，隔江隔海地，望人興嘆。

那些錦衣衛和番子的吵嚷逐漸平息了，時候不早了，他站起身說：「妳歇著吧，好好睡一晚，明早起來看境況，要是不成，仍舊用車輦。」

他轉身走出去，月徊坐在床上，看著他的背影直發呆。打從他認回她起，她就一直對他不懷好意，斷絕了十一年的親情其實很難續上，她以為過陣子會習慣的，可是現在小半年都過去了，越相處越喜歡。

她抹了把臉皮，「禽獸不如！」

不知道哥哥有沒有察覺她的不正常，就算察覺了，怕也沒法子和她明說，畢竟還得顧念兄妹情義。難道直剌剌告誡她，「哪怕我生不出孩子來，咱們倆也不可能」嗎，那這段手足之情成什麼了！

唉，無比憂傷，月徊扭頭看窗外，天邊一輪小月懸空，她心裡頭也七上八下。糊里糊塗睡了一晚，第二天起來腰疼沒見好，可也不願意這麼多人為她耽誤行程。梁遇問她怎麼樣，她樂呵呵說全好了，然後咬牙重新上馬。這回記著他的訣竅，不再扎扎實實坐在馬鞍上了，又是幾十里下來，等到了天津針市街的時候，那種疼痛消散了，大概是疼到了一定的程度，身體已經妥協了吧！

針市街後有條三岔河，從三岔河乘船入海河，碼頭上有預先準備好的福船。因著要連續在江海上漂泊，那船必定又大又結實，月徊跑碼頭，什麼哨船、平頭船都見過，當初曾經在大沽口有幸見過一回福船，那份大，邊上鷹船對比之下，像小雞子兒似的。

福船是戰船，像她這種平頭百姓，本來連靠近都不能，這回又是沾了哥哥的光。她站在岸上仰頭看，看見層層疊疊的桅杆和帆，艙樓建得高大如城，心說這船坐著可穩當啦，不像那些漕船，船艙裝滿糧食，船舷壓著水面，人在上頭心發慌。

月佪上了船如魚得水，她在甲板上撒歡，上去看了炮口，檢查了護欄，還拿胳膊比了比錨繩——好傢伙，怕是連大腿都不及它粗壯。

梁遇要和幾個千戶商量剿滅亂黨的計畫，倚著太師椅閒散地說：「聲勢越大越好，一則壯了朝廷的威望，二則給紅羅黨時間集結人馬，咱們好來個一網打盡……」

結果她大呼小叫：「督主，這個太大啦……您快瞧啊……」

梁遇吸了口氣，「兩廣總督衙門……」

「這炮射程有多遠？船底吃水這麼深，就算遇著風浪也不怕，是吧？」

梁遇吸進去的氣又吐了出來，邊上的隨堂和千戶們都訕訕看著他，他抬手撫了撫額，「容後再議，先起航吧。」

可是誰也沒想到，威風八面的督主也有崴泥的時候。他暈船，暈得連人都不敢見。月佪打開隔壁的小窗探過腦袋，十分同情地說：「哥哥，這回我可真得心疼心疼您啦。」

為了在那麼多下屬面前維持體面，實在不容易。分隔兩個人寢艙的木牆上，有個可以平推的小窗，大小正好能裝進月佪的腦袋。她把臉杵進那個孔洞裡，兩隻眼睛滴溜溜地轉著，說了句哥哥愛聽的話，並且很有過去照顧他的意願。

梁遇躺在躺椅裡，臉色蒼白，微微睜開眼看了她一眼，又闔上了眼皮，「別聲張。」

月徊便嘖嘖，「您忍著幹什麼呀，叫個大夫來看看。」

梁遇偏過頭不再理會她，只聽牆上小窗「啪」地一聲關上了，很快木廊上傳來噠噠的腳步聲，她推門進來，蹲在他躺椅前問：「哥哥，您想不想吐？您等會兒，我給您拿個盆兒啊。」

她是哪壺不開提哪壺，梁遇說不動話，唯有抿緊嘴唇閉緊了眼睛。

這時的哥哥看上去很柔弱，那模樣真欠人疼。月徊摸摸他的額頭，「還好，沒燒。」又摸摸他的臉，「啊，哥哥您的肉皮兒真滑。」

一時那雙手在他臉上流連，順帶還摸了他的喉結一把。梁月徊就是那種賊膽包天，趁火打劫的人，他勉強掀起眼皮，從那道縫裡瞥了瞥她，「妳摸夠了沒有？」

「別以為我暈船，就奈何不了你啦。」月徊幫他把心裡話都說了出來，然後一臉無辜地眨了眨眼，「您別生氣，我在給您治暈船呢。」

治暈船就得到處薅一把？她還不是覺得上回自己吃了虧，這回變著方兒地想討回來。

梁遇喘了口氣，抬起手臂搭在自己額上，「讓我緩一緩，過會兒就好了。」可船在水上航行，遇著水浪上下略有點兒顛簸，人就像浮在半空中似的，總也落不到地上。

月徊說：「我知道暈船的滋味，早前我也暈，膽汁都吐出來了，後來我用了個土法子就治好了。哥哥您不想讓人知道您暈船嗎？怕叫了大夫跌份子？沒事，您找我呀，我給您想轍。」

梁遇翻江倒海著，氣息奄奄說：「有什麼法子？」

月徊答得相當有把握，「用薑，貼到肚臍眼上就好了。」

梁遇聽後，險些嘔出一盆血來，她壓根就沒安好心，別人欠她一錢，她要討回一兩來。

月徊見他不說話，又探過來仔細看他的臉，「您不言聲就是答應了？」

他匀著呼吸說不成，「換個法子。」

月徊一攤手，「只有這個最靈驗。還有一種，能夠稍稍緩解，但用處不大，就是喝醋。」說完下了定論，「這個您一定不為難，饅頭您都能蘸醋吃呢，往水裡兌上幾滴，八成難不倒您。」

她夾槍帶棒，再下一城，梁遇這會兒沒那個力氣和她爭辯，只好由得她去張羅。不一會兒她回來了，端著杯子蹲在他面前說：「哥哥，您喝了吧。」

他撐起身把這醋水咽下去，本以為味道不會太好，沒想到竟酸甜可口。

月徊齜牙一笑，「我加了糖，像我們早前在碼頭上，大夏天裡就拿它當茶喝，能生津止渴。」說著又掏出一片薑來，「為防萬一，我還帶了這個。這個得您自個兒貼，我上手……不大方便。」

梁遇自然也不會要她上手，實在暈得沒轍，外頭那些檔頭和千戶們還等著商議後頭的部署，總不見人也不成。到了這個裉節兒上，只好死馬當成活馬醫，從她手裡接過來，解開了鸞帶揭衣裳，見她還看著，手上便頓住了。

月徊會意，立刻轉過身去，嘴裡喃喃感慨著：「有時候啊，我覺得您比我更像姑娘。您不知道，我多羨慕您這樣的精緻人兒，我也想端著，有人和我說話的時候，我也斜著眼睛瞧人，可惜我這臉，長得不像那種冷美人模樣。」她一面說，一面嘆氣撫撫自己的頰，手感豐盈，有點顯胖。其實不是真胖，她自小就是這種長相，哪怕在運河邊上討生活，臉盤子小了一圈，看上去也是嘟嘟的。

她在那裡長吁短嘆的時候，梁遇依她所言把薑片貼在了肚臍上，等蓋好衣裳，方讓她轉過身來。

打眼瞧她，她愁眉苦臉，他淡淡笑了笑，「面如滿月，是有福氣的長相。」所以哥哥就是會說話，心裡那點不稱意，也因他一句開解緩和了許多。

月徊取過邊上摺扇給他打扇子，「再忍一忍，馬上就會好起來的。」扒著躺椅的扶手又看了他兩眼，「您說，咱們為什麼一點兒都不像？」

梁遇心頭趔趄了下，茫然望著艙頂說：「興許……咱們真不是親生的。」

月徊被他這麼一說，澈底沉默了。

這個問題，其實早在宮裡時他就不只一次提起過，頭一回問她要是沒有哥哥了會怎麼樣，第二回是正月十五那天，忽然就不讓她管他叫哥哥了。這是第三回，頭兩回要是玩笑的話，那第三回就讓她真正有了不好的預感。也許是駱承良辦事不力，隨意拉個人來湊數？還是他早聽說了她的那條嗓子，有意認親拉攏她，好讓她死心塌地為他效力？

「您是不是有事瞞著我？」月徊連扇子也不打了，腦袋往前探了探，「我不是梁家的孩子？您說的敘州，還有爹娘的遭遇，都是假的？」

梁遇曾不只一次設想過和她談起身世時，她會有怎樣的反應，腦子裡演繹得再多，真到了這節骨眼上，卻還是猶豫不前。

如果真找錯了人，那一切的痛苦就不存在了。如今是十四年的養育之恩在，自小和月徊的情誼也在……他重又閉上了眼，「我不舒服，別說了。」

可這話題是他發起的，眼下叫停的也是他，月徊站起身道：「梁掌印，您是不是看上了我的絕活兒，才將錯就錯認下我的？原來我是您的棋子！」這麼一說，苦情的成分立刻增加了，不由擠出了兩滴眼淚，「您怎麼能這麼欺騙我的感情吶，我可是拿您當親哥哥來著。」

梁遇直倒氣，「月徊，我正暈船呢。」

月徊心想你要是真這麼惡毒，那就別怪我趁你病要你命了。

「您今天得給我句准話，我不能糊里糊塗認了祖宗。您說，我到底是不是梁家人，不是我就下船，游也游回岸上去。」

梁遇招架不住，蓋著眼睛反駁：「我何時說妳不是梁家人了！」

不是梁家人的是他啊，該游回岸上的也是他。他簡直有些灰心，這件事一直這麼懸著終不是辦法，待他好一些了，找個合適的機會，還是向她說明白的好。至於她會是什麼想法，便不由他做主了。到時候聽天由命，她要是想離開，他也沒有道理挽留她。

只不是現在，現在自己的情況，實在沒那力氣應付她。他粗喘了兩口氣道：「我渴，妳給我端杯水來。」

雖然他老是陰陽怪氣說些她參不透的話，但也不能眼看著他渴死。月徊一面倒水，一面自言自語著：「我的心眼兒真是太好了，有人這麼算計我，我還伺候他呢。再瞧瞧有些人，面上心疼妹妹，其實心裡不定憋著什麼壞。」

她指桑罵槐，梁遇覺得好笑。撐身坐起來，也不知是那醋茶的功效，還是薑片真對治療暈船有用，這會兒已經不像先前那樣天旋地轉了。只是生薑貼在肉皮兒上，時候一長就泛起火辣辣的疼來。探手要去摸，月徊說時候不到前功盡棄，他只得收回手繼續忍耐。

水喝完了，月徊問：「您好些沒有呀？」

他點了點頭，「過會兒讓他們進來議事。」

月徊不大贊同，「還是好利索了再說吧，在我面前丟臉我不笑話您，在那些千戶面前丟臉，往後威望可掃地嘍。」說罷繼續拿扇輕搖，「哥哥，咱們這就往大沽口去了，您說上南苑接人的船會走內陸呢，還是也走咱們這條航道？」

她又在記掛小四，梁遇不耐煩，「這得看掌事的怎麼安排行程。」

哥哥語氣不好，月徊也不捅那灰窩子，心裡只是期盼著能在海上遇見小四。他一去好幾個月，從沒單獨出過門的孩子，不知能不能好好照顧自己。東廠的番子又是些眼睛生在頭頂上的，萬一哥哥悄悄囑咐他們給小四小鞋穿，那可怎麼辦！

梁遇呢，畢竟是練家子，對於身體的掌控顯然要比一般人強得多。使上土法子再休息半日，到了將入夜的時候，已經恢復得差不多了。

他在躺椅上睜開眼時，月徊還趴在扶手上，美其名曰照顧哥哥，也沒虧待自己。扇子早不知落在哪裡了，睡的時候比他還長，緊緊靠著他的胳膊，鼻息咻咻如幼獸。

十八歲了，可在他眼裡仍是一團孩子氣。他的記憶總不時倒退到她六歲那年，依稀相似的眉眼，鬧起脾氣來眼睛沒紅鼻子先紅，莫名讓人生出許多不捨來。

他抬起手，極輕地捋捋她的頭髮，在經歷了那麼多的人間疾苦後，他以為自己已經喪失了繾綣的情懷，老天爺留下個月徊，就是為了讓他知道自己還活著。她的頭髮，她的臉頰，無一處不讓他歡喜。他含著一點笑，悄悄撚了撚她的耳垂，她的耳垂很大，將來必不會再過苦日子了……

忽然她動了下，直起身揉了揉眼睛，「我是不是該扎耳朵眼兒了？」

她總能一下子岔出去十萬八千里，梁遇正要答她，夕陽餘暉在門上照出一個人影來，門外響起楊愚魯的嗓音，輕聲細語道：「老祖宗，用膳的時候到了……」

他一天沒吃東西，卻也不覺得餓，揚聲讓那些千戶進來議事，一面吩咐月徊：「先回自己艙裡，晚飯有人給妳送過去。」

月徊「哦」了聲，老實退回了自己的屋子。他的撫觸還留在耳垂上，她抬手摸了摸，暗道摸我像摸狗似的，雖然高高在上但也充滿憐愛，假的摸不出那種情懷來。

關於親與不親，實在是個兩難的選擇。月徊私心作祟起來，覺得不是親的沒那麼糟糕，但照著過日子來說，好不容易找到的根，斷了可惜，她不想變回沒爹沒娘的浮萍。

側耳聽隔壁，那頭嘈嘈切切只管商議剿滅亂黨的部署。月徊喜歡哥哥大庭廣眾下不怒自威，正兒八經的模樣，當初沒認親的時候，梁遇大名就如雷貫耳，她雖覺得他是當朝的大奸賊，也不能否認他一手遮天的能耐。

那些千戶們，在外可都是呼風喚雨的人物啊，早前她在市井裡混飯轍，酒樓茶館兒裡來個百戶就呼呼喝喝不可一世。千戶是更大的大官，愛踹人就踹人，愛拔刀就拔刀，誰敢說半個不字。可到了梁遇面前，一個個俯首貼耳，都成了尋常人家的小兒子，果然惡人還需惡人磨。

那頭梁遇把派往兩廣分頭行事的人手定下，站起身道：「出了大沽口，調一艘海滄船先走……」話說了一半，臉上神色一僵，只覺一件異物從臍上滾落，停留在褻褲裡，位置不尷不尬，十分難纏。

可惜不便去摸，他只得假裝閒適地將手扣在鸞帶上，緩緩踱步，直到踱得背對眾人，才悄悄抖了抖綾袴[3]，一面操著淡然口吻說：「目下兩廣皆有紅羅黨分布，倘或不能把他們趕到一處，就需逐個擊破。」

那片薑終於從褲管裡落下來，隨著他的步子落到艙板上。他抬起描金皂靴一腳踩住它，雖然回頭時發現眾人都在看著他，他也仍舊從容不迫，當做什麼事都沒發生過，「萬海樓率兩隊錦衣衛趕赴廣西，到了那裡和三檔頭匯合。咱家知道那位葉總督難纏，

3　袴：便於跨馬騎背的敞口褲，有四幅八幅之分，見日式傳統。

且留著他，等咱家親自收拾。」

這種泰山崩於前而面不改色的氣度，實在令人驚嘆。眾人嘴上應是，注意力全在督主腳底那片薑上。這是暈船了啊，需要拿薑強壓，督主竟連身邊的人都沒知會，和月徊姑娘合計合計就治完了，實在不簡單。

梁遇知道他們在琢磨什麼，寒聲道：「怎麼？對咱家的安排有異議？」眾人回過神來，忙說不敢。千戶萬海樓響亮地應了聲「標下領命」，從他身旁繞過，卻行退了出去。

梁遇負著手，傲然看著他們一個個從眼皮子底下溜走，等人都散盡了，方長出一口氣，彎腰把薑片撿了起來。

先前被薑覆蓋的地方有點不適，他見左右沒人，抬起鸞帶隔衣蹭了下。沒想到蹭過之後刺癢加劇，忙掩門解下了腰帶，疑心那片肉皮兒被灼傷了。

原以為躲在艙裡背人抓撓，就不會有人知道，豈料牆板上小窗又拉開了，月徊的腦袋再次從後面探出來，覥臉笑著問：「哥哥您癢癢了吧？我這兒有解毒膏，我來給您抹抹吧！」

梁遇變了臉色，作勢要打她，氣惱地說：「關上！往後不得我允許，不准開這扇窗！」

既然不讓開，那要這窗戶有何用呢。其實月徊一直沒想明白，為什麼兩個艙房要有這麼個窗戶連著，她扒在視窗說：「像過仙橋似的，是為了讓咱們睡下能聊天嗎？」

她張嘴就沒好話，過仙橋是墓葬形制，兩個墓穴間有小窗相連，便於夫妻合葬後靈魂往來。雖然寓意很不好，但些微牽扯了一點不可言說的心事，梁遇便沒有責怪她。

「這小窗原本是作情報往來之用的，以前的福船不讓帶女人，誰想到妳會把腦袋伸過來。」他嘴裡說著，被禍害的那一處癢得厲害。癢還不同於痛，是世上頂難熬的一種折磨，實在忍不住了，便問：「妳那個解毒膏……能治麼？」

月徊說當然，「這是民間的藥，對濕癢有奇效，不單能止癢，還能防蚊蟲叮咬。咱們不是要上兩廣嗎，那兒天熱，我多帶些，以備不時之需。您既然不讓我給您抹，那您自個兒來吧！」她說著，試圖把一個火藥桶似的玩意兒從那小窗裡塞過來，可事實證明，她帶的那桶藥比她的腦袋更大，想渡過去有困難。

梁遇簡直想不通她的腦子是怎麼長的，尋常藥不就是個掌心大的罐子嗎，她買藥拿桶裝。

「您這是唯恐藥賣斷了貨？」

月徊說不是，「咱們一行這麼多人，一人摳一點兒，怕還不夠用呢。」

可見帶姑娘出門就有這宗好，她的未雨綢繆全在男人想不到的細微處，雖然摸不準她的路數，但不可否認，必要的時候很解燃眉之急。

藥桶塞不過來，月徊爽快地拿手指頭一剜，遞了過去，「來，露出您的肚臍眼兒，我給您抹。」

這像什麼話，梁遇這麼好面子的人，絕做不出這種事來。

他一手壓著衣襟，氣悶地說：「妳還嫌我丟人丟得不夠？剛才那塊薑掉下來，那麼些人，哪個沒瞧見？」

窗戶這頭的月徊很無辜，「這個怎麼能怪我呢，我只管給您治暈船，您要見人的時候怎麼不把它取出來？分明是自己忘了，我可不揹您這口黑鍋。」

他被她堵住了話頭，生著悶氣在地心轉了兩圈。

月徊的手還搭在視窗上，「您到底抹不抹？我可告訴您，今晚不擦藥，至多紅腫上銅錢大一塊，明兒可了不得，碗大一塊，您自己看著辦吧。」

要是沒記錯，梁遇由來是個極愛惜自己的人。她還殘留著一點舊日的記憶，印象中他洗毛筆的時候從不拿手捏筆尖，不留神蹭到了一點墨蹟都能讓他大驚小怪半天，這會兒要是知道不擦藥得擴張得那樣，還不得急壞了！

所以啊，要說他們不是親兄妹，實在不可信，畢竟她也沒有全忘，她對這個哥哥有印象。可這樣的印象又催生出另一種傷感來，他把身體髮膚看得那麼重，臨了為進宮報仇毀了自己，想起這個，就覺得他的喜怒無常都是可以被包涵的。

果然梁遇猶豫了，但也絕不會挺著個肚子把肚臍眼送過去。最後伸出手指蘸了她指尖的藥，趄身避開她的視線自己塗抹。那藥並不名貴，狗皮膏一樣的顏色，塗上肚臍就黑了一圈，他甚至要懷疑是不是這丫頭成心坑他了。不過再品品，藥效確實不錯，擦上即刻就止了癢。他正要誇一誇民間也有良藥，卻聽月徊說：「您留神別蹭著衣裳，得把衣襟支稜起來。」

梁掌印還是不可避免地覺得自己被她愚弄了，再也不想讓她看熱鬧，回手關上了那扇小窗，恨聲道：「不許再開了，要是不聽話，我明兒就讓人把窗戶釘死。」

氣得月徊在隔壁抱怨好人沒好報，「就該讓您肚臍上脫層皮，要不您不知道馬王爺長了三隻眼！忌諱我開窗戶……我還忌諱您偷看我洗澡呢！」

姑娘的尊嚴要誓死捍衛，於是扯過一塊桌布，「咚」一聲拿剪子釘在窗框上。好在這木板真材實料，要是不經事點，一剪子下去，只怕牆板都要被她鑿穿了。

梁遇怔忡了下，只覺既可氣又可笑。不過鬧了一回，過會兒洗漱就放心了，不必防著她忽然又開窗，探過腦袋來說：「哥哥，我給您擦擦背。」

四月的天氣，下半晌的船艙裡已經能感受到悶熱，他胃口不佳，只吃了一碗粳米粥就打發了。待解開曳撒，才發現光撐衣襟是沒有用的，底下那條綾袴的褲腰上沾了膏藥，黑了一大片。

他對著脫下的褲子嘆氣，弄成這樣怎麼叫人洗，只好自己蘸水揉搓。可惜沒有皂角，搓了半天也沒把污漬徹底洗淨，殘留的印記不去管他了，把褲子擰乾掛在臉盆架子上，自己重換一身寢衣，便躺回了靠牆的床榻上。

福船夜行，透過支摘窗，能看見河面上星星點點散落的漁火。不在朝中天大地大，連喘氣都透出輕鬆來。他側過身靜靜看窗外，因船樓建得高，人也與天更近了似的。

一輪小月懸在天邊，在遠處靜謐的河面上，投下一片顫動的光影。

隔壁的月徊不知睡下沒有，他慢慢轉回身來，隔著牆板看不見人，只有一圈又一圈木質的紋理填滿視線。他輾轉反側，到最後坐起身看向牆上小窗，猶豫了很久才探過手去叩了叩，「月徊，妳睡了麼？」

那頭沒動靜，八成還在生氣。他反省了下，確實是自己一時情急，說了兩句重話，女孩子臉皮薄，且憑著月徊這狗脾氣，少說也得有三五日不理他吧！

和她服個軟，其實不丟人。他吸了口氣，剛想開口，忽然看見小窗打開了，從隔壁伸過一隻手，玉指纖纖捏著一塊奶油鬆瓤卷，有些挑釁地揚了揚，「吃麼？」

如果說不吃，就是不識抬舉。他只得抬手去接，這種感覺，彷彿一下子又回到了小時候。

兩個人隔著牆板，各自坐在床頭吃點心，梁遇喃喃說：「早年從敘州逃出來，咱們就是坐的船。那船是條狹長的烏篷，兩邊坐滿了人，多占一個座兒就得多出一份錢，我為了省那兩個大子兒，抱了妳三天三夜，下船的時候手腳都僵了……現在想起來，當年真吃得起那份苦。」

「當年您不暈船啊？」視窗那邊的月徊問，她關心的重點永遠不和梁遇在一線上，這一問，就把隔壁的哥子問噎了。

梁遇順了口氣才道：「當年那船小，走的又是內河，不像現在，看不見船底的水。」

月徊「哦」了聲，「您這是在憶苦思甜吶，還是懷念抱我的時候了？您要是願意，我現在過去讓您抱一抱也成啊。」

梁遇仰天躺倒下來，覺得自己失策了，就不該找她談心。他心裡的苦悶她哪裡知道，大約還在恍然大悟著，以前的記憶明明都在，想說認錯了人，怎麼可能！

他閉上了眼睛，「睡吧。」

月徊問：「不聊了？」

他「嗯」了聲，「不聊了。」

然後牆上小窗「啪」地一聲關上了，動靜之大，在寂靜的夜裡足夠嚇人一跳。

風帆鼓脹，水路能日行二百里。大沽口是海河入海口，只要越過那個要塞，便是無邊水域。

原本大鄴對海防尤其看重，這條水路上也不會有任何驚喜，可是正當梁遇高枕無憂，站在瞭望臺上遠眺四方時，一艘規格略小的寶船闖進了視野。那船的桅杆上掛著一面錦旗，因距離太遠看不清楚，一旁的秦九安見狀，忙遞過了千里鏡。

舉鏡遠望，發現竟是錦衣衛的行蟒旗，梁遇略沉吟了下問秦九安：「年後派往外埠辦事的廠衛，都有哪些？」

秦九安道：「除了偵辦山西和平涼府的，就數往兩廣剿滅亂黨，和上南苑接人的。山西和平涼府在北邊，不走這條道兒，兩廣的差事還沒辦完，暫且回不來，剩下只有一造兒，就是傅西洲他們。」頓了頓又問，「老祖宗看，要不要靠過去？興許那頭有事要回稟。」

梁遇說不必，「時間緊迫得很，別耽誤工夫。」

誰知話才說完，就見月徊在看臺底下蹦躂，「靠過去吧，耽誤不了多少工夫的。就看一眼，我看一眼小四，您看一眼宇文小姐，督主……督主……」

如果不聽她的，結果會怎麼樣？可能這一路都別想太平，她會沒完沒了絮叨到廣州。

梁遇打量了秦九安一眼，秦九安也沒轍，猶豫道：「要不……就依了姑娘的意思吧！」畢竟回頭她和老祖宗吵起來，倒楣受牽連的還是他們這些當下屬的。

梁遇嘆了口氣，「讓人打旗語吧。」

秦九安應了個是，快步下去傳令了。

低頭往下瞧，月徊咧嘴衝他直笑，他有些不高興，「妳怎麼還聽壁角？」

月徊當然不承認，「我不過恰巧從底下經過，秦少監恰巧提起了傅西洲，怎麼能是聽壁角呢，分明是天意。」

天意讓他們在海上相遇，因此月徊便一心一意等著小四的寶船靠過來。

近了近了，近得能看見桅杆了……近得能看見船舷了……終於船與船之間搭上了跳板。一隊腳步聲傳來，月徊看著那些廠衛跳上甲板，一眼就從人堆裡找見了小四。

這小子的那身白皮，哪怕在外頭風吹日曬了幾個月，也照樣扎眼。風華正茂的少年人，隔上一陣子不見就有很大的改變。月徊看他長高了不少，人也壯實了，眼神裡透出一股子野生的，無畏無懼的韌勁兒來。

眾人抱拳向梁遇行禮，一聲「督主」叫得驚天動地。

梁遇漠然點了點頭，「差事辦得還順利麼？」

掌班千戶俯首道是，「遵督主的令兒，屬下等幸不辱命。」

梁遇的視線從小四面上輕飄飄劃過，又望向那艘寶船，「南苑王府送嫁的，是哪一位姑娘？」

千戶道：「是南苑王府的二姑娘，今年十五，閨名珍熹。」

南苑宇文氏是錫伯族後裔，早年作亂被先祖皇帝馴服，先祖唯恐異族反叛之心不死，便圈在了都城金陵。後來大鄴遷都北京，宇文氏又慣會做小伏低，幾輩兒下來似乎已經澈底臣服了，到了明宗時期便將南苑劃作他們的封地，成了一方諸侯。

宇文氏善戰，但更大的名氣卻在於美，無論男女都生了一張傾國傾城的臉。曾經有傳聞，說宇文的祖先是狐狸，不管這傳聞是真是假，宇文氏美貌過人，也是不可否認的。

既然遇上了，就得去見一見，畢竟將來要在宮裡打交道的。梁遇率眾往寶船上去，月徊忙不迭跟在後頭，一面伸手來牽小四，細聲問他：「這陣子好不好？在外頭沒受委屈吧？」

小四見了她，按捺不住心頭的喜悅，握著她的手說：「一切都好，您放心。不過您怎麼出宮了？這是要往哪裡去？」

月徊說：「我跟著哥哥上兩廣打亂黨去，看形勢，怕是要到入冬才能回京。」小四說不成，「一個姑娘家，打什麼亂黨！我聽說南邊紅羅黨猖獗得很，萬一對壘起來，哪個顧得上您？還是跟我回北京吧，我現在長能耐了，能護著您。」

月徊聽了很高興，笑著說：「我知道。瞧瞧你，又長高不少，還有這嗓門兒也變了，往後可是大人啦。」

她這麼一說，小四就臉紅起來，囁嚅著：「男人長起來一晃眼……」

他們喁喁低語，忽然一個冷透的眼風殺到。月徊和小四都察覺了，當下不敢多言，忙匆匆跟了上去。

宇文家是世家大族，教養出來的姑娘自然舉止得體。梁遇方登上甲板，便見左右僕婢侍者，以他們的規矩向他納福打千兒。艙樓前盛裝的姑娘梳著把子頭，含笑盈盈參拜，打眼望過去，當真是清顏玉骨，驚為天人。

月徊看得直愣神，嘴裡喃喃：「世上真有這麼好看的姑娘啊，我以前白活了……」

像一般有些姿色的女孩，她還防著她們想勾搭哥哥。這位不一樣，只要她開口，月徊絕對二話不說，用力在哥哥背後推上一把。

因著宇文姑娘還沒正經受封，梁遇淺淺還了一禮，笑道：「郡主一路辛苦了，原本咱家該在京城恭候郡主的，沒曾想遇著了公務要往南邊去，在海上能遇見，也算有緣。郡主且放寬心，咱家已經交代底下人，郡主進宮後好生侍奉。郡主初到京城，想是會有些許不便，不要緊的，缺什麼要什麼，只管吩咐司禮監，他們不敢不盡心。」

宇文姑娘真是那種美到骨子裡去的女孩兒，妙目婉轉，舉手投足都如一道流光。極溫雅的聲線，極自矜的語氣，微微頷首道：「我曾聽我阿瑪說起過廠公，今日一見，果然高山仰止，令人敬佩。」邊說邊讓禮，「阿瑪說我們南苑常得廠公照應，我入京頭一樁事便想拜會廠公。如今既在海上相遇，就請廠公屈尊，入我艙房小坐，我給廠公敬一杯茶，聊表心意。」

他們你來我往，相談甚歡，哥哥進去喝美人茶了，月徊惆悵地嘆了口氣。

人和人果真是有差別的，先頭王貴人戀慕哥哥，哥哥還推三阻四，換成這位，只要眨一眨眼，別說哥哥，就連她也找不著北。

# 第十九章　參差雙闕

不過他們在裡頭說話，月徊正好能和小四獨處一會兒。自打她認親以後，由於哥哥的多番阻撓，她和小四見面的機會屈指可數。本來繡好了鞋墊想親自送給他的，沒曾想計畫又被打亂，最後連鞋墊子都被哥哥給昧下了，她在小四跟前可說沒盡過心，這麼一想只可同患難不可共富貴，說起來有些不堪。

今兒海上風平浪靜，月徊和小四扒著船舷朝遠處眺望。身後是往來的廠衛，但並不影響他們重逢的快樂，月徊感慨著：「我又想起咱們小時候啦，跟著漕船跑，變天了給糧食蓋油布，天晴的時候站在艙頂上趕麻雀，那麼勞累的，就為了糊口。現在吃得飽穿得暖，各有各的差事了，想見一面反而難，可見世上沒有兩全其美的事兒，該知足，可我有時候又不心甘。」

小四瞧了她一眼，「我想使勁往上爬，就是為了有朝一日能讓您既有錢使，又讓咱們在一處。以前雖說窮些，窮得挺快活，現在咱們各歸各了，就憑剛才督主那個眼色，咱們嚇得大氣兒不敢喘，這口飯吃得還是挺窩囊。」

月徊笑著，伸過手拍了拍他的肩膀，「有一得必有一失，男人大丈夫看開點。橫豎我是不吃虧的，他是我哥哥，不能把我怎麼樣，我在人前老老實實，人後我還能窩裡橫。至於你啊，上江南辦了回差事，還見著了這麼美的美人兒，也算開了眼界。」說起那位宇文姑娘，真叫人豔羨。月徊托著腮幫子，看著水面上偶爾攪起的小漩渦喃喃，「以前老聽說宇文氏出美人，沒想到是這麼個美法兒。你看見沒有，她眼睛裡頭有個金圈兒，我從沒見過眼睛長得那麼別致的人。」

小四沒言聲，月徊看見的美還只是表面，要是那雙眼睛緊緊盯住你，你就會落進一個無底的陷阱裡，爬不上來，有滅頂的危險。

「其實女人長得太美也不好。」小四彆彆扭扭說：「美色害人，不是害了自己，就是害了別人。」

月徊卻毫不掩飾自己對美的嚮往，「要是我能長出那麼一張禍國殃民的臉來，還怕害人？害了人，人也心甘情願啊。」一頭說，一頭斜眼覷小四，「你才見過幾個女人，就生出這麼一番感慨來。」

小四囁嚅良久，給自己立軍令狀似的，自言自語地說：「我的心是不會變的……反正我想好了，等我有錢，就接您回來，不讓您在宮裡伺候人，也不讓您跟個小媳婦似的，在督主身邊混飯轍。」

月徊連連點頭，「我們四兒長腦子了，能這麼想著我，不枉我疼你一場。」

小四有點著急，「您到底明不明白我的意思？」

月徊說：「明白什麼？女大三，抱金塊？」

其實她哪能不知道呢，少年情懷總是詩嘛。相依為命得久了，就培養出一種生死相許的錯覺來，畢竟窮到了根兒上，一個難嫁一個難娶。

小四又紅了臉，那執拗的樣子到底還是個孩子，「您也不傻啊。」

「你才傻呢。」月徊毫不客氣地在他腦門上鑿了一下，「你到我身邊的時候還穿開襠褲呢，我是看著你長大的，對你沒那份心思。你給我老老實實的，別想那些嘎七馬八，要是惹毛了我，我還揍你。」

小四望著她，神情變得有些失望，「可我老覺得，咱們這些年的情分不容易，我該報答您的恩情。」

月徊白了他一眼，「年號都改了，你還琢磨以身相許呢？我不要你報答，只要你升官發財，往後娶房媳婦，好好過你的日子。甭惦記我，我將來還得攀高枝呢，等我升發了，再來拉扯你。」

她說得煞有介事，彷彿當真準備將來當貴妃了。可那份戲謔的心情只有自己知道，究竟進不進宮，且要兩說呢。或許南下途中遇見個合適的人，就那麼留下了也未可知，橫豎和眼前這小子有點什麼，實在是沒想過。

小四和她相依為命那麼些年，知道她看著大大咧咧，到底是個有主意的人。話都說到這份上了，還說不通，那就證明沒戲。他心裡有種難以言喻的感受，既有點難過，又像鬆了口氣。因為多年來，他心底裡隱隱總覺得自己對嫁不出去的月姐有責任，所以就算到了如今情勢下，他仍舊希望自己不要動搖，即便外面的誘惑再大。

可惜月徊不答應，她對自己有安排，也不願意老牛吃嫩草，她還想著將來快意人生呢。

小四徐徐長嘆，回身朝艙樓方向看過去，低聲道：「督主和二格格，不知會說些什麼……」

錫伯族稱為祁人，他們在稱呼和習慣上並不融漢，總有一套他們自己的規矩。像王侯的姑娘通常稱作「格格」，男人行禮垂手觸地叫「打千兒」，反正就是個說著漢話，衣著打扮乃至長相都和他們不同的異族。

月徊扭頭打量小四，「你和這位珍熹格格混得挺熟啊？」

小四怔了下，忙說沒有，「就是……天天都見面，稱呼格格方便點。」

月徊「哦」了聲，「入鄉隨俗了。」說得小四有點尷尬。

不過他們究竟說了些什麼，這也是月徊好奇的。只見議事都艙門外分別站著南苑扈從和錦衣衛，她咳嗽一聲，整了整衣冠大搖大擺過去，硬塞進了站班兒的隊伍裡。

一般神仙對話，凡人聽不懂，月徊聽見他們說什麼大道三千，說什麼成山海之意，只覺雲裡霧裡不明所以。到最後珍熹格格終於說起了湖絲甲天下，嬌聲笑道：「湖州南潯七裡產湖綢，原叫七里絲，如今改叫緝絲了。那裡有個手藝頂尖的織娘，一年才產一匹緞子，我好不容易踅摸了三匹，拿香料仔細作養著，帶進京城好贈予令妹……」

月徊心說這宇文姑娘不單人長得美，還挺會來事。這樣的容色要是進了宮，那可要了命了，小皇帝還不得夜夜撅著屁股寫彤冊麼！

梁遇的聲線淡得很，他沒有多情的困擾，因此面對人間絕色，也照舊波瀾不驚。尋常道了謝，尋常笑納了，然後又說了些客套話，千言萬語，只等他回京後再議。

終於裡頭話說完了，珍熹格格親自把人送出來，含笑道：「廠公通達，今日一番話，珍熹謹受教。」

梁遇頷首，「郡主客氣，海上風浪大，郡主宜善加保重。再行兩日便到大沽口了，進了海防要塞就是內河，水流自會和緩些，不像在海上風浪滔天。」

珍熹應了，欠身納福恭送梁遇。月徊見哥哥走了自然要跟隨，小四不捨，匆促叫了聲「月姐」。

月徊回頭瞧他，齉著鼻子道：「好生辦差，別偷懶。」

曾經的窮哥們兒一副難分難捨的模樣，梁遇回眼一瞥，沉著嘴角登上了兩船之間連通的跳板。

福船和寶船都大得驚人，並排停著像兩個龐然的怪物。船身壁立高逾幾丈，下方是湍急的海水，他負著手快步走了過去，因為不大高興，連腳底下犯怵都忘了。

月徊也捨不下小四，這回一見，下回就不知道得等到什麼時候了。可哥哥走了，雖然什麼話都沒說，但比催促還厲害呢，她著急趕上去，小四又巴巴兒看著她，最後還是那一聲「西洲」，叫住了他要追過來的步子。

月徊調轉視線看，珍熹格格掖著手，儀態萬方地站在艙樓前，臉上雖帶著笑，眼神卻是冷的。

據說這姑娘只有十五歲光景，十五歲的城府，恐怕十八歲的月徊都望塵莫及。她先前還說要送湖綢給她的，不可能不知道她就是梁遇的妹妹，然而根本無心結交，連打個招呼都覺得多餘。她只是靜靜看著小四，見小四不挪步，又輕聲加了句「西洲回來」。月徊忽然明白過來，自己養大的豬會拱菜了，拱菜之前還把刀叼來問她要不要吃肉，她說不吃，他就決定繼續拱菜去了。

月徊心裡升起一種嫁女的惆悵，深深望了小四一眼，這才轉身往福船上去。

船腹上用以收放跳板的口子漸漸闔起來，月徊趕忙向小四揮揮手，小四才抬起胳膊，那欄板就落下，隔斷了彼此的視線。

瞭望臺上角螺吹起來，綿長哀戚的聲音是起航的信號。兩艘戰船錯身而過，回歸各自的航道，月徊提著曳撒登高再看，只能看見甲板上的身影漸去漸遠，錦衣衛的行蟒旗在風中招展。

月徊耷拉著兩肩垂頭喪氣，到這會兒才想起找哥哥，可惜左顧右盼沒在甲板上找到他，便趨身往他議事的艙房裡去。

還沒進門，聽見裡頭梁遇的聲音，無情無緒道：「宇文氏雄心不滅，到底是茹毛飲血過來的，上百年都磨不平他們的性子。這回打發這位進宮，看來不是善茬，知會曾鯨好生留意她，別叫她鬧出什麼么蛾子來。」

楊愚魯道是，「這南苑王府看著溫馴順從，誰知一個姑娘就不好應付。」

一旁的高漸聲道：「上回皇上即位，南苑王進京朝賀，我那天倒班錯過了，不知南苑王是個什麼樣的人。」

梁遇倚著竹青引枕冷冷一笑，「心取山河，殺氣撲面。」

大多數人很難想像，一個長得那麼雋秀的男人，眉眼間會有淵海一樣深重的戾氣。梁遇早前見過宇文元伽，是個十足的美男子，但過於陰鬱，便有相由心生之感。

大檔頭馮坦道：「照說南苑如今富庶，可那些祁人怪得很，我在西山健銳營結交過一個兵勇，張嘴就是娶薩里甘（妻），納福七黑（妾），生孩珠子。」

「沒什麼怪的，祁人講究多子多孫。人口越多，積蓄的力量便越大。」梁遇斜眼一瞥，秀長的眸子裡滿含輕蔑，「你只當他們是為玩女人才生孩子？錯了，他們是為了生孩子才玩女人。」

馮坦嘖嘖，「倚瘋兒撒邪，怪道都說宇文是狐狸的種。」

他們裡頭商議的時候，月徊就在納悶，當初讓她假借太后的嗓子把宇文氏招進宮來，早知道是這樣，哥哥為什麼要這麼做？

人都散盡後，她挨在邊上小心翼翼求哥哥答疑解惑。梁遇臉上神色淡漠，垂眼撥弄著菩提，曼聲道：「咱們這號人，在太平盛世裡頭活不下去。河床淤塞才用得上治河人，河清海晏的，咱們靠什麼吃？」

也就是一邊治理，一邊攪局，這是司禮監的處世之道。月徊茫然點頭，想起剛才那位格格和小四的形容兒，她又有點晃神了。小四這孩子打小就不會說謊，她才剛和他提起宇文家姑娘，他就有些躲躲閃閃的，別不是幾個月的朝夕相處，處出情來了吧！

「本來小四還說，要讓我跟著回北京呢……後來怎麼就沒提了？」她喃喃自語，「這孩子怪有孝心的，使勁往上爬，是為了將來養活我。可是……那個什麼格格喊了他一聲兒，他都沒送我過船……」說完又有點心酸，想是在小四心裡，她已經不那麼要緊了。

這是吃味了麼？梁遇聽她抱怨，心裡不稱意，皺了皺眉道：「人與人之間的感情原本就脆弱，妳指望那些做什麼？妳是不長腳麼，要人送妳過船？先前整年在運河邊上跑，這會兒計較起那個來。」

月徊聽他語氣不善，拉著臉陰陽怪氣道：「您還說我？我看您瞧宇文姑娘，瞧得眼睛都發直了，您不脆弱，只是被美色迷花眼罷了。」

她指鹿為馬不是第一回，梁遇也不氣惱，一副安然的樣子，半閉上眼睛道：「宇文氏出美人，那姑娘長得不錯，也算名不虛傳。」

「不光長得不錯，還會說好聽的呢。」月徊賭氣道：「好聽的誰不會，我也誇誇您……雲山蒼蒼，江水泱泱，督主之風，山高水長。」

梁遇掀起了眼皮，「近來讀書了？不錯……」

月徊不理他，兀自抱膝坐在榻上說：「我瞧宇文姑娘對小四不一般，我聽見她叫那聲『西洲』，叫得我汗毛都豎起來了。我一個女人尚且如此，小四是男人，更不頂事了。」

梁遇一哂，「喊了聲名字，叫妳吃了半天味兒。看來娘姓錯了姓，要是姓賀，你的汗毛就豎不起來了。」

月徊被他說得愣神，這是什麼意思？賀西洲？喝稀粥？

她尖叫起來，「梁什麼，別當我聽不出來，你這是對娘大不敬！」

梁遇怔了下，「梁什麼？梁什麼！」

月徊鼓起了腮幫子，本想揚聲和他比一比誰的嗓門高，但礙於環境不便，還是壓著聲，伸出一根手指往他胸口戳了戳，「不能叫你梁日裴，當然叫你梁什麼！別給我東拉西扯，你對娘不敬，我聽出來了！」

梁遇被她這麼拿捏，有些心虛，可倒驢不倒架子，梗著脖子道：「我何時對娘不敬了，妳別亂給我按罪名。」

月徊「哼」了一聲：「娘明明姓傅，你卻要給她改姓賀。為了能壓倒小四，你連娘都豁出去了，娘要是活著，一定罵你是不孝子！」

抓住了別人的一句話就大肆曲解栽贓，這是小人行徑。無奈這小人沒臉沒皮，遇上這樣的人也只有自認倒楣。

細想想，把母親的姓氏拿出來說事確實不對，他自己也覺得虧心，便打掃了下嗓子說：「是我一時口不擇言了，今晚我會在爹娘靈前認錯的，要是他們不肯原諒我，我就跪上一個時辰。」

月徊卻又捨不得了，那兩塊木疙瘩做的靈位，能看出什麼原諒不原諒來。照這麼說，今晚豈不是必跪無疑了？

「其實……娘也不是這麼小氣的人。」她支支吾吾地說：「是我……我覺得您不該拿小四的名字打趣。」

「是麼？」梁遇覷著眼睛瞧她，「這個名字還是我給他取的，這會兒卻說我不能拿他的名字打趣？梁月徊，妳的身子坐歪了，連心都是偏的。」

月徊噎住了，「我哪兒歪了！我這人再正直不過！我是說，您幹嘛要往諧音上扯，我和您說字文格格勾他的魂兒，你管人家叫稀粥，這不是存心抬槓嗎。」

她善於和稀泥，這話究竟打哪上頭來，好像已經無法考證了。梁遇還在試圖往正道上引，「我只是覺得一個撿來的弟弟，別在他身上花太多的心思。妳送了他一程，已經是妳做姐姐的意思了，往後的路他得自己走。男人女人在一起時候長了，難免會生情愫，這是人之常情，妳不該過問。」

這段話也是他現在心境的寫照，只是身分不同，處境也不同，他的情愫到臨了也許都是單方面的，這上頭來說，他確實還不及小四。

月徊計較的是另一宗，「您不擔心麼？那姑娘可是要進宮做娘娘的啊，小四拆了骨頭才幾斤重，經得起那種風浪？」

「這也是他的路，用不著妳來操心。」梁遇涼著嗓門說：「酒飲六分，飯吃七分，情用八分，足夠了。妳管得太多，一則沒有那本事，二則也落埋怨，何必。」

月徊不說話了，仔細斟酌他的高見，半晌才道：「情用八分？這話一看就是沒動過心的人說的，喜歡一個人喜歡得死去活來，八分壓根不夠使。」彷彿她是情場老手，早就領教過什麼是情了。

所以說，勸人和真情實感自己去經歷，必然是不一樣的。他自問對月徊的情，很難僅用八分，然而在她面前講大道理，八分似乎已經夠多了，但她要是能回應，八分哪裡填得滿她的胃口。

他不再說話，轉過頭瞧窗外。海上航行永遠都是一樣的風景，看不見人煙，也看不見島嶼。只有遠處灰濛濛的水天、船舶，和偶爾略過水面的沙鷗。

「好像要變天了。」他撐著引枕說。

月徊沒往心裡去，這麼大的福船，比那些壓水而行的漕船可安全多了。海上變天是常有的事，下過一陣雨，起過一陣風，躲過那片雲，就雨過天晴了。

然而這天，確實變得有些殊異。下半晌雖天色不好，但還能從雲層之後窺見光的韻腳。等到黃昏前後，天頂忽然佈滿赤紅的火燒雲，一層堆疊著一層，邊緣鑲著藍邊，像一片片發育不全的魚鱗。

眾人都聚集在甲板上看，火燒雲見得多了，卻沒見過這樣的。梁遇從艙裡走出來，負手望向穹頂，楊愚魯帶了個船工上前行禮，一面道：「老祖宗，這人在船上多年了，很有些經驗。據說這是大風前的天象，要提點船上眾人多加留神。」

梁遇調轉視線打量那船工，「依你之見，風幾時會到？」

老船工呵著腰道：「回督主，小的在十餘年前碰上過這樣天象，當時駕的是一艘鷹船，所幸距離海灣不遠，便停了進去。風勢來得很快，大約一個時辰就到了，大風過後再看海面上，那些躲避不及的船被拍得稀碎，死了好多人，官府足打撈了半個月，連一半的屍骸都沒找到。」

看來情況不大妙，梁遇沉吟著：「一個時辰……這裡離最近的碼頭有多遠？」

老船工道：「咱們的船太大，小些的碼頭壓根停不進去。前頭倒是有個鷹嘴灣，水下沒有岩礁，只要略略停靠，借著山勢遮擋一下就成了。」

「一個時辰能到麼？」

船工道：「開足了，應當能到。」

梁遇點了點頭，「既這麼，即刻傳令下去，升起所有的帆，劃槳手分作五班輪換。要是人手不夠，就把上層的廠衛調遣過去，一個時辰之內必要抵達鷹嘴灣。」

楊愚魯和船工應個是，匆匆下去傳令了，梁遇這時方左右尋找月徊，平時總圍繞在身邊的丫頭不知怎麼不見了。他尋了一圈也沒找見她，頓時有些急了，大聲喊著「月徊」，從船頭找到了船尾。

他這裡急火攻心，月徊正端著一隻蓋碗從下層木梯上上來。見他臉色不好，舉了舉手裡的碗，「我餓了，去伙房弄些吃的……您餓麼？要不要來一口？」

梁遇寒著臉道：「海上要起大風了，別亂跑。風陣說話兒就到，妳給我上艙房呆著，不管外頭怎麼樣，都不許出來。」

月徊見他眉頭緊蹙，才意識到要出大事了。對於跑過船的人來說，遇上點風浪不算什麼，未必弄得這樣如臨大敵。不過海上和內河不同，她抬頭望天，火燒雲褪盡後，呈現出一片空洞的青灰來。風捲流雲壓得極低，彷彿一伸手，就能觸到天頂似的。

甲板上廠衛跑動起來，隆隆的腳步聲來去，看得人心發慌。月徊覷了覷他，「我這就回艙房……」走了兩步又停住腳，「我回誰的艙房？我得和您在一起啊。」

梁遇也不及多想，「去我的艙房，沒我的令不許出來。」

月徊聽了撒丫子就跑，進了他的艙房，快速把蓋碗裡的杏仁酥酪吃了，心道不管怎麼樣，就算死，也得做個飽死鬼。

福船張了滿帆，一路向南疾行，漸漸能看見遠處那狀如鷹嘴的山崖了，但也正如俗話說的，望山跑死馬。又行兩刻，鷹嘴灣在夜色裡漸漸變得昏暗，漸漸遙不可見了。

風乍起，饒是福船那麼大的船身，也被吹得搖擺起來。案頭擺著的一隻梅瓶經不住顛簸，哐地一聲砸在艙板上，霎時四分五裂。月徊惶然從艙裡走出來，見哥哥頂風冒雨站在甲板上，揚聲高呼著：「別停，繼續往前，靠到崖山那裡去。」

可是崖山眼下僅僅只能略微靠近些，船工再有經驗，也不敢斷言哪處水域一定沒有暗礁。暗礁對於船體來說，危害不比風暴小，狂風襲來未必能將船體掀翻，船底要是被鑿穿了，就只剩沉沒一條路了。

月徊自詡有經驗，但這樣的陣仗真沒見識過，昏天黑地的，一陣陣攪得她犯噁心。以前她不暈船，這回竟有些受不住了，扒著門廊吐酸水，心裡還在納罕，前幾天躺在躺椅上起不來的那個人是他嗎？船都搖成這樣了，他居然還好端端站在那裡指派眾人，果然沒有極大的韌勁，當不了這掌印督主。

好在福船是戰船，構造上能扛風浪和撞擊，一路迎著巨浪航行，船身上濺起幾丈高的水浪，也沒能撼動這船分毫。

所有人都澆得水雞似的，男人那股子乘風破浪的勁頭在這時候尤為顯見，沒有人退縮，也沒有人驚慌失措。終於靠近鷹嘴灣了，將四圍的錨都拋下水，這船身就像被綁縛在了水面上似的。停雖停穩了，但能不能順利躲過這次劫難，還得看造化。

廠衛護著梁遇後退，彷彿正迎戰一隻無形的夜獸。他退到艙樓前，見月徊死命抱著抱柱，伸手把她摘了下來，在風暴中扯著嗓子衝她喊：「誰讓妳出來的！」

「我不是不放心嗎。」月徊也扯嗓子回應。

話才說完，那支最高的桅杆被風颳斷，往艙樓方向傾倒過來。饒是風帆早就熄下，那合抱粗的龐然大物也勢不可擋。

這要是劈在腦瓜子上，八成得開瓢吧……月徊嚇傻了，眼睜睜看著那根桅杆在搖晃的風燈照耀下，拖著悠長的呻吟聲向她砸來，連閃躲都忘了。

正想這回要和爹娘團聚去了，猛地被人拽了一把。她站立不穩踉蹌撲倒，只聽身後轟然一聲巨響，那人把她護在了身下。

海水伴著木屑飛濺，沙沙響成一片，腿上雖沒被砸到，但也濺得生疼。她顧不上那些，回身問：「哥哥，傷著您了嗎？」

梁遇臉色慘白，只說沒事，「妳受傷了麼？」

月徊說沒有，「就是腳脖子疼。」

他忙又來查看她的腳踝，寸寸地揉捏過去，慶幸道：「總算沒傷著骨頭，還好。」傾倒的桅杆架在船樓上，壓垮了半邊，另一邊完好無損。梁遇拉著她躲進艙裡，福船徹底被風暴包圍住了，只聽見滿世界淒厲的風聲雨聲。

他們容身的艙房一片狼藉，在顛蕩中勉強支撐著，月徊吸了吸鼻子，「哥哥，我們這回要栽了吧？」

梁遇把她抱進懷裡，顫聲安撫著：「會過去的……會的……」

月徊伸手摟他，可小臂環繞過他肩背，忽然發現他肩胛處有個凸起的異物。她吃了一驚，忙探身看，原來桅杆飛濺起的碎屑擊中了他的左肩，象牙白通臂描金袖襴上，血已經滲透料子，淋漓流淌了滿肩。

月徊的眼淚湧出來，那種即將被再次拋棄的恐懼擒獲了她，她哆嗦著抓住了他的兩臂，「哥哥……哥哥你受傷了，不要緊，我給你拔出來，拔出來就不疼了。」

梁遇卻搖頭，「不能拔，拔了血流得更厲害……等風暴過去吧。」

船身又開始劇烈震盪，月徊因擔心，仰脖兒大哭。女孩子哭起來真比外頭的狂風驟雨還嚇人，梁遇以為她害怕，切切安撫著：「妳怎麼這麼沒出息！哥哥在，別怕……別怕……」

「我那是害怕嗎，我是擔心您的傷啊。」她摸又不敢摸，唯有抽泣著嗚咽，「您不能出事，不能丟下我，我只有您一個親人了……」

那種依戀是打在他心尖上的另一種疼，抓撓不著，又無處不在。不知是不是受傷的緣故，他可能有些恍惚了，就連她披頭散髮的狼狽模樣，都能讓他看呆。

「月徊……」外面淒風苦雨，她就在他面前。他抬起手捧住她的臉，手上帶著血，擦過她眼角的淚，留下一層薄薄的胭脂一樣的嫣紅。

那肉肉的小圓臉兒，在他掌下像個飽滿的花苞。她眉眼楚楚，含著淚的眼睛愈發深邃，他要溺進那片淚海裡去了。遇上這樣的風暴，身上又受了傷，能不能扛過去都是未知，他忽然覺得現在如果不說，將來也許就沒有機會了。

手開始顫抖，手指連著他的心，心也在不住痙攣。他輕聲說：「月徊，妳不知道我有多難過。」

月徊隱約察覺了不對勁，可她覺得這種不對勁一定是哥哥傷得很重，重得要不行了。她大淚滂沱，「別啊，您福大命大，一定會扛過去的……」

可是他的臉卻靠過來，近得與她呼吸相接。月徊還沒鬧明白，他的唇便印在她唇角，然後一點點挪過來，喃喃說：「我早就想這麼做了，早就想了……爹娘寬恕我……」

梁遇的氣息撲面而來，他是精緻人兒，口唇有蘭花般的芬芳。月徊被親得慌神，想推他又不敢，便驚愕著、木訥著，大睜著眼睛，看他一次又一次，從最初的柔情萬千，變成了後來洩憤式的蹂躪。

外面巨浪滔天，都不及這一連串的親吻讓她害怕。月徊又要哭出來了，雖說她曾無數次肖想他，時不時地揩點油，夢裡有賊心沒賊膽兒……可這回不是夢啊，它真真實實地發生了。她覺得羞愧，覺得難堪，甚至覺得噁心。

是不是太監做得久了，連天道倫常都不顧了？他們可是親兄妹啊！

「這是敘州的規矩嗎？」月徊結結巴巴地說：「哥哥能……能這麼……對妹妹？」

可是梁遇沒回答，那雙手從她臉頰上移開，似乎也驚惶於自己的所作所為，撐著身子退後了些，然後握起拳，鬱塞地撐在了地板上。

船身還在猛烈搖晃，艙裡的風燈掛在銅鈕上，左右也不住搖擺，發出咯吱的聲響。

忽然燈從掛鉤上落下來，因下半截裝滿了煤油，一旦和明火接觸，後果不堪設想。梁遇本能地去接，只是這一舉動牽扯背後的傷，疼得他幾乎落下淚來。緩了很久才慢慢緩過來，然後最後低頭吹滅燈火，隨手把燈擱在了一旁。

艙房裡暗下來，這種時候唯有昏暗能掩蓋羞恥。背上奇痛，又有淋漓的血流下來，背上濕了一層，但比之疼痛，更令他煎熬的是剛才的一時衝動。不敢回想，回想已然無地自容，他究竟做了什麼，明明已經忍耐了那麼久，為什麼到這刻又前功盡棄了。

其實他心底裡，對月徊的渴望從來不死，南下途中發生些什麼，也是他暗暗期待的。這次剿滅亂黨不過是種手段，一則讓皇帝有限地自由幾日，二則替司禮監立功立威，三則就是為離開那座城——只要從裡頭出來，他就不是梁日裴，她也不是梁月徊了。

他總在期待，在他澈底掌握住大鄴王朝的實權後，能讓自己的人生也有個圓滿，這圓滿不能靠別人，只有靠月徊。然而他又煎熬，日夜經受良心的譴責，他怎麼能對那個自小依賴他的孩子生出非分之想。就算他們不是親兄妹，彼此間的情義也和親兄妹無異，將來逢年過節爹娘靈位前叩拜，他怎麼面對二老？

可他管不住自己，他是個私欲太盛的人，煉心曾說他凡心大熾，給了他一串菩提。這些年他佛也念了，經書也抄了，連菩提都盤出了包漿，本以為控制住了心性，卻沒想到，他的凡心大劫應在了這裡。

剛才那吻，心裡雖後悔也羞慚，但在濛濛的，她看不見的光線裡，卻仍像嚐到了鮮血滋味的獸，忍不住伸出舌頭舔了舔唇。

月徊已經傻了，她被顛到牆根，就呆呆坐在那裡發怔。他想說些什麼，千言萬語難以啟齒，傷口的痛也讓他暈眩，便順勢靠向另一邊，虛弱地閉上了眼。

狂浪滔天，福船被頂在浪尖上幾經沉浮，錨繩繃斷了近一半。但運氣還不錯，當風暴消退時，左右兩舷還被緊緊固定住，讓這船不至被浪捲走。不過隨行的哨船和鷹船被拍爛了兩艘，十二團營也損失了十幾人，眼下入了夜，不好打撈，只有等到天亮再說了。

海上的天氣就是如此詭異，前一刻還狂風暴雨，後一刻便烏雲散盡，一輪滿月掛在了天幕上。

月徊從艙裡探出腦袋來，他們所乘的福船船樓坍塌了一半，每個人都劫後餘生，大有慶幸之感。可她這會兒來不及高興，雖然梁遇的荒唐舉動讓她又氣又怕，但他現在的情況不大好，無論如何先救人要緊。

「楊少監，秦少監……」她邊喊邊抹淚，「督主受傷了，快救救他。」

剛從廢墟下爬出來的秦九安和楊愚魯慌了神，忙跑進艙房看，見掌印靠牆坐著，月光穿透破陋的蓬頂照在他身上，無聲無息地，只有光瀑下的眼睫開闔，才看出他還活著。

「這船已經不能住了，換到另一艘上去。」楊愚魯立時喚了番子來抬人，當初出發的船隊以福船為主，還有兩艘比福船略小的海滄船作為後備，海滄船在風暴中有福船遮擋，基本沒受什麼損耗，船上一應都是現成的，把人移過去才便於治傷。

他們來攙扶，剛要伸手月徊就喊起來，「他傷在後背，別碰著了，輕點兒。」於是眾人小心翼翼避開傷處，將人架了起來。出艙房時，梁遇扭頭看過去，「我有話……對妳說。」

他氣喘吁吁，輕聲咳嗽，因震動牽連傷口，神情痛苦。

月徊不知道應該怎麼面對他，他望向她，她就不自覺地避開了他的目光。

還是秦九安機靈，和聲道：「老祖宗放心，風眼已經散了，風暴也不會再回來了。小的們先送您過海滄船，您別擔心姑娘，小的自會派人護衛姑娘過去的。您且別說話，好好將養著，先治好了傷要緊。」

似乎只能這樣了，他流了太多血，沒有氣力同她解釋那麼多，人被攙出了艙房，也來不及再顧念她了，由楊愚魯揹著，一路送上了另一艘船。

月徊還有些回不過神來，一旁的高漸聲道：「風暴才過，甲板上濕滑，我送姑娘過去。」

月徊「哦」了聲，「多謝四檔頭。」

這一路過來，月徊和梁遇跟前的千戶們也相熟了。這些粗人平時雖然張狂，但知道她是梁家人，面對她時都把獠牙和利爪收了起來，同月徊相處也都是平常人的樣子。

甲板上斷裂的桅杆、纜繩、帆布亂作一團，下腳的時候都得透著小心。搖搖晃晃過去，腳下有些不穩，高漸聲見狀上來攙扶，月徊喃喃問：「四檔頭，您說督主的傷，有沒有大礙？」

東廠番子水裡來火裡去，多少血肉模糊都見過，頭掉了不過碗大的疤，那點傷其實不算什麼。不過因著督主金貴，他也不敢輕描淡寫，只道：「得看扎得多深，按常理來說，肩胛上沒有要緊的內臟，應當不會危及性命的……只是要受些苦。您想，手上扎了刺都疼呢，何況木頭生釘進皮肉裡。先得把木楂子拔出來，再用剪子在肉裡翻找，看看有沒有碎屑。這種東西留下就是病灶，鬧得不好將來要發作的，陰天時犯疼了，或者在皮下潰爛，頂到肉皮上來……」

他越說月徊越揪心，忙擺手道：「好了好了，我明白了，就是多少總有些風險。」

高漸聲點了點頭，「您瞧瞧去吧，興許督主就要您陪著呢。」

月徊這時候一腦門子官司，心裡雖著急，但更害怕見他，便撫撫前額道：「我怕血，還是在外頭等消息吧。」

海滄船相較福船，船身要小一些，艙樓建得不那麼高，但廊前也有抱柱。月徊倚著抱柱看人員往來，那錯綜的腳步，讓人悚然。

接下來該怎麼辦呢，就這麼一個哥哥，往後該怎麼處？她灰心得站也站不住，蹲在廊廡底下，垂著腦袋撥弄甲板上的一粒細沙。自己如今也像這細沙似的，不知該何去何從，落到哪兒是哪兒吧。早前對哥哥的覬覦變成了報應，原來她的好色壓根只是饞臉，不饞身子。

嘴唇上現在還殘留著那種觸感，她抬起手使勁擦了擦，可惜他的氣息揮之不去，像個噩夢似的縈繞在腦子裡。她忽然覺得心酸，本來說沒了爹媽還有哥哥的，誰知哥哥變成了這樣……現在是身在海心裡，連逃都逃不掉。不能迴避就得繼續面對，可怎麼面對法兒……她的眼淚落在甲板上，一滴接著一滴，氤氳成一片小水窪。

終於裡頭治完了，隨行的太醫把那根木楔子取出來，還送來讓她過目，說：「姑娘瞧瞧吧，廠公遭了大罪了，取木屑的時候手巾都咬出血來，也沒吱一聲兒。」那語氣，彷彿她是產房外頭等著看孩子的丈夫。

月徊心頭哆嗦，匆匆瞥了一眼，那木楔子一頭尖尖的，半截蘸著血，看樣子肩胛幾乎都要刺穿了。

秦九安在邊上連聲安慰：「姑娘別怕，老祖宗現在沒事了，只是失血過多，將養兩日就會好起來的。我這就吩咐下去，讓伙房給他老人家煮豬肝湯，姑娘這兩天費點心，仔細留意老祖宗吧。」

為什麼要她費心呢？他們這些人平時祖宗長祖宗短的，到了這個時候卻都不願意貼身伺候了？

她支吾了下，「他是受了外傷啊，我不知道該怎麼伺候……」

秦九安說沒事兒，「就是餵餵湯藥什麼的，和伺候生病一樣。原說咱們來伺候的，這不……您和老祖宗更親，老祖宗又念著您。您知道的，身上不好的人就愛自己人在跟前，您看……要是有要搭手的地方，您知會咱們一聲，咱們候著您的令。」

這就是逃不掉了？月徊一瘸一拐，「我自己還受著傷呢。」

大夥兒垂眼看她的腳踝，擦破點皮，上點兒藥就好了，連傷都算不上。掌印往常是怎麼關照她的？如今到了她回報的時候就推三阻四，可見人心隔肚皮啊。

月徊怏怏紅了臉，有種跳進黃河也洗不清的感覺。她不願意在他跟前點眼，可這話又不能和外人說，最後迫於無奈只得答應，腳下緩慢地挪動著，「那讓他好好休息會兒，我明兒……」

楊愚魯道：「姑娘，受了這麼重的傷，今晚是睡不著的。」

秦九安道：「咱們夜裡也不能睡，船弄成了這樣，還有那些兄弟，全在水裡泡著呢。」

大檔頭馮坦直率得很，「是督主點了名讓妳進去的，裡頭很寬綽，累了有床榻，想睡就睡下。」

這下子月徊再沒什麼可說的了，即便萬般不情願，也只好垂著腦袋走進艙房。

艙頂上懸著一盞料絲燈，眼下海上風平浪靜，這艙房裡一片靜謐，連燈影都是定格住的。她站在地心看，梁遇因傷了後背只能趴伏，自她進門起就一直閉著眼，後來更是扭過頭，面對牆板去了。

想來他也難堪吧！月徊如今看見他的臉都覺得可怕，他避開了更好，暫且不要有交集，能拖一時是一時。

屋裡瀰漫著一層難以化解的尷尬，月徊退後兩步，在桌旁坐了下來。轉過頭看，窗開了半扇，風後的天空變得異常晴朗，月亮高懸著，墨藍色的天頂一絲雲彩也無……海上看夜空，比在陸地上看更清晰。水天交接處繁星紛紛入海，杳杳地，繪成一幅玄異而鮮明的畫卷。

梁遇傷得不輕，肩背上白布纏裹著，衣裳是不能穿了，起先還有錦被覆蓋，後來因疼痛輾轉，大片軀幹便裸露在外。月徊雖然忌憚他，但他是為了護著自己才受傷的，這點她心裡明白。況且往日情分也不能因為今天混亂中的出格舉動就全部抹殺了，哥哥終究還是心疼她的。也許先前是傷糊塗了，他心裡其實有個愛而不得的人，恍惚間把她當成了別人，也未可知啊。

這麼一想，她反倒有些可憐他了，她猶豫再三還是上前去，伸手替他蓋好了被子。

「哥哥……」她蚊吶般說：「您疼麼？要喝水麼？」那語氣，聽起來像個做錯事的孩子。

梁遇忽然哽咽，臉側向一邊，眼淚比平常更容易流出來。所幸她看不到，所幸有綿軟的枕頭接著，那些無用的東西從眼眶裡脫離，瞬間就消失了。

做錯事的不是她，是自己，他覺得自己真是不配為人，不配聽她叫他「哥哥」。然而一面自責一面又痛快，痛快的是長久以來壓抑的惡得到了釋放，自責是因為良知，他飽讀聖賢書，到底不是沒有脫離蒙昧的畜生。

他不敢應她，肩胛的痛讓他熬出了一身冷汗，他咬緊牙關，就算被褥都濕透了，也不想說一句話。

一隻小小的手探過來，摸了摸他的額頭，似乎微頓了下，很快便捲著乾手巾來替他擦拭。溫柔的分量，讓他知道她還是關心他的，可越是如此，他越自慚形穢。

那眉頭，不知怎樣緊蹙才能緩解心裡的懊悔。月徊的照顧倒是盡心盡力的，她翻開被子替他擦了背上的汗，輕聲說：「哥哥，您要是疼得受不住了，就喊出來吧。」

喊出來……喊不出來，他的喉頭被哽住了。掙扎再三，慢慢鬆開緊握的拳，掌心霎時流淌過一片清涼的風。

月徊替他擦手，那修長勻稱的胳膊上，似乎有流不完的汗。被褥都濕了，得再換一床，她打開邊上螺鈿櫃，忽然聽見他說「對不住」，她怔了下，臉頰上燒灼起來，捧著被子進退維谷。等怔忡完了，還是捲走蓋被重新替他換了新的，在她以為不會再有下文的時候，又聽見他說了句，「咱們不是親兄妹。」

這回和以前不一樣，前三回她都以為他在開玩笑，這回卻不是。她隱隱開始相信了，也許兒時關於他的記憶都是假的，都是自己杜撰出來的。她從來不是梁日裴的妹妹，也從來不是梁凌君的女兒。

「果然是認錯了人嗎……」她泫然著說：「那我是誰？我不是梁家人，我是誰？」

梁遇閉上了眼睛，心頭陣痛加劇，「是我……我不是梁家人，妳是。」

——《慈悲殿》未完待續——

高寶書版集團
gobooks.com.tw

YE 046
**慈悲殿（中卷）**
作　　者　尤四姐
責任編輯　吳培禎
封面設計　茵萊登曼特
內頁排版　彭立瑋、賴姵均
企　　劃　何嘉雯

發 行 人　朱凱蕾
出　　版　英屬維京群島商高寶國際有限公司台灣分公司
　　　　　Global Group Holdings, Ltd.
地　　址　台北市內湖區洲子街 88 號 3 樓
網　　址　gobooks.com.tw
電　　話　(02) 27992788
電　　郵　readers @ gobooks.com.tw（讀者服務部）
傳　　真　出版部 (02) 27990909　行銷部 (02) 27993088
郵政劃撥　19394552
戶　　名　英屬維京群島商高寶國際有限公司台灣分公司
發　　行　英屬維京群島商高寶國際有限公司台灣分公司
初　　版　2023 年 7 月

本著作物《慈悲殿》，作者：尤四姐，由北京晉江原創網絡科技有限公司授權出版。

國家圖書館出版品預行編目 (CIP) 資料

慈悲殿 / 尤四姐著 . -- 初版 . -- 臺北市：英屬維京群島商高寶國際有限公司臺灣分公司 , 2023.07
冊；　公分 . --

ISBN 978-986-506-772-4( 上冊：平裝 ). --
ISBN 978-986-506-773-1( 中冊：平裝 ). --
ISBN 978-986-506-774-8( 下冊：平裝 ). --
ISBN 978-986-506-775-5( 全套：平裝 )

857.7　　112009835